rowohlt

Martin Walser

Ein sterbender Mann

Roman

Rowohlt

Der Autor ist Thekla Chabbi für ihre Mitarbeit an diesem Roman zu großem Dank verpflichtet. Ohne ihre schöpferische Mitwirkung wäre der Roman nicht, was er ist.

Martin Walser

1. Auflage Januar 2016
Copyright © 2016 by Rowohlt Verlag GmbH,
Reinbek bei Hamburg
Satz aus der Stempel Garamond PostScript
Gesamtherstellung CPI books GmbH, Leck, Germany
ISBN 978 3 498 07388 6

Ein
   sterbender
Mann

1

Sehr geehrter Herr Schriftsteller!
Mehr als schön ist nichts. Diesen Satz sollen Sie gesagt oder geschrieben oder gesagt und geschrieben haben. Es ist der unmenschlichste Satz, den ich je zu lesen bekam. Ich weiß nicht, wer Sie sind, habe nichts von Ihnen gelesen, aber weil Sie so und so zitiert werden, muss ich annehmen, Sie seien jemand. Also jemand, auf den auch gehört wird. Nur deshalb schreibe ich Ihnen. In der verwegenen Hoffnung, es interessiere Sie, wie, was Sie von sich geben, bei Menschen ankommt.

Ich habe nicht den geringsten Grund, mich schön zu finden, noch nie hat ein Mann oder eine Frau gesagt, ich sei schön, aber noch nie hat jemand gesagt, ich sei hässlich. Wahrscheinlich bin ich unscheinbar. Also ein Weder-noch-Mensch. Also gewöhnlich. Aber: Mehr als schön ist nichts. Also ist schön zu sein das Höchstebeste. Sie haben damit ja nur hingeplaudert, was in jeder Illustrierten und in jeder Fernsehsendung ununterbrochen demonstriert wird: Sie haben eine Allerweltsformel nachgeplaudert.

Mein Gesicht läuft auf ein spitziges Kinn zu. Der Schulkamerad, der deutlich dümmer war als ich, gab mir den Namen Spitzmaus. Deshalb nannten mich Buben und Mädchen dann Spitzmaus. Mein Gebiss ist, wenn Sie das verstehen, prognath. Schauen Sie halt nach, was das heißt. Meine zwei Schneidezähne beherrschen meinen

Gesichtsausdruck. Immer schon. Sobald ich lache oder auch nur lächle, weiß ich, dass meine Schneidezähne eine Rolle spielen, die ihnen nicht bekommt. Sie machen mich noch mehr zur Spitzmaus als das auf mein Kinn zulaufende Gesicht. Ich bin also nicht schön. Und: Mehr als schön ist nichts. Diese nicht ganz simple Formulierung hat sich bei mir gleich vergewöhnlicht zu: Wer oder was nicht schön ist, ist nichts. Ich bin also nichts.

Ich wäre *nichts* gewesen, wenn ich mir das hätte gefallen lassen können. Ich habe mich wehren müssen. Ich habe mich gewehrt. Mit Erfolg. Gleich dazugesagt: Das war einmal. Ich bin jetzt 72. Und am Ende. Aber nicht weil ich 72, sondern weil ich am Ende bin.

Ich war erfolgreich. Ich konnte mir viel leisten. Dass ich jetzt am Ende bin … Ach, ich glaube nicht, dass ich Ihnen das mitteilen kann.

Ich werde die Geschichte meines Sturzes noch darzustellen versuchen. Es ist ein überdeutlicher gesellschaftlicher Vorgang und als solcher nicht fähig, sich selber zu erklären. Das, was gesellschaftlich geschieht, hat es nicht nötig, jedem verständlich zu sein. Die Gründe, warum so ein Sturz geschieht, sind Wiederholungen von Klischees, und ich will nicht sagen, dass diese Klischees nichts wert seien, aber es ist nicht ihre Funktion, das zu erklären, was sie angeblich erklären. Klischees sind Masken der Wirklichkeit. Masken, die die Wirklichkeit braucht, damit es so weitergehen kann, wie es weitergeht. Sogar Ihr Satz *Mehr als schön ist nichts* ist nur eine Maske. Allerdings eine, in der das wahre Gesicht, das sie verbirgt, schon fast spürbar wird. Ihr Satz tut ja schön. Tut so, als sei alles wunderbar. Schönheit gilt. Und jeder denkt sofort: Das ist doch besser, als wenn Hässlichkeit gälte. Mehr als hässlich ist nichts, in einer solchen Welt möchte niemand leben.

Ich schließe für heute. Ich habe reagiert. Nur reagiert. Nicht nachgedacht. Aber das wiederum rechtfertige ich durch eine Erfahrung: Ich reagiere lieber, als dass ich nachdenke. Ich bin in meinen Reaktionen mehr enthalten als in meinen Nachdenklichkeiten. Dass mir das von den Verwaltern der Klugheit vorgeworfen werden kann, ist mir klar. Damit, dass mir etwas vorgeworfen werden kann, muss ich leben. Habe ich immer gelebt.

Theo Schadt

PS: Bitte, ich bin glücklich über jeden schönen Menschen, den ich sehe. Ich halte jeden Schönen und jede Schöne für gelungen. Grad, als wäre das die Pflicht der Fortpflanzung, dass etwas Schönes dabei herauskomme. Ich habe natürlich auch, wie jeder, einen eigenen Geschmack und brauche in meiner Empfindung häufiger das Wort gelungen statt schön. Einen Nichtschönen und eine Nichtschöne finde ich nicht misslungen. Das Gegenteil von schön ist auch nicht hässlich, sondern unschön, unscheinbar. Jeder Gelungene und jede Gelungene tut mir gut. Auch wenn ich im Vergleich dazu schlecht abschneide. Ich finde mich unschön. Unschön ist auch schon zu viel gesagt. Unscheinbar. Das ist das richtige Wort für mich.

PS 2: Da ich weiß, wie auf einen Jammerbrief, geschrieben von einem Nobody, reagiert wird, gestatte ich mir, noch einen Lebenssteckbrief folgen zu lassen. Mein mich immer noch überwachendes Selbstwertgefühl, mit dem ich im erklärten Dauerkonflikt lebe, zwingt mich dazu.

Also: Ich hatte zuletzt einundvierzig Mitarbeiter. Die musste ich, als ich gestürzt wurde, von heute auf morgen entlassen, um die Firma, wenigstens ihren Namen, vor der Insolvenz zu bewahren. PATENTE & MEHR, so hieß meine Firma, von der es nur noch den Namen gibt. Ich entwickelte Patente, das heißt, wenn mir ein Patent angeboten wurde, dem ich Erfolg zutraute, gründete ich eine Firma zur Realisierung dieses Patents. Neigung und Ausbildung verwiesen mich zuerst auf Technikprojekte. Ich verdiente gut durch die Entwicklung berührungsloser Messtechniken, durch die Miniaturisierung von Sensoren, die Vervielfältigung der Sensorik zur Verminderung des Schadstoff-Ausstoßes, die Thermofühler-Verfeinerung, die Reduzierung der Emissionen durch Drucksensorglühkerzen, die Verdoppelung der Reifenlebensdauer durch ein elektronisches Reifendruckkontrollsystem und so weiter.

Und wie falsch etwas gesagt wird, nur weil man das Richtige meidet, meiden muss! Neigung und Ausbildung verwiesen mich auf Technikprojekte … Nein, nein, nein! Einem Schriftsteller gegenüber fühle ich mich verpflichtet, genauer zu sein beziehungsweise ehrlicher. Also: Ich bin, ich war der Sohn eines Erfinders. Barthel Schadt, mein Vater, hat, solange er atmen konnte, darauf gewartet, dass ich ein Erfinder werde, wie er einer war. Ich habe auch tapfer angefangen. Meine erste Erfindung war der *elektrische Papierkorb*. Dann die *selbst auslösende Kinderwagenbremse*. Den *abklappbaren Brausekopf für die Gießkanne* hatte Adenauer schon erfunden. Mein Vater hat mich noch dem Bankier Warburg vorgestellt, der seine Erfindungen finanzierte. Herr Warburg war der Hohepriester einer Religion, die Finanzierung hieß. Bei ihm alles in Echtleder und Edelholz! Da wusste ich: Ich will finanzieren, entwickeln, nicht erfinden. Und das Haus Warburg nahm mich als Lehrling. Der Rest war Fleiß und Glück und Glück und Fleiß.

Dann lernte ich vor neunzehn Jahren ein Genie namens Carlos Kroll kennen. Der brachte mich von der Technik weg und hin zu allem, was Natur heißt. Also Medizin bis Kosmetik. Der Erfolg gab ihm recht. Die Firma wurde bekannt als Adresse für medizinische und kosmetische Patente.

Carlos Kroll, mehr als zwanzig Jahre jünger als ich, war mir von einer Schweizer Verlegerin empfohlen worden. Ich könnte auch sagen: von meiner Schweizer Verlegerin Melanie Sugg. Ich bin übrigens, wenn auch pleite, so doch nicht elend arm. Denn, ach könnte ich das doch verschweigen, ich habe auch Bücher geschrieben. Und veröffentlicht. Natürlich unter einem anderen Namen. Dass andauernd Bücher geschrieben und gedruckt werden, reizte mich. Ich konnte diesem Reiz nicht widerstehen, und so fing ich an mit *Solamen miseris. Die Anleitung zum Lustigsein*. Mit dem lateinischen Halbzitat wollte ich mich ein bisschen erhöhen. Dann *Freistil. Anleitung zum Bewusstseinstraining.* Dann *Wolkenbruch. Anleitung zur Selbstbefriedigung.* Dann *Schimpfwörter. Anleitung zum richtigen Gebrauch.* Dann *Schwindelfrei. Anleitung zum Selberdenken.* Dann *Rumpelstilzchen. Anleitung zur Selbstfindung.* Und so weiter. Ich hätte vielleicht nach dem *Solamen*-Buch nicht weitergemacht, wenn nicht 770 000 Exemplare verkauft worden wären. Vom zweiten 830 000, vom dritten 920 000. Das vierte ein Flop. Aber nach dem fünften nur noch gute Zahlen.

Irgendwann hatte ich keine Lust mehr. Carlos las diese Bücher natürlich nicht. Er machte sich über jeden neuen Titel lustig. Ich hatte mir angewöhnt, mich über dieses Bücherschreiben auch selbst lustig zu machen. Das war ja keine Literatur. Und ernst zu nehmen war nur, was Literatur war. Carlos sagte manchmal: Zum Glück kann man sich über deine Bücher lustig machen. Er sagte sogar, er finde es beeindruckend, dass ich selber sagte, ich schriebe meine Bücher nur zum Zeitvertreib. Das ist Haltung, rief er. Beispielhaft! Das Schönste bei deinen Büchern, sagte er, ist, dass es genügt, den Titel zu lesen, dann weiß man Bescheid.

Wenn wir, Carlos und ich, wieder über einen neuen Titel gelacht hatten, merkte ich, dass mich dieses Gelächter über meine Titel – und es ging ja, da Carlos solche Bücher niemals las, immer um die Titel, nur um die Titel –, dass mich das traf. Ja, verletzte. Aber zugeben konnte ich das nicht. Carlos war der Dichter, der Wortmensch, das Genie. Ich war ein auf Massenerfolg spekulierender Nebenherschreiber. Inzwischen bin ich nicht mehr sicher, ob der bare Verkaufserfolg nicht doch auch eine Rolle gespielt haben könnte bei Carlos' Verrat. Ich werde kein solches Buch mehr schreiben, aber in meinem Kopf entstand der Titel: Verrat als schöne Kunst. Anleitung zum Freundesmord.

Dass ich glaube, Carlos könnte mich auch aus Neid gestürzt haben, das zeigt nur, dass ich zu billig denke von seinen Innenwelten! Er verkaufte nie mehr als 500 bis 900 Exemplare seiner Gedichtbände. Das scheint ihn nur darin zu bestärken, dass seine Gedichte Sprachereignisse seien, für die die Welt momentan noch nicht reif ist. Seine letzten Titel heißen: *Lichtdicht*, *Leichtlos*, *Lufthaft*, *Kettenscheu* und *Kopftau*. Er sagte jeden neuen Titel an wie die Entdeckung eines neuen Planeten.

Gruß,
Th. Sch.

PS 3: Melanie Sugg ist bekannt geworden durch eine Art Porno-Poesie. Jene dunkelrote Wörterwelt, die früher aus Frankreich kam, jetzt aus Amerika. Melanie Sugg ist immer noch stolz auf ihr erstes Buch. Da befriedigt sich ein US-Dichter vor dem Spiegel und sagt, was er erlebt, auf 101 Seiten auf. Aber inzwischen ist Melanie älter geworden und verlegt Carlos Kroll und mich und andere.

Vielleicht wechsle ich das Metier: Mehr als schön ist nämlich nichts.

PS 4: Zu allerallerletzt: Ich mache seit langem Erfahrungen mit der Schwere und mit der Schwerkraft, halte mich deshalb für einen Gravitationsspezialisten und wusste deshalb, ohne es von Einstein erfahren zu haben, dass ein Gravitationsfeld die Frequenz elektromagnetischer Strahlung beeinflussen muss. Was ich nicht kann, und da fängt meine Bewunderung an: die Messung. Also Mößbauer. Der Mößbauereffekt. Die Messung des Einflusses der Schwerkraft. Ich weiß sicher, in hundert Jahren wird sie messbar sein. Mößbauer nennt es: die rückstoßfreie Kernresonanzabsorption. Wenn ich noch mal eine Firma gründe, dann zur Produktion der Anti-Gravitations-Technik. Ich finanziere eine Forschung zum Nachweis, dass ein Gravitationsfeld durch die Frequenz elektromagnetischer Strahlen beeinflusst werden kann. Gravitation ist bis jetzt formuliert als auf der Erde nicht aufhebbar. Gelänge es, in einer winzigen, taschenkompatiblen Technik die Anti-Gravitation unterzubringen, schwebten wir alle beziehungsweise je nach Bedarf. Die Erdenschwere wäre dahin. Das wird dann mein letztes Produkt.

Freundlich,
Th. Sch.

PS 5: Carlos Kroll habe ich durch Melanie Sugg auf der Burg Wildenstein kennengelernt. Ihr von ihr entdeckter Autor Carlos Kroll werde dort lesen. Im Rittersaal. Sie bringe ihn hin. Er sei ein Genie. Vielleicht sogar zwei. Und von München zu dieser Burg sei es nicht weiter als von Zürich. Und wie lange haben wir uns jetzt schon nicht gesehen? Und ich warte immer auf ein Buch von dir! Also komm, du wirst es nicht bereuen. Und ich kam und bereute es nicht. Ein Sommersamstag. Der Wildensteiner Singkreis singt vor der Lesung und nachher. Da erwachte das Gemäuer zu seiner Bestimmung. Was der junge Dichter las, kam mir vor wie eine Fremdsprache, deren Wörter ich kannte, ohne dass ich, was gesagt wurde, verstand. Aber das Publikum applaudierte. Ich auch. Iris (meine Frau) auch. Iris mehr als ich. Ich applaudierte, weil ich sah, dass Melanie darauf wartete.

Ich bin für Historisches anfällig. Wildenstein, eine Fluchtburg der Grafen von Zimmern. Immer uneinnehmbar, auch von der Pest. Man konnte also ein Volk dazu bringen, so ein Steinnest auf diese Felsklippen hinaufzuwuchten. Die Burgmauer geht absatzlos in die Felswände über. Wir schauten hinab. 200 Meter hinab auf das zarte Donau-Flüsschen. Die Zimmern-Herrschaft habe, als draußen die Pest herrschte, einfach keinen mehr hereingelassen. So überlebten sie. Sie sind dann, erfährt man, doch ausgestorben. Also an sich selbst.

Wir, Iris und ich, wurden angezogen vom höchsten Bauwerk der Burg, dem Kommandoturm. Da geschah es dann. Die Treppen zogen uns förmlich hinauf. Der Abendsonne gelang immer wieder ein Lichtblick durch eine Schießscharte. Zuletzt war, was uns weiterzog, das, was wir hörten. Im Dachboden, in den die Abendsonne voll hineinscheinen durfte, saß jemand, der das spielte, was uns hinaufgezogen hatte. Wir hörten zu, bis der Cellospieler von selber aufhörte. Als er aufhörte, sagte er zu uns herüber: Bach. Er hatte uns also, sobald wir die Tür aufmachten, bemerkt und stellte sich vor: Carlos Kroll. Oh, sagte ich, Sie sind das! Und Sie sind Theo Schadt, sagte er. Jetzt fehlt uns nur noch Melanie, sagte ich. Um die musst du dich nicht kümmern, sagte Iris. Dann sagte sie etwas über das Cellospiel, das heißt, sie zeigte, dass sie sich, wenn es sich um Bach und Cello handelte, ausdrücken konnte. Das war mir recht. Aber ich musste doch noch, weil mir danach war, sagen, dass mich dieses Miteinander von Abendsonne, Burg-Dachboden und Cellospiel bewegt habe. Musik über Musik, sagte Carlos Kroll. Obwohl ich mir durch seinen Ton und die Kürze ein bisschen zurechtgewiesen vorkam, stimmte ich zu. Ein bisschen zu heftig vielleicht. Der Kerl imponierte mir total. Wie er da, von den letzten Sonnenstrahlen erreicht, sitzt und diese Musik spielt, die sich, wie ich empfand, mit sich selber beschäftigt! Als ich ihm das später einmal sagte, sagte er im Ton des Fachmanns, der zum Laien spricht: Du liegst da nicht ganz falsch.

Iris und ich nahmen in kaum nobel zu nennender Kleidung im Rittersaal auf den reservierten Stühlen Platz. Carlos Kroll erschien in Jeans, die dagegen waren, dass sie noch getragen wurden. Und Melanie Sugg trat auf, dass auch der Ignorant sofort sah, wer das war, wer das nur sein konnte: die Burgherrin! Eine von Zimmern! So fein, so adelig, so gar nicht grell, so edel rustikal, so geglückt hiesig! Ich musste applaudieren, als sie neben uns Platz nahm. Sie wusste schon, dass wir ihren Schützling kennengelernt hatten. Ich flüsterte ihr zu: Der spielt ja wie ein junger Gott. Sie: Wenn der junge Gott so spielen könnte.

Carlos und ich wurden ein Freundespaar. Ich finanzierte die Veröffentlichung seiner Gedichte in Prachtausgaben. Ich ließ eine Schrift entwickeln nur für seine Gedichte. Ihm schwebte vor ein Lyrik-Imperium à la Stefan George. Den verehrte er, ohne dass er ihn je imitiert hätte. Ich wusste nicht, wer das ist, Stefan George, Carlos weihte mich ein. Er wollte keine elitäre Kunstkirche, sondern eine radikale Banalisierung. Seine Gedichtbände sehen aus wie aus dem Müll, aber diese Wirkung ist auf das Feinste berechnet. Wir sind, wir waren ein Freundespaar, wie es, glaube ich immer noch, kein zweites gab in unserer Zeit. Wir waren politisch uneins. Er ist so links wie ich rechts. Ich habe immer darauf gewartet, dass sich im Lauf der Jahre seine doch eher pubertären Politiktöne allmählich mäßigen würden. Diese Hoffnung trog. Aber wir stritten kaum, wir lachten einander aus. Ich, der Erzkapitalist, er, der Erzrevoluzzer. Dass er mich gestürzt hat – das weiß ich sicher –, mit unserer politischen Uneinigkeit hat das nichts zu tun. Letzten Endes war uns alles Politische egal. Ich war praktisch so wenig «rechts» wie er «links». Wir konnten bis zur Erbitterung gegen einander diskutieren, aber keiner von uns handelte je «rechts» oder «links». Vielleicht kann man sagen, sein und mein Politisches sei virtuell.

Ja, ja, jaaa, als ich so grün wie unreif war, ein Weltveränderungsnarr, unfähig, die normale Scheußlichkeit des Alltäglichen hinzunehmen, mein Gott, an den Außenminister habe ich geschrieben, der hieß Kinkel, auf jeden Fall meine Fraktion, liberal, und von dem grob verlangt, Taslima Nasrin zu schützen! Vor dem religiösen Terror, der ihr mit dem Tod gedroht hat. Diese Politikmasturbation habe ich später nicht mehr geschafft.

Vielleicht sehe ich alles falsch. Vielleicht musste mich Carlos doch auch aus politischen Gründen stürzen. Glauben kann ich es nicht.

PS 6: Und so habe ich versucht, mich meinem einzigen Freund politisch verständlich zu machen:

Bismarck hat in bürgerlicher Zeit auf feudale Weise drei Kriege produziert, um seine Ideen von einem Deutschen Reich zu realisieren. Normal wäre gewesen die Entwicklung der Vereinigten Deutschen Staaten inklusive Österreich, etwas Föderatives. Wilhelm II. hat den Ersten Weltkrieg angeregt wie Bismarck seine Kriege. Aber weil er zu naiv war, um mit dem Kriegsinstrument politische Chirurgie à la Bismarck betreiben zu können, war das Ergebnis Versailles. Die deutsche Nation hatte sich von ihrem Feudalaffen bis ins Innerste verführen lassen. Der Versailler Friedensvertrag war die groteske Antwort auf eine groteske Provokation. Die Nation hat 1918 eine Revolution nachgeholt, die spätestens 1848 fällig gewesen wäre. 1918 war Deutschland in die Klasse des noch weiter zurückgebliebenen Russland versetzt, schwankte zwischen einer russischen und einer deutschen Revolution hin und her und hatte am Ende wieder keine. Keine Befreiung.

Da die Welt kein aufgeklärtes Sanatorium ist, wurde Deutschland von 1918–1933 wie ein krimineller Psychopath behandelt und suchte deshalb sein Heil in Hitler. Nach 1945 wollte sich die Welt vor diesem Deutschland durch einen gewaltigen chirurgischen Eingriff retten: Man schnitt weg, was irgend wegzuschneiden war, den Rest teilte man in zwei Teile, jetzt hatte die Welt endlich Ruhe vor Deutschland.

Mein gewesener Freund ist unter anderem Anarchist. Ich nannte ihn immer Amateur-Anarchist. Vielleicht hätte ich seine oft schrillen Sätze früher lahmlegen müssen. Unser Cheruskerfürst Hermann ein *Intrigant*! Weil er irgendwo etwas über das Hermannsdenkmal aufgeschnappt hatte. Und dass es in den USA, in Missouri, eine Stadt gibt, die Hermann heißt. Dergleichen reizte ihn zu nichts als Hohn. Der Cherusker hat dafür gesorgt, dass die Germanen nicht zu Römern dressiert wurden, und eben das bedauerte er schärfstens. Was Wunder, dass er die deutsche Einheit für ein Unglück hält. Er gehörte zu den Linken, die das gespaltene Deutschland *Kulturnation* nannten. Ein Drittel eingesperrt, zwei Drittel flanierend, aber zusammen eine Kulturnation und so weiter. Dass das dann zum Glück wieder ein Deutschland wurde, fand er wortwörtlich zum Kotzen. Vielleicht musste er mich doch deswegen stürzen. Ich versuche jetzt, ihn zu verstehen und zu verachten. Dazu muss ich ihn verächtlich machen. Das darf kein Akt des Willens sein. Ich muss ihn verachten können. Von ganzem Herzen. Es muss sich herausstellen, dass er verächtlich ist. Was er durch seinen

Verrat bewirkt hat, darf dabei keine Rolle spielen. Die Fakten auf den Tisch. Ja, ja, jaaaa!

Als die Nachricht mich erreichte – es war ein Mittwoch –, blieb ich sitzen, wie ich gesessen hatte, als die Nachricht eintraf. Ein Schreiben per Fax von der US-Anwaltsfirma. Kauderwelsch. Ergebnis: Sie ziehen Schumm vor. Oliver Schumm! Gelegentlich dachte ich daran, mich Oliver Theodor Schadt zu nennen. Ich fand es unfair, im Geschäftsleben mit so einem Vornamen zu punkten! Oliver! Warum dann nicht gleich Salomo! Zum Glück sei, hieß es im Kauderwelsch, in unserem Vertrag das und das noch nicht erfüllt. Ich saß, glaube ich, vierzehn Stunden. Ließ mich nicht stören. Dann musste Frau Baumhauer erledigen, was zu erledigen war. Auflösung der Firma und so weiter. Ich fuhr vor in die Herterichstraße und verabschiedete mich von allen Mitarbeitern. Von jedem und jeder persönlich. Informiert waren sie schon. Keine Gespräche. Händedruck. Gestreichelt. Geweint.

Th. Sch.

PS 7: Dann Katja. Sie hat sich das Leben genommen. Vor einem Jahr. Vorher noch mich angerufen. Ihre Gründe reichten aus für das, was sie dann tat. Aber jetzt kam ein Wort zurück aus diesem Gespräch. Suizidforum. Ich folgte. Loggte mich ein. Katja hatte gesagt: Wie sie es machen könne, habe sie im Suizidforum gelernt. Mir war klar: nicht unter den Zug. Einmal in Bad Oldesloe die Sauerei auf den Gleisen, nachdem sich einer vor den Zug geworfen hat. Im Forum lauter Menschen, die sich für suizidal (das Wort lernte ich da) halten oder es sind. Sie bringen vor, was sie bewegt. Ich passte scharf auf, wenn sie erörterten, wie es der und die gerade gemacht hatten. Er hat am Montagabend den Grill angeschmissen. Oder der hat die Chloroquin- und die Holzkohle-Methode kombiniert. Aber auch das Wiegen und Wägen der Motive fesselte mich. Eine Frau, die dort Aster heißt, nannte ihren Todeswunsch irreversibel. Dieses Wort eroberte mich sofort. Wie schwach dagegen *unwiderruflich*. Ein Ungetüm. Eine Missgeburt. Ich weiß nicht, wie irreversibel zu seiner Bedeutung kommt. Ich bin kein Philologe. Das sind doch die, die wissen, warum ein Wort heißt, wie es heißt. Irreversibel hat einen Zauber, dem ich nicht widerstehen kann. Der Todeswunsch ist irreversibel.

Ich meldete mich bei den Suizidalen auch zu Wort. Sie waren gerade dabei, ihre *Todeswünsche* auf so genannte Traumata zurückzuführen. Diese Aster schrieb: Ich hätte nicht geboren werden dürfen. Das war eine, deren Todeswunsch solide begründet wirkte. Oder einer: Ich bin das Resultat eines groben Egoismus. Dann bezweifelte einer den authentischen Todeswunsch eines anderen. Alles, was sie einander sagten, faszinierte mich. Auch die Methoden. Offenbar gab es immer eine Zeit lang einen Thread, also *ein* Thema. Mein Fall, das heißt meine Erfahrung, kam überhaupt nicht vor. Ich musste meinen Todeswunsch diesen Schicksalsgenossen verständlich machen. Also auch mir selbst. Warum irreversibel!

Was ich zum Besten gab, habe ich wieder herauskopiert. Unheimlich attraktiv ist, dass im Forum keiner un-

ter seinem bürgerlichen Namen auftritt. Die Suizidalen drücken schon im Namen aus, wer sie sind, wie es ihnen geht. Oft weiß man nicht, ist das jetzt ein Mann oder eine Frau. Die zwei, auf die ich reagierte, waren zweifellos Frauen.
Also:

Liebe und sehr geehrte Schicksalsgenossen!
Ich halte mich im Gegensatz zu Tristesse nicht für einen Totalversager, kann aber nicht weiterleben. In dieses Forum komme ich nicht, weil ich angejahrt suizidal bin, sondern weil mir etwas passiert ist, was offenbar keinem von euch passiert ist. Ich wurde verraten von dem einzigen Menschen, der mich nicht hätte verraten dürfen. Neunzehn Jahre innigste Beziehung. Eine Freundschaft, die nicht ihresgleichen hat. Er hat von mir äußerlich total profitiert; ich habe von ihm innerlich unendlich viel bekommen. Dann der Verrat. Erklärungslos. Nur als Handlung. Als Tatsache. Dass das möglich ist, sprengt alles, was ich bisher für menschenmöglich hielt, in die Luft. Stalin und Hitler hatten vermutlich Gründe, an die sie glaubten. Jeder Mörder weiß, warum er mordet. In meinem Fall gibt es nur die nackten Tatsachen. Verrat, und zwar so, dass meine Firma sofort liquidiert werden musste. Alle Angestellten entlassen. Der schärfste Konkurrent der Nutznießer meines Ruins. Das hat der Freund hingekriegt. Ich will sagen: Dass das möglich war, heißt, das ist menschenmöglich! Wenn das menschenmöglich

ist, dann will ich, kann ich kein Mensch mehr sein – unter Tigern oder Ameisen jederzeit. Nicht mehr unter Menschen. Der Vertrauensverlust ist absolut. Die Notwendigkeit ist irreversibel. Für dieses Wort danke ich euch. Danke ich dir, Aster. Du bist offenbar auch so weit, dass in dir nichts mehr grünen kann. So weit bin ich auch. Jetzt fehlt noch die Technik. Ich bin, fürchte ich, technisch nicht begabt. Darum nehme ich jeden Rat gerne an. Obwohl ich die Notwendigkeit für irreversibel halte, liegt mir an baldiger Erledigung. Ach, und weil mein notwendiges Ende auch ein lyrisches Motiv anklingen lässt, kann ich es mir nicht versagen, eine Poesie herzubitten, die von dem und jenem kaltschnäuzig verlacht wird. Von mir aber nicht. Und hoffe, das sei mitten im suizidalen Chor nicht ganz unwillkommen.

So ständ' ich denn im letzten Glühn des Lebens,
Die nächste Stunde bringt mir Nacht und Tod.
So ständ' ich denn am Ziele meines Strebens,
Stolz auf die Blüten, die das Glück mir bot!
Ich fühl' es klar, ich kämpfte nicht vergebens,
Durch Todesnacht bricht ew'ges Morgenrot.
Und muss ich hier mit meinem Blute zahlen,
Ein Gott vergilt mit seines Lichtes Strahlen!
                                    Theodor Körner

Mitgeteilt von Franz von M.

2

Jetzt aber meine Macht, Herr Schriftsteller. Ich muss Ihnen, was ich hier, durch Sie provoziert, hingeschrieben und zusammengefügt habe, überhaupt nicht schicken. Ich beute Ihre Provokation aus. Ich brauche Sie nicht als wirklichen Zeugen. Sie können mir gestohlen bleiben. Ich mache mit Ihnen, was ich will. Was gut für mich ist. Ob ich Ihnen das je zustelle, will ich nicht wissen. Sie sind der Spiegel, den ich mir vorhalte, in den ich schaue. Mir muss daran liegen, mich genauer zu sehen, als ich mich bis jetzt gesehen habe. Was heißt es, dass ich mich eingeloggt habe in ein Suizidforum?

Carlos zuliebe habe ich die Firma DER VERSCHÖNERER gegründet. Er wollte, dass ich mein Talent, Waren zu verkaufen, auch in der Werbung praktiziere. Das habe ich gemacht. Ich hatte einmal im Spaß gesagt: Ich mache jedes Produkt verkäuflich! Er: Beweis es! Ich gründete die Firma. Ich ließ sie durch ihn leiten. In meiner Nachbarschaft, in der Melchiorstraße. Ich allerdings tauchte dort nie auf. Er lieferte mir die Aufgaben, ich lieferte die Texte. Die Sprüche des Verschönerers wurden begehrt. Mein Beitrag zu *Mehr als schön ist nichts*. Ich habe übrigens die Produkte, die ich verkäuflich machte, immer sorgfältig geprüft. Schund habe ich nie verschönert. Weil ich mich keinem Auftraggeber je zeigte und weil Carlos mich zu einer geheimen Figur stilisierte und weil er dafür sorgte, dass der Verschönerer unerreichbar blieb, wurde DER VERSCHÖNERER ein Branchenhit. Ich habe, als Carlos mich gestürzt hatte, diese Firma in der Melchiorstraße sofort aufgelöst. Er konnte nicht im Feuilleton der SZ verkünden: Der Verschönerer heißt übrigens so und so und wohnt in Solln in der Sowieso-Straße. Er selber hat natürlich zu diesen Sprüchen nicht eine einzige Silbe gespendet. Das wäre ihm vorgekommen wie ein Sakrileg.

Es gibt keinen Verschönerer mehr. Wie er mich gestürzt hat? Durch plumpen Verrat. Genau in dem Augenblick, in dem ich mich durch ein alles Bisherige übersteigendes Engagement verwundbar gemacht hatte wie nie zuvor. Ein Amerikaner hatte mir ein aus Schlangengift zu gewinnendes Mittel gegen Herzinfarkt angeboten. Gutachten honorigster US-Institute und -Professoren lagen vor. 98 Millionen Dollar musste ich investieren. Dann würde die Fabrik in North Carolina das Mittel produzieren. Es sollte Sancordin heißen. Weil ich möglichst sofort produzieren wollte, war die Fabrik fertig, bevor die Rechte ganz verhandelt waren. Manchmal denke ich, dass Carlos das so hingekriegt hat, damit er mich, als ich schon investiert hatte, verraten konnte. Bis jetzt wehre ich mich noch gegen paranoide Phantasien. Verraten hat er mich an meinen Hauptkonkurrenten Oliver Schumm. Der hat mich sofort gefickt (entschuldigen Sie, bitte), wie ich noch nie gefickt worden bin. Nicht einmal meine Option, immerhin auch 2 Millionen, konnte ich retten. Ich habe immer riskant investiert, aber noch nie so riskant wie bei diesem Projekt. Carlos Kroll wusste Bescheid. Er wusste eben, warum. Mein Vater, der große Erfinder Barthel Schadt hat seine größten Erfolge in Sanford in North Carolina eingefahren.

Hier darf vielleicht doch ein Einschub sein über Barthel Schadt. Geboren 1914 in Isny, studiert in München, schon sein Vater war bei der Agfa, aber dann der Krieg, als Allgäuer mit einer Jäger-Division im Kaukasus, nach dem Fall Stalingrads noch mit einem Schiff nach Feodosia, von dort in den Endwirren zu Fuß Richtung Reich, bis Olmütz, von den Amerikanern gefangen, ausgeliefert an die Russen, weil in Jalta vereinbart war: Wer gegen die Russen gekämpft hat, gehört ihnen. Zuerst im Lager Pensa. Dann in ein Lager an der Wolga. Da landen Flöße mit Holz. Er also beim Schiffsbau. Gibt an, er sei Elektroschweißer. Dann nach Moskau. Er wird mit seinem Vater, dem Kamerabauer bei der Agfa, verwechselt. Dort unter sechshundert Spezialisten. Das Angebot: zehn Jahre in der UdSSR frei zu arbeiten. Nur zwölf nehmen das Angebot an. Die anderen wollen lieber zurück ins Lager. Er auch. Später einmal in Tokio ein Japaner, der war im selben Lager und erzählt: Als sie Jahre später heimtransportiert wurden, flogen fünfzehn über Bord. Das waren die, die mit den Russen zusammengearbeitet hatten. Am 6. Januar 1950 kommt Barthel Schadt heim. Sein Vater versorgt ihn mit Material. Er fängt an, auch eine Kamera zu bauen, schickt sie zu Bell & Howell, wird eingeladen, könnte dort, in North Carolina, bleiben. Wird dem *governor* vorgestellt. Der sagt: Bei uns ist es keine Schande, wenn jemand versucht, Profit zu machen. Er überlegte. Noch wirkte das Russland-Syndrom nach: Möglichst weit weg von denen! Aber dann doch heim. War zehn Jahre lang fort, das reichte ihm. Die Stereokamera wird sein Feld. Er entwickelt den Kinetheodoliten. Er gründet von hier aus in Sanford einen Betrieb. Die bauen, was er erfindet. Er hat einhundertzwanzig Patente in fünfzig Ländern. Minolta hat einmal bei ihm fünfzig Maschinen bestellt und die zwei Jahre später nachgebaut. Er schreibt denen, dass er sich geehrt fühle.

Und jetzt die Versuchung: Fünfzig Leute hat der Vater in North Carolina beschäftigt. Gründe du etwas für sechshundert. Von den Professoren-Gutachtern formulierte einer über Sancordin: «Die Amerikaner werden das essen wie Brot.»

Also, dem Freund habe ich gestanden, dass mich die Aussicht, in North Carolina aufzutreten, über die übliche Vorsicht hinaustrieb. Was Carlos Kroll für seinen Verrat bekommen hat, ob er überhaupt etwas dafür verlangte und bekam – ich weiß es nicht. Schumm, der sozusagen darauf gewartet hat, triumphierte jetzt und produziert inzwischen das Mittel in Oberbayern, es heißt *Corsantin*. Bei mir sollte es *Sancordin* heißen. Ach, Carlos, Carlos, Carlos! Es sei, höre ich, ein Millionengeschäft, das ins Milliardengenre tendiere.

3

Und jetzt eine Antwort, zum ersten Mal von Aster, mitten aus den Formulierungswäldern der Suizidalen, an mich, den Franz von M., meine Schluss-Identität.

Lieber Franz von M.,
ohne dein Leid schmälern zu wollen – du kannst sicher sein, dass Verrat viele Gesichter hat und die meisten hier im Forum sich entweder in einem hoffnungslosen körperlichen Zustand befinden oder eben verraten wurden, viele schon in ihrer Kindheit ohne die leiseste Ahnung, etwas wie Verrat könnte je existieren. Es kann.

Und abermals ohne dein Leid schmälern zu wollen – ich ging stets davon aus, ein solides Fundament lasse ein Gemäuer manch einen Sturm überstehen und im schlimmsten Fall mit kaum sichtbaren Rissen weiterhin bewohnbar bleiben. Deines scheint trotz des von dir angedeuteten soliden Fundaments eingestürzt oder aus irgendeinem Grund, den wir hier nicht kennen, von dir zum Einsturz gebracht worden zu sein.

Deine Geschichte klingt wie ein Krimi, ein Wirtschaftskrimi. Warst du darin Lenker oder Gelenkter? Wie konnte der Freund die neunzehnjährige stabile Wechselseitigkeit sprengen, ohne ins Straucheln zu geraten? Oder nahm er gefährliches Straucheln gar in Kauf?

Verzeih, du wirkst auf mich wie ein Romantiker. Das rührt einerseits, weil du die Welt mit dessen Augen zu sehen scheinst. Andererseits musst du wohl, es sei denn, du wärst ein Lottomillionär, Interessen auch unromantisch vertreten haben, so jedenfalls in meiner Vorstellung durch den Eindruck deiner biografischen Fragmente. Ohne Recht und Unrecht beurteilen zu können und schon gar nicht zu wollen, stelle ich mir deinen Einfluss größer vor, als du uns offenbar ahnen lassen willst und unromantisch wahrhaben möchtest.

Ich breche beileibe keine Lanze für den Wert der Menschen – davon wie von den Menschen selbst fühle ich mich Lichtjahre entfernt. Ich weiß auch, dass all das von dir Beschriebene möglich bis selbstverständlich ist.

Einzig deine augenscheinliche Verwunderung verwundert mich.

Aster

PS: Versteh mich bitte nicht falsch. Ich nehme dein Leiden ernst. Nur glaube ich, du hast mehr Macht, als du glaubst.

4

Iris sagt: Du musst Carlos verletzt haben, weil du nie etwas über seine Gedichte gesagt hast. Das kann er dir nicht verzeihen.

Dieses Mankos war ich mir bewusst. Ich kann doch zu Gedichten und gar zu Gedichten solcher Art nichts sagen. Natürlich habe ich versucht zu reagieren. Einmal sagte ich, wie ich es empfand: Dass ich seine Gedichte erlebte wie unbeabsichtigte Streicheleinheiten. Er schmierte mir eine. Das heißt, er gab mir eine Ohrfeige. Aber er umarmte mich sofort, weinend. Dazugesagt, er weinte leicht. Er weinte oft. Ihm fiel das Weinen leichter als das Lachen. Da mir seine schwierigen Gedichte manchmal trocken vorkamen, war für mich diese Weinbereitschaft ein Geständnis. Als er sich vom Weinen erholt hatte, sagte er: So hast du mich noch nie beleidigt. Ich umarmte ihn, er entzog sich und murmelte: Lass doch. Und verfiel in den – ich nenne das mal so – Verkündigungston, in dem er immer über seine Gedichte sprach. Seine Gedichte seien Sprachereignisse, die in dieser Zeit, in der nur das Mittelmäßige triumphiere, gar nicht erkannt werden könnten. Seine Gedichte seien – und das sagte er nicht zum ersten Mal – hermetisch. Ich hatte das Wort längst nachgeschlagen, ohne dass es mir dadurch verständlicher wurde.

Was Iris sagte, habe ich in die Liste der Gründe aufgenommen, die zu meinem Sturz geführt haben könnten.

Denkwürdige Szenen gab es genug. Als Melanie Sugg einmal auf ein Manuskript nicht so reagierte, wie sie sollte, kam er schnurstracks zu mir in die Herterichstraße, ich musste eine Sitzung unterbrechen, er brauche jetzt meine Meinung wie noch nie. Und stellte sich an die Wand, als kreuzige er sich. Und sagte, er werde den Kontakt zu Melanie Sugg endgültig abbrechen, sie sei nichts als eine Boulevard-Schickse! Ich sei der Erste, dem er das sage.

Ich heuchelte Wiegen und Wägen. Sagte schließlich: Geduld passt nicht zu Genies, aber es zeichnet sie aus, geduldig zu sein.

Und er: Noch was?

Und ich: Ich bitte, eingeweiht zu werden.

Er, sich dabei an die Wand pressend: Auf mein letztes Manuskript, das Manuskript zu meinem neuen Gedichtband *SeinsRiss*, kommt von ihr der Satz: Du hast dich wieder einmal selbst übertroffen, ich gratuliere. Und das ist es! Und es fällt ihr nicht ein, dass sie diesen Satz nicht zum ersten Mal bringt, sondern dass das schon die Routineformel ist für alles, was ich schicke. *SeinsRiss*, verstehst du, verstehst du, *SeinsRiss*, und dann das! Ein Verleger, der es nicht schafft, einem Autor, der sein Autor ist, zu sagen, glaubhaft zu sagen, dass er, dieser Autor nämlich, der größte lebende Autor und vielleicht der größte Autor aller Zeiten ist, hat sein Leben verwirkt. Und jeder Autor, dem gegenüber er diese Uraufgabe des Verlegers nicht schafft, muss ihn von seinem unwürdigen Erdendasein erlösen. Soweit mein Credo.

Und ich: Wunderbar, Carlos.

Und er stößt sich ab von der Wand, rennt auf mich zu und bleibt auf mir hängen und heult. Und ich streichle ihn, bis er nicht mehr heult.

Und erst kürzlich, im letzten Winter, auf dem Weg nach Zürich, zu Melanie Sugg, wüstes Schneetreiben, um sechs schon total finster, da rutsche ich, hinter Memmingen, weg, wir schliddern, ich lenke und lenke dagegen, kein Effekt, wir landen im tiefen Schnee. Ich sofort: Carlos, du bleibst im Wagen, die Heizung funktioniert, ich geh zurück zum nächsten Notruf. Den hatte ich, weil mir schon ein bisschen schummrig war, gerade noch gesehen. Also mit Halbschuhen durch den Schnee zurück am Autobahnrand. Es war mir ein Bedürfnis, ihm zu demonstrieren, dass er wichtiger war als ich. Er hätte sofort eine Lungenentzündung gehabt oder geglaubt zu haben. Ich holte mir nur eine Bronchitis.

Einmal machte er den Gekreuzigten und rief: My name is Carlos, I represent the Blues, in fact, I am the Blues!

Und das Tennisspiel! Einerseits das Schönste, andererseits das Grausamste! Als er mit dem Cello Schluss machte, entdeckte er das Tennisspiel. Tennis war gerade durch Steffi Graf und Boris Becker attraktiv geworden. Da wollte er dabei sein. Es war die Zeit, als wir vor dem Apparat saßen und mitfieberten, wenn Steffi Graf gegen die Seles den ersten Satz mit 6:3 gewann und dann nur noch verlor. Die Niederlage des Idols wirkte auf den

Kreislauf. Man holte unregelmäßig Atem, staute und presste und krampfte und stöhnte, man sah, sie könnte gewinnen, aber sie gewinnt nicht.

Carlos Kroll nahm Stunden natürlich bei Iphitos, dem glamourösesten Münchner Club. Ich gratulierte. Sagte: Sobald er wolle, freute ich mich, sein Trainingspartner zu sein. Und wie wir dann spielten, das war ein Dialog! Ich spielte meine Überlegenheit nicht aus, sondern sorgte dafür, dass er meine Bälle kriegte. Aber dabei blieb es nicht. Nach einem Jahr war er ein ernstzunehmender Spielgegner. Wir droschen selig aufeinander ein. Dann überholte er mich. Lernte bei seinem Trainer Schläge, die ich nicht einmal dem Namen nach kannte. Und er sagte die Schläge immer an, aber das half mir nichts. Ich passiere dich longline! Schlug. Punkt für ihn. Oder: Pass auf, ein Rückhand-Return! Schlug. Punkt für ihn. Oder: Ich werde deinen Aufschlag mit Slice returnieren! Schlug. Punkt für ihn. Er genoss seine rasch zunehmende Überlegenheit. Unser letztes Spiel war typisch genug: Er schaufelte mit dem Schläger die Schnecken weg auf seiner Seite. Bei mir mitten im Feld eine einzige Schnecke. Weil ich es nicht fertigbrachte, sie wegzuschaufeln, tanzte ich eine Stunde lang um sie herum. Um mir zu zeigen, dass er inzwischen mit mir auf dem Platz machen konnte, was er wollte, ließ er mich so weit kommen, dass ich viermal Matchbälle hatte, den Rest nahm er mir einfach ab. Das mochte er auch, mich zum Tiebreak kommen zu lassen und mir dann das Spiel abzunehmen.

5

Dann auf einmal Iris: Weißt du was?
Ich: Noch nicht.
Sie: Dein Sugg-Schützling.
Ich: Was ist mit ihm?
Sie: Ist er böse?
Ich: Wenn ich das wüsste.
Sie: Ich habe etwas entdeckt.
Ich: Ja?
Sie: Kleist!
Ich: Kleist?
Sie: Heinrich von.
Ich: Der Dichter?
Sie: Der Dichter! Ich habe mich erinnert an eine Geschichte von ihm, *Der Findling*. Die habe ich jetzt wieder gelesen. Irgendetwas von deinem Kroll hat mich daran erinnert.
Ich: Jetzt bin ich gespannt. Erzähl!
Sie: Die Geschichte ist hoch kompliziert, aber in der Aussage sehr einfach. Ein italienischer Kaufmann namens Piachi reist mit seinem zwölfjährigen Sohn durch ein von der Pest befallenes Gebiet, ein Knabe streckt die Hände aus, will mitgenommen werden in der Kutsche. Der Kaufmann nimmt ihn mit, der steckt den Sohn an, der Sohn stirbt, der Kaufmann adoptiert den Kleinen, lässt ihn ausbilden und überschreibt ihm schließlich sei-

nen ganzen Besitz. Der Adoptierte, er heißt Nicolo, stellt der Gattin des Kaufmanns nach, will sie vergewaltigen, sie stirbt. Nicolo wirft den Kaufmann zum Haus hinaus, da ja jetzt alles ihm gehört. Piachi bringt Nicolo um und wird dann öffentlich gehängt. Davor aber soll er noch um die Absolution bitten, weil keiner gehängt werden darf, ohne das Sakrament empfangen zu haben. Piachi weigert sich. Er will nicht erlöst werden, er will verdammt sein in die unterste Hölle, um sich dort an Nicolo rächen zu können. Der Papst selber sorgt dafür, dass Piachi ohne kirchlichen Segen gehängt und beerdigt wird. Kleist nennt, was der Findling tut, «die abscheulichste Tat, die je verübt worden ist».

Ich: Carlos Kroll hat's überboten!

Sie: Ja, er ist so abgrundtief böse wie der Nicolo in der Kleist-Geschichte.

Ich: Das waren noch Zeiten, als die Übeltäter böse waren.

Sie: Was ist er denn sonst?

Ich: Wenn Carlos böse wäre, wäre ich erlöst. Iris, ich danke dir. Du hast mir sehr geholfen. Durch deine Kleist-Geschichte ist mir erst richtig klargeworden, dass Carlos Kroll nicht böse ist.

Iris schüttelte den Kopf, das hieß: Für mich ist er böse.

6

Dass Aster mir geantwortet hatte, machte mich fast froh. Aber weil ihre Antwort ganz und gar nicht so war, wie ich es gern gehabt hätte, musste ich ihr noch einmal schreiben.

Liebe Aster,
fünfmal neue Zeile in deiner Antwort. Und jedes Mal umwerfend mächtig oder treffend oder packend oder beschämend ... Ich weiß mir nicht zu helfen. Immer noch nicht. Nach mehreren Tagen. Mit jedem Zeilenwechsel ein neues Thema. Dann jedes Mal in vier oder fünf Zeilen eine ganze Lebenstotalität abgehandelt. Was du geschrieben hast, verrät eine solche Weltkompetenz, die nicht nur auf mich gemünzt sein kann. Das stimmt alles überhaupt! Und dann eben auch, wenn es mir gesagt wird. Es ist also alles wahr! Trotzdem gibt es mich noch, wie es mich gibt. Das heißt, es hilft mir nicht, wenn ich dir recht geben muss. Ja, ja, ja, rufe ich, aber ...! Du bist offenbar eine Philosophie-Psychologiemeisterin. Die Cheferklärerin der westlichen Welt. Ich bin am Ende. Ich muss es interessant finden zu erfahren, WARUM ich dran bin, wie ich dran bin! Aber das zu erfahren hilft mir nichts. Ich MUSS hinaus. Und komme zur Sache.

Ich habe mich an dich gewendet, weil mir dein Wort

irreversibel so willkommen war. Natürlich hätte ich dieses herrliche Wort nie mit einer solchen Wort-Edelblüte wie *Todeswunsch* verbunden. Also zur Sache: Jetzt kenne ich mich schon besser aus bei euch und hoffe, mich forumsgemäß ausdrücken zu können.

Ich kapiere, es gibt immer einen Themenvorschlag, der heißt bei euch Thread. Einer oder eine formuliert das aus eigener Not, und wer darauf reagieren will, tut's. Dass ich keinen Thread auftun wollte, ist klar. Ich habe nichts als meinen Fall, und das Problem: Wie kriege ich die Kurve. Die letzte. Da bin ich also in den Thread *Letzte Worte* hineingeraten. Habe gelesen und gelesen. Suizidale sind offenbar Wortmenschen. Ihr Mitteilungsbedürfnis ist so stark wie ihre Ausdrucksfähigkeit. Diese Sammlung von Schluss-Augenblicken! Schon als Kind versucht, sich am Wäscheständer zu erhängen, aber die Stiefmutter war schneller als der Tod! Der ist gesprungen, die Höhe zu gering! Dem reißt das Seil, zur Enttäuschung dann der Schmerz, durch das Seil, das in den Hals schnitt! Und so weiter.

Die Suche nach der richtigen Technik also! Übrigens, ergreifend die lang anhaltende und wortmächtige Trauer der Noch-Lebenden, wenn es einer oder eine von ihnen geschafft hat. Kerzen werden angezündet, und jedem und jeder fällt etwas Liebes über den, der es geschafft hat, ein. Teilnehmendere Trauer habe ich draußen noch nicht erlebt. Und so viel Anerkennung, so viel Respekt, so viel Sympathie! Auch darin erlebe ich, dass trotz aller Suizidalität ganz am Schluss noch eine vorher gar nicht vorstellbare Kraft oder Schwäche nötig ist, um es dann durchzuziehen! Und wie sie den Hund, die Katze von einem übernehmen, der es gleich durchziehen will! Eine wünscht sich noch ein Bild von einem, der gegangen ist, dass sie ihn später im Jenseits mal wiedererkenne! Und mehr als rührend ist es doch, wenn einer das Neue Testament so ernst nimmt, dass er, weil er an die fleischliche Auferstehung glaubt, sich bei seiner Selbsttötung körperlich nicht beschädigen will.

Aber ich, liebe Aster, gehöre nicht dazu. Ich will nur eine Technik, die ich schaffe, und Schluss. Eine Technik, die dann nicht noch an einem Rest von Überlebenswillen scheitert! Auch darüber habe ich Aufklärendes, Warnendes gelesen. Du hältst deinen Todeswunsch für irreversibel. Wer bin ich denn, dass ich an der Irreversibilität deines Todeswunsches zweifeln dürfte! Ich gebe zu – vielleicht sollte ich damit einmal einen Thread eröffnen –, dass ich den, der mich erledigt hat, mit meinem Suizid auch strafen will. Indem ich das hinschreibe, spüre ich, dass das nicht stimmt. Nicht ganz. Ich möchte, dass ihm, was er gegen mich getan hat, leidtut. Ich möchte eine Empfindung in ihm wecken, die an Bedauern grenzt. Trauer nicht ausgeschlossen. Wenn er darunter litte, mich umgebracht zu haben, wäre ich nicht umsonst gestorben. Aber das ist nicht der wirkliche Grund. Das ist ein letzter Wunsch nach einem Nebeneffekt. Mein Todeswunsch ist so klar wie irreversibel: Ich kann nicht leben, wenn das, was mir passiert ist, möglich ist. Basta.

Die Motive der meisten Suizide sind mir eher fremd, aber manchen fühle ich mich doch sehr verwandt. Da ist einem die Freundin von einem Gabelstapler zerfleischt worden, er will nicht mehr, er kann nicht mehr leben. Dann habe ich natürlich alles gelesen, was von Fliesenbourg stammt. Er ist ja wohl der Suizidheilige der Gegenwart. Und hat es nach jahrelanger Hilfe für andere jetzt selber geschafft. Sein Beitrag über die «probate und humane Methode: CO aus Holzkohlen» ist mir zur Bibel geworden. Ich rufe dir den ersten Satz aus seinem Vorwort ins Gedächtnis zurück: «Dieser Beitrag wurde im Laufe der Zeit aufgrund authentischer Erfahrungen verschiedener User, die immer wieder ihr Leben dabei akut aufs Spiel gesetzt haben, aktualisiert und perfektioniert.» Das ist jetzt meine Spur. Ich studiere die «Unkonventionelle Erstickung ohne Panik und Schmerzen ... Ideale Menge und Material ... Messungen mit CO-Messgerät ... Ergänzendes CO aus Ameisensäure oder mittels zweiter, zeitverzögerter Zündung ...» Mir ist noch keine Methode so hilfreich erschienen wie die von Fliesenbourg. Ich kann, was ich da zu lesen kriege, gar nicht oft genug abschreiben.

Ich hoffe, dass ich mich von dir schon bald verabschieden kann, wie es sich gehört. Orgeluse, eine, die viel zu sagen hat, bezeichnete übrigens, was einer von einem Gabelstapler angetan worden sein soll, als einen «unendlich schwer zu begreifenden absurden Lebenszufall oder ein mieses fake». Ich merke, wie schön es wäre, die Tat (das ist die Tat, die einer gegen mich verübte!!) so zu sehen. Aber das geht nicht. «Ein mieses fake». Das ist eine attraktive Mischung. Und genau das war die Tat gegen mich nicht!

Es grüßt
dein Suizident

Hi Franz,
mach doch deinen eigenen Thread auf! Erstens verfranst sich das Thema *Letzte Worte* dann nicht so (das mag man hier nämlich nicht besonders). Und zweitens finde ich deine Geschichte, und was du sonst schreibst, sehr interessant. Denk darüber nach. Jeder darf hier über sich schreiben. Da bekommst du bestimmt auch mehr Antworten.

Nichts für ungut,
Zeitlos

Das war eine Frau. So spürbar wohlwollend kann kein Mann schreiben. Also schrieb ich zurück:

Grüß Gott, Zeitlos (*Hi* gelingt mir nicht),
dein Rat ist barmherzig und warmherzig. Du bist eine Versteherin. Aber ich will nicht mehr verstanden werden. Obwohl ich es nicht beweisen kann, halte ich jedes Verständnis für einen Irrtum. Überleg bitte nicht, was ich damit sagen will. Ich kann keinesfalls einen eigenen Thread aufmachen.

Mit der Bitte um Verständnis,
Franz von M.

Und gleich auch noch ein Posting von Aster:

Lieber Franz von M.,
Zeitlos hat recht, du solltest einen eigenen Thread eröffnen, sonst gibt es über kurz oder lang Ärger.

Deshalb schicke ich dir meine Antwort als PN, also als eine persönliche Nachricht, die du in deinem Postfach vorfindest. Der Eingang wird dir oben auf dem Bildschirm angezeigt.

> Bis gleich,
> Aster

Ich tippte und tastete mich sofort in das PN-Postfach und las. Und was ich las, ackerte mich auf:

So, Franz von M.,
dann fange ich mal an, was nicht ganz leicht ist. Denn verstehen tue ich dich noch nicht. Ich nehme einzig zur Kenntnis, dass du dich nicht abbringen lassen willst. Gut, wie du schon selbst geschrieben hast: Die Motive sind vielfältig und müssen nicht von jedem verstanden werden (obgleich ich diesen Anspruch an mich habe).

Meinen Fragen weichst du aus. Das ist dein gutes Recht. Und nicht nur, weil es schlechter kaum geht, lebe ich damit nicht schlechter. Deine Lobhudeleien sind deshalb eher unnötig. «Cheferklärerin» ... Mit dem überzogenen Quatsch begibst du dich nah an die Grenze, für ein «Fake» gehalten zu werden.

Ja, mein Todeswunsch ist irreversibel. Auch langjährige akribische Augenwischerei mit allen Schikanen unterlag der Irreversibilität letztlich. Umso erbärmlicher, dass meine Finger noch über die Tastatur, man kann sagen, tänzeln und diese Buchstabenreihen hervorholen, anstatt Radieschen zu pflücken. Ich bin eingesperrt in einem Gefängnis, das sowohl das Leben als auch den Tod vor mir in Schutz zu nehmen scheint.

Du hast offenbar deine Methode gefunden. Das ist der erste Schritt, wenngleich ein trügerischer, weil er nicht schnurgerade zum Ziel führt. Ein kleiner Windhauch genügt, den Wegweiser um 180 Grad zu wenden und dich rat- und ziellos stehen zu lassen, wo du bist. Du bist ein Romantiker bis an des Todes Schwelle. Aber wohl schwerlich über sie hinaus. Denn die Tücken des Überlebensdrangs solltest du nicht unterschätzen. Über sie ist im Forum Erstaunliches zu lesen. Nicht nur davon, dass es die wenigsten hier tatsächlich wollen oder schaffen, sondern auch von folgenreichen geglückten und fehlgeschlagenen Versuchen. Von den geglückten berichten manchmal Hinterbliebene: wie sich Körper und Geist noch tagelang wehren, bevor sie sich, von den Qualen erlöst, hinüberretten. Auch gibt es Versuche unter Anwendung gröbster Gewalt, die schwere Verstümmelungen nach sich ziehen, wenn einer einen Sprung aus großer Höhe mehrmals überlebt, bis ihm das Springen wegen sämtlich zertrümmerter Knochen nicht mehr möglich ist, oder sich ein anderer vom Fahrer unbemerkt an einen Lkw bindet und, bevor das Seil reißt, überrollen lässt, dann liegen bleibt und sich mit zerfetzten Organen und Gliedern über ein Feld am Fahrbahnrand mehrere hundert Meter bis zu einem Haus schleppt, wo Hilfe zu erwarten ist, die das reine Überleben sichert. Warum tut einer das? Auch von den Folgen der Einnahme falsch dosierter Medikamente ist zu lesen. Was alles schief gehen kann, ist der informative Teil des Themas. Was neben einer unzureichenden Vorbereitung zum Scheitern führen kann, ist erstaunlich. Was jedoch anschließend alles ertragen wird, ist unbeschreiblich. Gar an Übermenschlichkeit denken lässt manch eine Haltung, die die schlimmste Qual aus Dankbarkeit, am Leben geblieben zu sein, am Ende erträglich und in einzelnen Fällen sogar unwichtig macht. Von daher liegst du mit deiner Vermutung, am Schluss sei eine unvorstellbare Kraft oder Schwäche nötig, um es tatsächlich durchzuziehen, goldrichtig.

Hier im Forum tritt die alte Erfahrung, dass es auf der Welt nahezu nichts gibt, was es nicht gibt, konzentriert in Erscheinung.

Um dem Überlebenswillen ein Schnippchen zu schlagen, wäre wahrlich eine ordentliche Dosis Alkohol hilfreich, wenn das nur nicht wiederum die korrekte Durchführung beeinträchtigte. Ein wahres Dilemma!

Und abschließend sei erwähnt, da ich aufgrund meiner Gefangenschaft zwischen den Welten hier schon einiges an Erfahrung sammeln durfte, dass dein Wunsch, mit dem Tod eine Wirkung zu erzielen oder

Rache zu üben, nicht für eine suizidale Reife spricht, sei es auch nur als Nebeneffekt von etwas, das ich nicht verstanden habe.

So viel für heute, mich entschuldigend, wenn ich dir nicht aus der Seele schreibe.

Aster

Liebe Aster,
auf jeden Fall bin ich dankbar dafür, dass du mir die PN-Rubrik geöffnet hast. Ich will versuchen, diesem Privileg gerecht zu werden.

Zuerst: «Cheferklärerin» war keine «Lobhudelei», sondern der Versuch, deiner souveränen Charakterisierung meines Postings zu entsprechen. Bitte, zuerst, Verrat hat viele Gesichter; mein Gebäude stürzt ein trotz solider Fundamente; meine Geschichte ein Wirtschaftskrimi, bin ich Lenker oder Gelenkter; ich ein Romantiker, der seine Interessen unromantisch vertreten hat; mein Einfluss größer, als ich ahnen lassen will (!); ich habe mehr Macht, als ich glaube. Wenn das nicht die Welt ist, erklärt vom Chefstuhl aus! Dafür, dass du meine Selbstwahrnehmung vorführst, wie sie sich von außen ansieht, muss ich dankbar sein!

Zur Sache: Du bist und bleibst für mich Frau Irreversibel. Wie du deinen Todeswunsch ausdrückst, beeindruckt mich, du in einem Gefängnis, das sowohl das Leben als auch den Tod vor dir in Schutz zu nehmen scheint.

Liebe Aster, ich habe keine Ahnung, wie es einem

Menschen, der so etwas mitteilt, in dem Augenblick, in dem er es mitteilt, zumute ist. Ich kann mich nicht zurückhalten, die unmögliche Frage zu stellen: Was hast du, als du das geschrieben hast, angehabt! Ich ziehe die Frage als hoch unseriös zurück.

Ob es mir tatsächlich so ergehen kann, wie du skizzierst, weiß ich noch nicht. Ein «kleiner Windhauch genügt, den Wegweiser um 180 Grad zu wenden und mich rat- und ziellos stehen zu lassen». Ich, ein Romantiker bis an des Todes Schwelle, aber «wohl schwerlich über sie hinaus». Ich habe keine Ahnung, was das ist, ein Romantiker. Mein Leben war, auch als es noch glückte, nicht romantisch. Es glückte, weil ich meistens wagte, was überhaupt zu wagen war. Ein eiskaltes Gefühl hat mich geleitet. Und dann die Freude des Gelingens. Dass das Leben gelingen kann, das habe ich erlebt. Bis mir dann bewiesen wurde, dass ich immer nur Glück gehabt habe, dass es mir in jedem Augenblick hätte so gehen können, wie es mir dann gegangen ist. Also die Welt ist so verfasst, dass das, was mir passierte, immer und überall möglich ist.

Und wie ich dagegen protestiere! Und dagegen protestiere, dass ich dagegen protestiere! Wohin denn noch? Irgendwohin, wo nicht gesagt wird, es sei so und so! Also ab ins pure Nirgendwo. Tut mir leid, liebe Aster, mir tut jede Gewissheit weh! Ich suche die totale Ungewissheit! Verzeih!

Ein «kleiner Windhauch genügt, den Wegweiser um 180 Grad zu wenden». Das sagst du mir ins Gesicht.

Du, die ihren Todeswunsch irreversibel nicht nur nennt, sondern als solchen erlebt.

Liebe Aster, was ich dir da hinsage, kann ich nur in einer PN unterbringen. Ich bewundere im Forum jeden, der seine Motive bloßlegt. Offenbar bin ich noch nicht so weit. Ich lerne. Und nirgends möchte ich noch lernen als bei Suizidalen. Ich will ermessen, erfahren, erfühlen, ob ich dazugehöre. Und bis jetzt hat mir noch niemand so viel Kenntnis ermöglicht wie du. Wenn wir in PN-Verbindung bleiben, das wäre, sagen wir, was mich angeht, wünschenswert. Ich weiß nur, dass ich nicht mehr will! Ich hülle mich in deine Irreversibilität! Ich bitte dich, mich in deine Irreversibilität aufzunehmen. Geh, bitte, nicht ohne mich. Deine Irreversibilität ist attraktiv. So grotesk empfinde ich es. Beziehungsweise dich.

In Gedanken dieser Art,
dein Franz von M.

7

Lieber Herr Schriftsteller!
Diese Anrede wäre nicht möglich, wenn ich Ihnen, was ich Ihnen schreibe, morgen oder überhaupt in absehbarer Zeit schicken würde. Es mag Sie überraschen, aber Sie entwickeln sich dadurch, dass ich Ihnen schreibe. Die Zumutbarkeit nimmt zu. Sie werden zu einer nie gekannten Ermutigung! Natürlich nehme ich einfach an, dass Sie, was Carlos Kroll betrifft, eher auf meiner Seite sind als auf seiner. Keine bedingungslose Zustimmung, bitte! Das würde Ihre Glaubwürdigkeit mindern! Ach, Herr Schriftsteller, mir fehlt einfach der Gesprächspartner, der von mir etwas erwartet! Am liebsten wäre mir jemand, der viel erwartete von mir. Anspruchsvoll in jeder Hinsicht! Verstehen Sie! Ich will so ernst genommen werden, wie ich mich selbst nicht nehme! Viel verlangt, ich weiß.

Weil mich das WARUM meines Falls nicht schlafen lässt, habe ich die zuverlässigsten Intelligenzen beauftragt, im gegnerischen Lager jede nur erreichbare Auskunft zu kaufen. Diese Aktion läuft noch. Die Ergebnisse bis jetzt zeigen, dass mein Sturz nicht geplant wurde. Es kann eine Augenblicksidee gewesen sein. Ein Amerikaner hatte geladen. Im Lehel. Offenbar das feinste Penthouse überhaupt. Ob der Amerikaner nur Industrieller oder auch Anwalt, vielleicht sogar Erfinder war, ist noch nicht klar. Da war jener Carlos Kroll. Und da war auch eingeladen, aber nicht mit ihm, eine Frau. Sie mit Oliver Schumm, meinem Erzkonkurrenten. Oliver Schumm gebietet in München über mehr Frauen, als man es sich unter nachfeudalen Umständen vorstellen kann. Er ruft aus der Zahl der ihm zur Verfügung stehenden Frauen immer die auf, auf die er gerade Lust hat. Und weil er nicht nur reich und mächtig ist, sondern auch gescheit, belesen, gewitzt und einfallsreich – er veranstaltet in München die lebendigsten Feste –, deshalb darf jede Frau glücklich sein, wenn sie gerufen wird. Da hatte er also eine, heißt es, mittelmeerisch aussehende Frau dabei, der jener Carlos Kroll sofort verfiel. Er war, solange ich ihn kenne, immer mit zehn bis zwanzig Jahre älteren Frauen zusammen. Die an dem Abend im Lehel ist, wird mir berichtet, nur wenige Jahre älter als er. Offenbar hat Oliver Schumm die Situation erfasst. Er kannte die Rolle, die Kroll bei mir spielte, und schlug zu. Das heißt, er wusste noch nicht, was sich aus dieser Gelegenheit machen ließ, aber er erlebte, dass der Kroll zu haben war. Dann hat er offenbar Regie geführt. Kroll kriegte die Mittelmeerische nicht sofort. Sie musste nur erscheinen als das, was sie war. Schlechthin begehrenswert. Und tatsächlich muss sie unter den Frauen in Schumms Reich etwas Besonderes sein. Sicher ist sie eine, die er nicht einfach rufen kann, und dann kommt sie. Aber sicher war sie schon einmal Schumm-Geliebte. Das gereicht jeder Frau zur Auszeichnung. Diese Frau aber verfuhr mit Oliver Schumm ganz anders, als er es gewohnt ist. Ihr gefiel die Konversation mit Carlos Kroll. Er und sie lieferten sich offenbar glänzende Wortschlachten. Und als Oliver Schumm sich in dieses heftige Hin und Her einmischen wollte, sagte die Mittelmeerische zu ihm, dem Herrn alles Hiesigen: Halt die Klappe! Sie leitet die deutsche Filiale eines US-Konzerns. Sie ist offenbar eine gloriose Kapitalistin. Das reizte die linken Instinkte von Kroll. Der musste diese Frau haben.

Viel mehr konnten meine Kundschafter bis jetzt noch nicht herausfinden. Aber an diesem Abend hat diese Frau, nachdem sie sich mit Carlos Kroll so wortreich produziert hat, laut gegähnt und zu Oliver Schumm gesagt, dass sie jetzt lieber ginge. Darauf der Hausherr, der schwer einzuordnende Amerikaner: Ihr könnt nach nebenan, wenn ihr ficken wollt. Das war sogar in dieser Gesellschaft auffällig. Er sagte das natürlich auf Englisch beziehungsweise Amerikanisch. Da ist es bemerkenswert, dass, so meldet mein Kundschafter, dieser Amerikaner auch ein Kunstsammler ist, ein so genannter Motivsammler. Und sein Motiv ist, wird mir gemeldet – die Vagina. Die Wände dort hängen offenbar voll mit Vaginadarstellungen jeder Art.

Wie es dann weiterging, kann ich mir denken. Die Ermittlungen sind noch im Gang.

Das teile ich mit, weil gerade Sie nicht denken sollen, ich sei das Opfer einer höchsten Unerklärlichkeit. Wahrscheinlich bin ich das Opfer einer Bettgeschichte. Wenn die zwei ein Paar geworden sind, dann merkte Carlos Kroll, was er anstellen konnte. Vielleicht spielte er sich einfach auf, und sie, die Kapitalistin, verfiel dem Reiz des Revoluzzers. Oliver Schumm dirigierte den Verlauf. Dann klappte es also so schmählich wie möglich.

Lieber Herr Schriftsteller, es ist nicht wichtig, wie banal die Story verlief. Je banaler, umso bezeichnender. Dass ich ihm das wert war! Vielleicht ist allerdings jene Mittelmeerische so, so ungeheuer, dass ihretwegen jede Untat verständlich sein muss. Carlos Kroll ist letzten Endes ein Dichter. Also Gefühlsdiktaten ausgeliefert und so weiter.

Verzeihen Sie, bitte, meine Ausführlichkeit. Ich muss mich mit dem WARUM anfreunden, sonst wird das Denken zur Folter.

Lieber Herr Schriftsteller, der Sie längst meine Selbstgesprächskulisse sind, begreifen Sie: Der Ex-Verschönerer schreibt an den Immer-noch-Veröffentlicher! Und er schreibt Ihnen, weil er Sie braucht. Als Adressat. Als Zuhörer. Als Zeuge. Als alles, was ihm fehlt. Ob er Ihnen, was er Ihnen schreibt, je schicken wird, weiß er nicht. Es ist weniger wichtig, als dass er Ihnen schreiben kann.

Wenn ich an Sie über mich schreibe, kann ich ganz von selbst schreiben, als wäre ich ein anderer. Oder der andere überhaupt. So gut, wie ich Theo Schadt kenne, kennt ihn niemand. Iris ausgenommen. Ich hoffe, dass ich, wenn ich Ihnen alles über Theo Schadt schreibe, ihn noch genauer kennenlerne. Das ist meine Illusion, dass ich, wenn ich über Theo Schadt berichte, mehr über ihn erfahre, als ich weiß. Das ICH ist immer so einengend, so rücksichtssüchtig. Wohin ich per ER komme, weiß ich nicht. Ich probiere es zuerst einmal per DU. Dann wird das ER vorstellbar.

Was du jetzt erlebst, gilt weniger als der Vogelflug. Du bist dir nicht so nah, wie du glaubst. Dein Leben kann dir so gleichgültig werden wie das Leben eines anderen. Man stirbt nicht nur einmal.

8

Iris ist ein wildes Gänseblümchen. Sie hört nicht auf, die Tochter ihres Vaters zu sein. Ihr Vater ist der Mann ohne Fehlgriff. So nennt sie ihn immer, wenn sie ihn jemandem bekannt machen will. Der Mann ohne Fehlgriff. Das hat sie geerbt von ihm. Iris ist die Frau ohne Fehlgriff. In diesen vielen Jahren, die auch Ehejahre waren, gab es bei ihr nie einen Fehlgriff. Und sie griff oft genug zu. Sein Schicksal darf ihm vorkommen als eine Folge von Iris-Griffen. Vielleicht sollte er nach den neuesten Begebenheiten sagen, er sei ihr einziger Fehlgriff.

Als sie heirateten, war sie Sekretärin in der Diözesanverwaltung. Ihr Chef, der Monsignore Reiter, war Trauzeuge. Als der Monsignore nach Rom berufen wurde, kündigte sie, ging zum Fernsehen, zuerst zum kirchlichen Fernsehen, dann Vorabendprogramm. Damals fing sie an zu tanzen. Tango. Wahrscheinlich gibt es in Deutschland keine Stadt, in der so viel Tango getanzt wird wie in München. Jeden Abend irgendwo ein Tangoball, also eine Milonga, so nennt man das. Im Diana-Tempel im Hofgarten kann man im Sommer zuschauen, wie sie tanzen. Weil Iris tanzte wie eine Göttin, hat er sie Terpsichore genannt. Als sie dann deutlich über fünfzig war, hörte sie auf zu tanzen. Nach siebzehn Tango-Jahren. Inzwischen war sie längst weg vom Fernsehen, arbeitete in einem Tanzladen. Nach fünf Jahren machte sie selber einen Laden auf für alles, was zum Tanzen gebraucht wird. Den nannte sie dann TERPSICHORE, FLITTER & CO. Aus Argentinien, Italien und Kanada importiert sie die Schuhe, ohne die nicht getanzt werden kann. Und Röcke aus Spanien, Gürtel aus Marokko und so weiter. Seit seine Firma nicht mehr existiert, sitzt er bei ihr an der Kasse, tippt Rechnungen, kassiert, macht alles außer Verkauf. Die Kundinnen bedient sie. Das zieht sich oft über Stunden hin, bis die richtigen Schuhe gefunden sind. Es geht Iris bei jeder Kundin immer um deren Tanzschicksal. Er sitzt mit dem Rücken zur Verkaufsszene, werkelt an seinem PC und in den Geschäftspapieren, bestellt, überweist, versendet. Iris hat aus TERPSICHORE ein richtiges Versandgeschäft gemacht. Überall in Deutschland wird mit den Schuhen getanzt, die durch Iris ins Land gekommen sind. Und sie hat das Glück, das ihr gebührt. Gerade hatte sie das Tangogeschäft angefangen, da wird der Tango zum Weltkulturerbe erhoben! Sie plakatierte die Nachricht monatelang im Schaufenster: *Der südamerikanische Tango gehört seit Mittwoch zum Weltkulturerbe. Auf ihrer Tagung in Abu Dhabi nahm die UNESCO den Tanz, der von George Bernard Shaw auch als vertikaler Ausdruck eines horizontalen Verlangens beschrieben wird, in die Liste der schützenswerten immateriellen Kulturgüter auf. (AFP/Tsp)* Sie wusste, das durch die Schellingstraße flanierende Publikum war für eine solche Meldung zu haben. Und dann kann sie auch noch damit prahlen, dass der neue Papst in Argentinien ein berühmter Tangotänzer gewesen sei!

Natürlich hört er, wie Iris mit den Kundinnen spricht. Da es immer um Milongas geht, weiß er inzwischen über diese Tanzabende ziemlich viel. Auch über die Tanzfestivals von Budapest über Rom bis Dubai. Eben dafür wollen die Kundinnen ausgerüstet sein. Wenn bezahlt wird, schubst er sich aus seiner Schreibecke zum Kassentisch.

Dann also die Kundin Baldauf, Sina. Es erwies sich, dass sie schon in der Kartei war. Wahrscheinlich war sie vor seiner Zeit hineingekommen. Sie wollte nicht nur Schuhe, sondern mehrere Boleros, Netzstrümpfe, einen Gürtel. Sie bereitete sich vor auf Rom.

Also vor allem Schuhe. Iris stieg voll ein. Wenn Sina vor einer Woche gekommen wäre, hätte Iris noch nicht sagen können, was sie heute sagen kann, laut sagen kann: Vorgestern sind die neuen Modelle von *Comme il Faut* eingetroffen ... Dann begann ein Ineinander von zwei Stimmen, so erregt, so eifrig, so hingerissen und auch wieder lustig, in helles Gelächter ausbrechend über ein Wort, das zu einem Schuh gehörte, ihn rühmte, aber eben so, dass darüber auch gelacht werden konnte. Pudermetallic, Glittersprint ... Wenn er nicht gewusst hätte, dass es sich um Schuhe handelte, hätte er denken können, die zwei seien mit irgendetwas Erotischem beschäftigt. Waren sie ja auch. Diese Tangotanzschuhe wirken wirklich wie ein Liebesschwur, in einen Schuh gezaubert, der vor lauter Leichtigkeit und Blöße nichts als triumphieren kann. Bisher hatte die Kundin Stilettoabsätze von acht Zentimetern. Sie will jetzt 9,5! Iris bringt's! Laute des reinen Entzückens! Die Kundin noch lauter als Iris. Er hört immer alles, ohne dass er es will. Sie wird mit einem hiesigen Partner nach Rom fliegen. Ohne Partner wird dort keine Frau zugelassen. Dieser Partner hat ein Apartment gemietet für sich und für sie. Das sei billiger als zwei Einzelzimmer. Sie wolle mit dem nur tanzen, sagte sie. Er sei einer der besten Tangotänzer Münchens, tanze seit vierzehn Jahren, sie erst seit drei Jahren. Da sagte Iris: Schade, ich habe vor fünf Jahren aufgehört. Und sie: Sie sei vor fünf Jahren noch ganz tanzunfähig gewesen. Weil sie das so heftig sagte, hätte er sich beinahe umgedreht und hingeschaut. Aber das durfte er keinesfalls. Die Frauen mussten unter sich bleiben. Iris lenkte gleich zurück in den normalen Ton. Ihr sei eben das an sich zauberhafte Aufforderungsritual mit Blicken auf den Milongas immer öfter missglückt. Wie sich Mirada und Cabeceo ineinander verschlingen, dass man nicht mehr wissen muss, wer wen zum nächsten Tanz aufgefordert hat. Und die Kundin: Das sei für sie immer noch eine Problemsekunde, wenn sie einen der drübenstehenden Männer anschaue und der nur noch nicken müsse, und manchmal nicke dann der Falsche. Oder keiner. Wieder Gelächter. Und Iris: Eindeutig das Schlimmste, du schaust hin, und dann schaut der weg. Diesmal Seufzertöne. Auch zweistimmig. Aber gegen Berlin ist München immer noch ein Tango-Paradies, sagte Iris dann. In Berlin blieben die Tänzer meistens unter sich und ließen einen stundenlang herumsitzen. So jedenfalls ihre Erfahrung von zwei Berlin-Besuchen. Besonders frustrierend im Café Domínguez und nur wenig günstiger im Nou. Da sind die Münchner Männer doch umsichtiger. Aber vielleicht lag's an mir.

Als sie bezahlte, wurde ihm schwindlig. Das durfte er nicht merken lassen. Iris hatte schon eine neue Kundin. Was war passiert? Eine Explosion. Nur noch Licht. Grellste Helle. Nichts mehr erkennbar, der ganze Laden ein Chaos. Iris inmitten von Schachteln. Theo, rief sie, Theo. Er sagte wahrscheinlich ja. Er tastete sich hinaus, weil das Licht ihn immer noch blendete. Draußen an Hauswänden und Schaufenstern entlang. Instinktiv Richtung Ludwigstraße. Iris rief: Theo! Er drehte sich um, deutete an, dass er hinüber zum Atzinger wolle. Eine Wirtschaft, in die er ging, wenn er eine Pause brauchte. Noch stand er auf dem Trottoir mitten im Fußgängerstrom. In der Schellingstraße drängen die Leute oft, als seien sie schon zu spät dran und müssten deshalb rücksichtslos eilig sein. Auf die Ampelerlaubnis an der Amalienstraße konnte er nicht warten. Er kam hinüber, dann auch noch über die Schelling und die paar Stufen zum Atzinger hinauf und hinein und sogar noch zu seinem Tisch, der zum Glück frei war. Die zwei Bedienungen kennen ihn. Das Weißbier stand auf dem Tisch, kaum dass er saß.

Das Licht in der Wirtschaft war normal. Die zwei Jüngeren und ein Älterer am Nebentisch forderten sofort seine Aufmerksamkeit. Der etwa Fünfzigjährige sprach gestenreich auf einen der Zwanzigjährigen ein. Der andere Zwanzigjährige aß eine Suppe. Es war kein Wort zu verstehen, aber Theo kriegte alles, was der sagte, mit. Es wird keine Kapitalverkehrskontrolle geben! Russland wird aus dem Schwellenländerindex herauskommen! Der Rubel ist unterbewertet! Schuld ist allein die intrigante Politik der USA! Wir werden in den kommenden Tagen sieben Milliarden Dollar verkaufen! Dass Apple den Verkauf übers Internet eingestellt hat, interessiert uns einen Dreck! Seine Gesten: ein Ballett mit zwei Händen. Der Zeigefinger der Rechten schießt empor, dann ein jähes Hin und Her dieses Zeigefingers, die absolute Verneinung. Dann die Rechte, als ein Beil und Messer zugleich, zerhackt, zerschneidet mit blitzschnellen Schlägen alles Gegnerische, es wird zerstückelt zu lächerlichen Teilchen. Dann beide Hände hoch und flach hingestreckt: Da, schaut, seht ihr, wie stark ich bin, ich kann mir Offenheit erlauben! Und schließlich beide Hände steil und dazwischen der Kopf: Ihr interessiert mich nicht mehr!

Theo saß wie der Zwanzigjährige, gebannt. So genau hatte er Putin noch nie verstanden. Er begriff: Am Nebentisch saß Putin und erklärte dem einen Zwanzigjährigen, was zu geschehen habe, um den Sturz des Rubels zu bremsen. Die scharfen Gesten machten jeden Satz zur Waffe. Putin war sich seiner Sache sicher. Der Zwanzigjährige hörte gierig zu. Theo war froh, diesem Putin wenigstens zuschauen zu können. Dann kam Iris. Sie habe ihm sofort nachlaufen wollen, aber Frau Dachsteiger, die sonst jederzeit bereit ist, einzuspringen, musste eine Gruppe Japaner begleiten. Also blieb nichts anderes übrig, als das Schild an die Tür zu hängen: Wegen Krankheit geschlossen. Und das stimme ja auch.

Was ihm passiert war, führte sie auf einen Schlaganfall zurück. Sie nahm ihn an der Hand wie einen Behinderten. Das ließ er sich nicht gefallen. Seiner Bedienung winkte er noch zu, dass sie verstand: Er werde entführt!

Iris wollte mit ihm sofort in die Klinik. Nein, danke! Es geht ihm schon wieder besser.

Zu Hause saß er dann. Sobald er die Augen zumachte, starrte er in die Lichtflut, darin sie. Sie schob ihre Karte herüber. Der Name Sina Baldauf. Riesige Buchstaben schwankten im grellen Gewoge. Er hatte dann hinaufgeschaut zu ihr. Sie hatte herabgeschaut. Mindestens eine Sekunde lang. Das genügte. Eine Geschichte. Ihre Geschichte. Spielte sich ab. Als er Anfang und Ende intus hatte, musste er, weil die Helligkeit so grell war, die Augen wieder aufmachen. Da war diese Sina verschwunden. Das ist unmissverständlich. Er sollte sich mit dieser endlosen Sekunde beschäftigen. Und sofort hörte er wieder, was die beiden Frauen sagten, plus ihr Lachen, immer von beiden. Die Kundin allerdings federte lachend jäh hinauf und lachte zuletzt zwei Oktaven höher als Iris. Es war eine Lach-Nummer. Ein wohlig schwellender Mezzo- und ein sich steil hinaufstoßender Sopran. Was sie gesagt hatten, wiederholte sich in ihm wie vom Tonband. Eine seiner Eigenheiten. Was er hörte, blieb ihm. Nicht ewig, aber oft länger, als er wollte. Und zwar Wort für Wort. Im Geschäftsleben hatte er Partner und Gegner verblüfft, weil er genau aufsagen konnte, was gesagt worden war und jetzt bestritten wurde.

Die zwei hatten kein Thema außer Tango. Diese Sina

liebt den Tango Argentino, weil er kreativ sei. Sie hat Feldenkrais- und Rolfing-Erfahrung. Iris lacht sie aus. Ihr hat Tango immer alles gebracht. Entspannungsideologie ist das Gegenteil von Tango. Sie wollte spielen, darum hat sie Tango getanzt. Nur weil das Leben so ernst sei, habe sie tanzen müssen. Siebzehn Jahre lang. Diese Sina sagt, drei Jahre Tanzerfahrung reichten nicht aus, um spielen zu können. Ihre Schwäche sei immer noch die Achse. Ihren Körper strecken, unter Spannung halten, dabei aber Schultern und Hüften locker lassen! Iris: Wenn die Basistechnik stimmt, funktioniert alles von selbst, Bewegungen und Figuren. Die Musik natürlich, da waren sie sich einig! Ausschlaggebend sei einfach, ob der Partner musikalisch sei. Ist er es nicht, aus! Und Sina: Schlimmer sei nur noch, wenn der Partner seinen rechten Arm samt zugreifender Hand auf ihrem Rücken zu weit unten halte oder ihr oben mit seiner Umarmung die Luft abdrücke. Großes Lachen. Aber sie wolle nicht nur kritisieren. Gestern bei der monatlichen Milonga im Giesinger Bahnhof lief es ganz toll. Sie hat mitgezählt, sieben Tandas, obwohl eine Masse Frauen da war. Zweimal wurde sie auch von Frauen aufgefordert. Mit Angela, das war es überhaupt! Mit Frauen ist es schwieriger, weil sie weicher und zaghafter sind, aber nicht mit Angela! Sie war dynamisch. Manchmal habe ich sie nicht ganz verstanden. Manchmal bin ich ein wenig aus der Achse gekommen. Trotzdem war es ein Genuss! Ach, und dann, das war doch auch einmalig. Um Mitternacht die Damenwahl. Sie bleibt da immer sitzen. Will keiner die Wahl verderben. Dann aber doch zu einem Italiener geschaut, der noch saß, ein paar Jahre jünger und ein Aussehen wie ein Sohn von Marcello Mastroianni. Und getanzt hat er wie Puccini persönlich und sagt seinen Namen: Amletto. Dass sie damit nichts anfangen kann, sieht er und sagt: Shakespeare. Ach so, Hamlet! Und bläut es ihm ein, Hamlet heißt du, Hhhhamlet. Und er macht's nach und wird dadurch noch mal schöner, als er schon war. So was versöhnt einen dann auch wieder mit dem bloßen Leben. Für sie, sagte Iris, sei zunehmend schlimm gewesen, die Konfrontation mit der Abhängigkeit zu ertragen. Die Frauen hätten sich anzubieten, zu warten und dann das zu erfüllen, was der jeweilige Partner erwarte beziehungsweise durch seine Führung verordne. Auf ihrer Abschiedsmilonga habe sie mit einem Kroaten tanzen müssen. Der war sehr groß. Ihre Haltung war ganz anders als sonst, die Drehung ihres Körpers, alles war nur noch Anpassung an seine großen Schritte. Nachher kommt er auf mich zu. Ich denk, oje, jetzt kanzelt der dich auch noch ab. Aber er sagt, er müsse mir sagen, wie toll meine großen Schritte seien. Er habe schon fast Angst, große Schritte zu führen, weil die Frauen das oft nicht mitmachten. Ich schaute ihn möglichst ausdruckslos an. Ich erwartete, dass er nach diesem Anfangskompliment sagen würde: Deine großen Schritte sind zwar toll, nur die kleinen Ochos sind hundsmiserabel. Aber er: Das habe er mir einfach sagen müssen. Da merkte ich, wie sehr ich auch nach siebzehn Jahren auf meine Mängel fixiert bin. Wieder ein Seufzerlaut. Auch zweistimmig.

Aber was hatte sie an? Der Lichtschwall präsentierte sie ihm überdeutlich. Von einer unruhigen Lichtfülle gerahmt, sie in aller Schwärze, eine Jacke, Leder, schwarz, bis zur Hüfte, nach links tendierend, von ihr aus gesehen nach rechts. Der kleine Pelz als Kragen reicht weit herein. Die schwarzen Haare über alles um sie herum. Um das Gesicht muss er kämpfen. Eigentlich sieht er nur noch die Augen. Nein, den Blick. Ihr Blick ist sie. Sie ist ihr Blick. Er hatte, als er hinaufschaute zu ihr, gesehen, dass sie groß war. Und dann diese hohe Stimme. Wieder keine Pistole. Ein Schuss und Schluss. So leicht wie noch nie. Jeder Atemzug eine Qual. Hör doch auf zu atmen! Und atmet weiter.

Dann also auf und hinaus. Nicht hinter ihr her. Sie war längst fort. Und was hatte er alles mitgekriegt! Ohne es zu wollen. Und wusste jetzt, dass sie gesagt hatte, sie steht im Parkverbot. Und beide hatten gelacht. Er hatte, als er dann aufstehen konnte, zu rennen versucht. Iris hatte Theo! gerufen. Aber so, wie man jemanden ruft, den man nicht einholen kann. Und sie stand im Parkverbot.

Er hatte sich von Iris vom Atzinger zur Ladentür führen lassen und gesagt, er fahre heim. Das so laut und sicher, dass Iris ihn losließ. Dann musste er rennen. Dann das Taxi. Als er seine Adresse sagte, sagte der Fahrer, ob er ihn zu einem Arzt fahren solle. Er sagte noch einmal – und diesmal strafend – seine Adresse. Sagte das so, als sage er: Hören Sie nicht gut! Und wunderte sich, dass er jetzt kontrollierte, ob der Fahrer die kürzestmögliche

Strecke fuhr. Von der Schellingstraße nach Solln, eine 30-Euro-Strecke.

Er will mit dieser Person nichts mehr zu tun haben. Sie hat ihn nicht wahrgenommen. Sie hat ihre Bankkarte gezückt und hingelegt vor ihn. Er hat das Geschäft abgewickelt. Er hat nicht mehr hinaufgeschaut zu ihr. Er hat ihr die Bankkarte hingeschoben. Er hat die Rechnung quittiert. Er hat nicht gewusst, ob sie noch da sei. Aber Karte und Rechnung wurden zurückgenommen. Von ihr. In hellsten Tönen grüßte sie Iris, grüßte Iris zurück. Ihre hohe Stimme. Roma, ti amo. Das war ihr letzter Satz. Den hatte sie Iris zugerufen, als sie es dann wegen des Autos im Parkverbot offenbar doch eilig hatte: Roma, ti amo! Jetzt merkte er, dass er wegen ihrer Größe, an der er hinaufgeschaut hatte, eine tiefere Stimme erwartet hatte.

Es befällt ihn. So könnte ein Schüttelfrost anfangen. Oder das Gegenteil, eine Hitzewelle. Ein Anfall, der vor nichts Halt machen wird. Er bremste ihn durch ein hemmungsloses Eingeständnis. Er schreibe und schreibe und schreibe erstens, weil er keine Firma mehr habe. Bei Iris am Kassentisch, das hindert ihn daran, sich sofort abzuservieren. Aber weiterzuleben hilft es nicht. Das Schreiben liefert den Hauch einer Weiterlebensillusion. Zweitens, weil er noch nach einer Technik sucht, die das Gehen sensationslos, schmerzlos und reinlich verlaufen lässt. Aber dass er schreiben muss wie noch nie, das kann nur daran liegen, dass er nicht andauernd mit einundvierzig Menschen verbunden ist, die ihn ununterbrochen durch Fragen und Antworten in der Schwebe halten, sodass er nie stumm bei sich selber landet, sondern immer im Vollzug ist, im Lebensvollzug. Sobald er wieder eine Firma haben werde – und er werde wieder eine haben! –, wird nicht mehr geschrieben. Da werde wieder gelebt. Und wenn ihm der Sprung nicht gelänge? Gerade hinter sich hat er die «Atemregler-Gas-Methode». Das sei die *sophisticated version* der häufig benutzten Exit-Bag-Methode. Er ist auf der Spur. Solange er noch überlegt, wie sein Exit auf den und jenen wirkt, ist er noch nicht weit genug weg. Wenn er mit sich streitet, sich feige schimpft, weil er es jeden Tag wieder nicht tut, ist er nicht weit genug weg. Die Erlösung muss im Kopf passieren. Dann die Ausführung. Die Erlösung ist die Unabhängigkeitserklärung. Niemand und nichts hat ein Recht, ihn zu hindern. Iris, ja, es gibt nicht die geringste Möglichkeit, sich ihr verständlich zu machen. Für Iris ist das Leben hinnehmbar unter gar allen Umständen. Sie hat noch nie etwas Fatales erlebt. Er darf keinen Abschiedsbrief schreiben. Nichts, was sie widerlegen kann.

Ach Iris. Wenn alles nicht so gekommen wäre, wie es gekommen ist, hätte er Iris sagen müssen, dass er sich neuerdings andauernd zwingen müsse, etwas für sich zu tun, obwohl er eigentlich nur noch etwas gegen sich tun möchte. Am liebsten das Äußerste, Letzte.

Sina Baldauf.
Sina, Hebräisch, Englisch, Deutsch, Russisch, Persisch. Er entschied sich für Deutsch-Persisch.

Er wusste, dass er sich Sachlichkeit vormachte.

Er wagte nicht, Iris zu fragen, ob die Kundin, die sich für Rom ausrüsten ließ, einen Termin genannt habe. Und nichts wäre ihm jetzt wichtiger gewesen, als zu wissen, wann sie mit dem besten Tangotänzer Münchens nach Rom flog. Und nichts wäre sinnloser, als das zu wissen. Ein Apartment in Rom, weil das billiger sei als zwei Einzelzimmer. Und sie will mit dem nur tanzen. Warum sagt er sich das vor? Was geht es ihn an? Ihr Blick. Ja, nur dieser Blick. Das heißt: Dunkle Augen schauen herab. Aus einem blendenden Lichtgewoge. Das weiß er noch. Was soll's! Zum Glück gibt es das Suizidforum. Jeden Tag floh er in das Forum.

9

Endlich wieder eine Nachricht von Aster:

Lieber Franz von M.,
was ist das überhaupt für ein Name? Bist du adlig? Oder flüchtest du dich dahin?

Für mich bleibt der Eindruck eines Romantikers, ja gar eines Traumtänzers. Letztlich untermauerst du ihn mit der Schilderung deines Anspruchs auf Glück. Du hast furchtlos und unerschrocken gehandelt, offenbar auch schonungslos. Dann die arglose Freude übers Gelingen, und wenn etwas schief geht, soll im Nu alles irreversibel sein. Niemand zwingt dich, dich selbst aus einer dir fremden Perspektive zu betrachten. In dem Fall wäre es meine gewesen. Meine Bemerkungen scheinst du als Hülle ohne Inhalt wahrzunehmen. Von mir aus. Einzig die Irreversibilität meines Zustandes übt einen Reiz auf dich aus. (Es ist sie, die mich kleidet, das nur nebenbei.) Aber sie ist nichts für dich. Für dich, der nach eigenem Bekunden die «totale Ungewissheit» sucht. Der Tod ist grausamste Gewissheit, die Irreversibilität, wie sie mich, seit ich denken kann, begleitet, ebenfalls. Was mir mein Vater als Erbe zu hinterlassen gewollt haben muss, braucht dich nicht zu interessieren, oder lies es halt im Forum nach. Ich erwähne das nur noch mal, um der Irreversibilität, wie ich sie erlebe, ein Gesicht zu geben. Und, Franz von M., in dieser Irreversibilität ist kein Platz für dich oder irgendjemanden. In dieser Zwischenwelt bin ich allein, im Gezerre von Leben und Tod. Da und vielerorts bin ich gescheitert – mein Scheitern. So verharre ich nun eben in der Irreversibilität. Und wahrlich, es gibt Attraktiveres.

Es grüßt dich,
Aster

Und er sofort:

Liebe Aster,
du bist meine Suizidal-Referentin. Wenn dein Brief die einzige Nachricht im Forum wäre, müsste ich mich hinausgeworfen fühlen. Du bist kurz und bündig oder lakonisch: In deiner Irreversibilität ist kein Platz für mich. Ich mache darauf aufmerksam, dass das Forum aus Beiträgen besteht, in denen sehr lange, oft jahrelang das Schicksal und seine Notwendigkeiten hin und her gewendet werden. Und dass einer dem anderen mangelnde Authentizität seines Todeswunsches vorwirft oder gar ankreidet, ist keine Seltenheit. Ich bin also (nur!) ein «Romantiker», gar ein «Traumtänzer». Und ich gestehe, das freut mich. Ich bin froh, wenn ich mir nur unernst einbilde, nicht mehr leben zu können in dieser so und so erfahrenen Welt. «Wenn etwas schief geht, soll im Nu alles irreversibel sein.» Ich kann mich dazu nicht verhalten.

Du siehst das so. Wahrscheinlich vergleichst du mich mit dir, und da kommt dir das so vor. Es ist sicher auch ein Romantikanflug, wenn ich gestehe, dass ich mir den Absprung manchmal als gemeinsame Schlusshandlung zusammen mit dir vorgestellt habe. Das kommt mir jetzt nicht mehr in den Sinn.

Aber noch eine Mitteilung, eine einschlägige. Dass da «etwas schief» ging, das hat nicht nur den Wunsch, nicht mehr leben zu müssen, produziert, das hat ganz real dazu geführt, dass ich kein Mann mehr bin. Alles, was dazugehört, ist nicht mehr da. Gelöscht. Ich war trotz meiner 72 Jahre ein brauchbarer Mann und bin das jetzt auf einmal nicht mehr; nämlich seit dem Tag, an dem mir mein Sturz mitgeteilt wurde. Und das ist seitdem so geblieben. War offenbar ein Schock, den ich nicht und nirgends bremsen konnte. Ich muss das jetzt doch gestehen und dich fragen, ob du überhaupt Vergleichbares erlebt hast. Dazu wäre mir eine Antwort sehr wichtig. Zu einem Arzt mag ich deshalb nicht gehen.

Noch zu der Frage: Franz von M., Franz von Moor, Schiller, *Die Räuber*. Der böse Bruder des ganz und gar guten Karls von Moor. In einer Aufführung in der Schule hat der inszenierende Deutschlehrer mich sofort als den abgrundtief Bösen, eben als Franz besetzt. Darüber war ich damals eher froh, weil ich fand, der Franz sei die bessere Rolle, besser als alle anderen nur ihr schattenloses Gut-sein-Müssen spielende Figuren. «Franz heißt die Kanaille!» Mit diesem Satz weist bis heute noch der und der darauf hin, dass er in dem in Frage geratenen Bewertungskonflikt der Bessere, der Gute sei, eben nicht die Kanaille.

In der Hoffnung, du zögest die richtigen Schlüsse daraus, grüßt dich dein gern auch in der Irreversibilitätsfrage scheiternder

Franz

10

Zwei Tage später der längst verabredete Routinetermin bei seinem Professor, der allerdings viel mehr Iris' Professor war: nicht irgendein Nierensteinzertrümmerer, sondern sie hatte ihn ausgesucht, weil er Prostatatumore mit Laser beschoss. Wieder zwei Tage später das Ergebnis.

Dass sie ihn zu dem Professor begleite, konnte er verhindern. Der wollte keine Frist nennen. Es sehe nicht gut aus. Dickdarmtumor. Ob sechs Wochen oder sechs Monate – Frist müsse er die Zeit, die Herrn Schadt bleibe, auf jeden Fall nennen. Die Operation könne alles ändern. Zum Positiven. Aber jetzt noch keine Operation, der Tumor sei zu groß. Bei einer Operation würde er streuen. Also den Tumor zurückbilden. Sofort Blutübertragung und Chemo. Vielleicht lässt er sich ja zurückbilden.

Theo stand auf. Schwankte das Zimmer? Bogen sich die Wände? Er griff nach Frau Kyriazis. Der Professor nennt sie Kirki. Sie begriff. Gleichgewichtsstörungen. Er sagte: Zu schnell aufgestanden! Danke, Lore. Sie schaute ihn verständnisvoll an. Ach Lore, sagte er. Sie lächelte noch viel verständnisvoller. Er ließ sie vorsichtig los. Der Professor war gegangen. Bis bald. Hatte er das gesagt? Lore, bis bald, sagte er und hatte ihre Rechte in seinen Händen. Lore, Lore, sagte er. Ich deliriere jetzt. Sie streichelte ihn. Er zog sie an sich. Er flüsterte: Entschuldige, bitte. Dann schaffte er es. Drehte sich, ging zur Tür, war draußen. Er rannte. Sobald er im Freien war, ging er langsamer. Sogar sehr langsam. Lore, dachte er. Ausgerechnet Lore. War ihr Mann nicht Posaunist? Plötzlich wusste er: Die Männer aller Frauen, mit denen er je zu tun hatte, waren Posaunisten. Sina Baldauf ist die erste Frau, deren Mann kein Posaunist ist. Deine Schuhe wissen den Weg. Du weißt ihn nicht. Du hüpfst hoch in die Sonne. Dich trägt das Licht. Du bist umsonst.

Ich danke dir. Du hast auf mich gewartet, sagte er.

Das ist mein Beruf, sagte sie. Wo wollen Sie hin?

Lore, wie geht es deinem Mann, sagte er.

Sagen Sie jetzt, wo Sie hinwollen, sagte sie.

Zum Zahnarzt. Und sagte die Adresse. Und dann das Doppelte des Fahrpreises als Trinkgeld. Der zeigte er es!

Und ließ sich behandeln. Von Dr. Drücker. Paradiesisch. Diese fabelhaft produzierte Reparatur einer haltlos gewordenen Brücke im Mund eines vielfach befristeten Individuums. Er kam sich vor wie die Bordkapelle auf der sinkenden Titanic. Schöner kann Musik nicht sein! Nur das ist überhaupt Musik! Er lag mit geschlossenen Augen. Die Betäubungsspritze lähmte das Mundviertel. Weiter, dachte er. Mehr, bitte. Sobald er die Hand der Helferin spürte, sagte er ziemlich laut: Danke, Lore. Und als er ging, gab er nicht nur dem Doktor, sondern auch ihr die Hand und sagte: Bis irgendwann, Lore. Sie lächelte. Er dachte: Vielsagend. Das war doch kein Zufall. So kurz nacheinander die dritte Lore. Dass sich sogar die vom Professor Kirki Genannte dazu bekannt hatte, Lore zu heißen, und die Taxifahrerin, zwar widerwillig, auch. Und jetzt auch noch Doktor Drückers Helferin! Das war kein Zufall. Wieder dieser Abschied von einer Lore. Und wie sie ihn anschaute! Ein Nachtblick. O Lore, Lore, Lore!

Sobald er draußen war, wurde er wieder langsam. Ihn überlief eine Gänsehaut. Wie er die erste durch die zweite Lore ersetzte und die durch die dritte! Er war auf Lore-Jagd. Ins nächste Café. Konfrontiert mit der Begeisterung einer begehrenswerten Großmutter für ihren Enkel. Zum Glück ist das keine Lore. Einzureihen in das uninteressante Unglück der einzelnen Menschen. Er griff in seine Hosentasche und dachte sofort, er müsse froh sein, dass er seinen Geldbeutel nicht verloren hatte. Das hätte sich eigentlich gehört heute, dass er seinen Geldbeutel verloren hätte. Er schämte sich ein bisschen. So wenig war er außer sich nach dieser Todesnachricht, dass er nicht einmal seinen Geldbeutel verlor!

Wo waren wir stehen geblieben? Genial wie jede Floskel. Unsäglich. Wenn alle so mit sich und nur mit sich beschäftigt wären wie er, gäbe es keine Weltprobleme. Die Welt ruhte, gekämpft würde nur in geschlossenen Räumen. Da allerdings so laut, dass niemand unberührt vorbeigehen könnte. Mi butzt's etz. Das war Dieter, sechsunddreißig. Keiner war je so sein Freund. Was er in die Hände nahm, war schön oder wurde schön, wenn er es in die Hände nahm. Mit einander waren sie in die Stadt gekommen. In die Großstadt. Aus dem winzigen Isny.

Dieter, Design. Theo, Wirtschaft. Dieter immer in Holz. Theos Schreibtisch – er wird ihn nie aufgeben – Dieters Werk. Ein Schreibtisch, der genau so fest wie biegsam ist. Ein auf alle Berührungen antwortender Schreibtisch. Mi butzt's etz. Mit zerkratzten Stimmbändern. Drei Wochen später tot. Und Bastl! Naturmensch. So sieht er sich selber. Bleibt im Allgäu. Aber mindestens einmal im Monat trifft man sich. Unverbrüchlich. Laut und leise. Einander immer lang angeschaut, ohne zu wissen, warum. Dann auf einmal doch. Schneesturm. Bastl schläft im Atelier. Der Schnee drückt das Dach ein, die Balken schlagen Bastl tot. Neben ihm, unverletzt, Bella, die Hündin. War nicht zu vertreiben. Hat erschossen werden müssen! Und Fritz, der Allianz-Mensch. Rutscht aus. Im Januar. Auf den Hinterkopf ... In der Klenzestraße. Tot. Je befreundeter, umso früher sind sie gestorben. Dieter, Bastl, Fritz ...

Er konnte sich darauf verlassen, dass Iris um diese Zeit im Laden war. Also zahlen. Dann steht an der Ampel eine. Eine Lore. Und rennt noch hinüber. Er kapiert zu spät, dass da reagiert werden musste. Er ruft: Lore! So laut wie noch nie. Und rennt. Das Auto, auf dessen Kühler er landet, hat fahren dürfen. Und fuhr. Scharf wahrscheinlich. Sonst wäre er nicht auf dem Kühler gelandet, als wollte er mit der Zunge dem Scheibenwischer Konkurrenz machen. Im Krankenhaus hört er, dass er Glück gehabt habe. So nennen die das. Ein paar blaue Flecken, ein kleiner Riss am Kinn, beide Hände verstaucht, nichts gebrochen, nicht einmal eine Gehirnerschütterung. Ja, ein Hosenbein zerfetzt. Und ein Schuh fehlt. Und das in Ihrem Alter!

Sie gratulieren.

Er fragte nicht: Und wo ist Lore? Das war klar jetzt. Lore gibt es nicht mehr.

Zu Hause dehnte und streckte er sich. Tat weh. Vielleicht war sein Rückgrat angeknackt. Er wollte jetzt gleich da liegen. Aber nicht auf dem Boden. Iris sollte ihn auf dem Sofa finden. Ein Pflaster, ein paar blaue Flecken, ein Hosenbein zerfetzt, ein Schuh fehlt, erlöst! Von der Unsterblichkeit!

Iris weckte ihn dann. Mit einem schrillen Schrei. Er erzählte ihr, was sich erzählen ließ. Eine kleine Unachtsamkeit. An der Ampel. Zu spät gestartet. Iris wusste es natürlich, dass sie ihn nicht hätte allein in die Stadt lassen dürfen.

Es hat nicht gereicht, sagte er. Wieder nicht. Nie reicht es.

Mach nur Witze, sagte sie und kniete am Sofa nieder und legte ihren Kopf auf seinen leicht lädierten Leib.

Am Abend darauf wollte Iris endlich Auskunft über den Befund.

Ach so, richtig, da war doch noch was, sagte er.

Er konnte durch tiefes Atemholen dafür sorgen, dass, was er sagen musste, keine Empfindung verriet. Er erzählte ihr (und sich) eine beziehungsweise seine Darmgeschichte. Die Mutter, eine brave Allgäuerin, hatte zu allem, was mit dem Darm zu tun hatte, eine Distanz. Ihm war nie deutlich geworden, handelte es sich da um Reinlichkeit oder Religion. Vielleicht um beides. Auf jeden Fall hatte sie für alles, was damit zu tun hatte, ausweichende Wörter. Sie hat den dafür nötigen Körperteil immer Hintern genannt. Dein Hintern. Das hatte zur Folge – er gesteht es jetzt Iris zum ersten Mal –, dass es ihm schwer fällt, dazu Arsch zu sagen. Vom Vater war das Wort erst recht nicht zu erwarten. Also: Theo lernte das Wort nur außer Haus kennen. Dass er, wenn es vorkam, nicht mithalten konnte, war klar. Es stellte sich heraus, dass Iris sehr wohl bemerkt hat, wie selten bei ihrem Mann das Wort Arsch vorkommt. Sie ist froh, dass jetzt einmal darüber geredet wird. Nach über dreißig Ehejahren. Bei ihrem Vater, dem Viehhändler, gehörte Arsch zu den beruflichen Fundamentalwörtern. Sie hatte den unkompliziert natürlichsten Umgang mit Arsch. Ihr Vater konnte beim Essen sagen, jemand sei ihm am Arsch lieber als der und der im Gesicht. Oder häufig genug: Das geht mir am Arsch vorbei. Und dann auf einmal bei Theo keine Spur mehr von Arsch.

Theo erklärte jetzt die aktuellen, eher harmlosen Darmprobleme als Reaktion des lebenslänglich missachteten Körperteils. Iris hielt das für möglich. Dann lass uns jetzt nur noch von Arsch reden, vielleicht lenkt er ein! Das beschlossen sie.

Theo ging in sein Zimmer, prüfte noch einmal die Erfahrung, dass Menschen, je näher sie ihm waren, desto früher starben.

11

Im Flur am Spiegel vorbei. Wenn er sich im Spiegel sieht, schaut er nicht sofort wieder weg. Er kann sich schon anschauen. Aber nicht zu lange. Er muss dann fragen: Was willst du? Was bildest du dir ein? Und fast immer muss er, wenn er sich sieht, an seine Tochter denken, Mafalda. Einmal kam sie heim von der Schule und heulte, sobald sie die Tür hinter sich zugemacht hatte, los. Er hatte darauf verzichtet zu erfahren, warum sie so heulte. Es waren doch immer Klagen, die auf ihn verwiesen. Iris zog sie an sich, streichelte sie, bis sie endlich reden konnte. Ein Klassenkamerad hat sie Spitzmaus genannt. Und alle haben gelacht und haben diesen Namen sofort übernommen. Das heißt, von jetzt an werden alle sie Spitzmaus nennen. Iris versuchte, ihr zu beweisen, dass das erstens kein schlimmer Name sei und zweitens passe Spitzmaus überhaupt nicht auf sie. Theo ging in sein Zimmer. Mafaldas Gesicht läuft viel weniger als sein Gesicht auf ein spitziges Kinn zu. Also wirklich! Und dann hat sie eine Haarpracht, die ihr Gesicht einfach schönstens rahmt. Aber wenn ein Großmaul so was draufknallt, dann gibt es keine Gegenwehr. Er kannte das doch aus eigener Erfahrung. Dass es jetzt auch noch Mafalda traf, war schlimmer als das, was damals ihm passiert war. Er war sicher, dass dieser Schreihals das Wort nicht gesagt hätte, wenn Mafalda Maria oder Inge heißen würde. Mafalda, das reizte ihn zu irgendeiner Gemeinheit. Dann fällt dem eben Spitzmaus ein.

Ach Mafalda, verzeih! Mafalda hieß so, weil Iris das gewollt hatte. Er hatte in diesem Namen eine Fremdheit, eine reizlose Fremdheit gespürt. Jedes Mal, wenn Mafalda zu Besuch kam, bedauerte er sie. Iris tat so, als müssten alle vor Glück schwitzen, weil dieser Name sich herbeiließ, bei Schadts zu gastieren. Und wenn Iris etwas erlebte und etwas entschied, blieb nur Zustimmung. Wehe, wenn diese Zustimmung bescheiden oder gar schwach ausfiel. Da sagte sie einem ins Gesicht, welche persönlichen traurigen Eigenschaften sich in dieser flauen Zustimmung ausdrückten. Es gab für diesen Namen keine Abkürzung, in der sich hätte eine Zärtlichkeit ausdrücken lassen. Mafalda, ein Name wie ein Kostüm von der Stange bei Lodenfrey. Und wie ihr Mann Axel diesen Namen jedes Mal, wenn er ihn aussprach, feierte, das zeigte Theo (aber eben nur ihm), dass er nicht passte. Aber wenn einer Axel heißt, dann ist Mafalda schon eine Messe wert.

Iris kann über keinen Menschen etwas Böses oder auch nur Kritisches sagen. Sie hat in sich einen unerschöpflichen Zuneigungsvorrat. Anstrengungslos offenbar produziert sie Zuneigung. Dass ihr Zuneigungstalent grenzenlos war, bewies sie, als Mafalda ihnen mitteilte, ihr Mann sei ein Mörder. Sie sage das den Eltern erst, nachdem sie den jahrelangen Kampf in ihrem Inneren beendet habe. Beendet mit dem Willen, zu Axel zu halten, solange er wolle. Iris war fast zu schnell bereit, Axel mit eben der Gefühlsfülle zu segnen, die Mafalda sie gerade hatte erleben lassen. Axel: ein Mörder. Theo hatte Mafalda gleich gebeten, Iris und ihn mit Einzelheiten zu verschonen. Das tat sie fast widerwillig. Offenbar hatte sie von sich verlangt, dem Mörder Asyl zu sein und Treue zu halten, egal, wie er, was er war, geworden war. Zwölf Jahre ist das jetzt her. Aber Mafalda hatte schon mehrere Jahre mit sich gekämpft, bis sie Axel bedingungslose Liebe und Treue versprechen konnte. Sie hat ihm dann sicher gesagt, dass sie die Eltern eingeweiht hatte. Also waren die Eltern Komplizen. Auf jeden Fall leisteten sie eine andauernde Loyalität. Und Iris leistete, was ihnen auferlegt war, viel herzlicher, als es erwartet oder gar verlangt werden konnte. Durch sie, durch ihre begeisterte Ergebenheit begriff Theo erst, was dieser Axel betrieb. Mit seinem Mörderbekenntnis unterwarf er Iris und ihn. Dadurch dass sie ihn nicht anzeigten oder wenigstens auf ihn einredeten, dass er sich stellen möge, feierten sie ihn. Dadurch dass er seine Tat keiner Sühne unterwarf, war er ein Held. Ein grandioser Einzelner, der das ganze abendländische Rechtssystem zu einem Wisch Papier machte, er genügte sich selbst! Das alles feierte Iris in ihrem Schwiegersohn. Und mit ihm feierte sie auch sich selbst.

Theo benahm sich möglichst unauffällig. Auch wenn er zur ununterbrochenen Feier wenig bis nichts beitragen konnte, stören wollte er keinesfalls. Wegen Mafalda. Die liebte er mehr, als er sagen durfte. Mafalda, die studierte Meeresbiologin, hat ihr Leben der Rettung der Weltmeere verschrieben. Und das mit einer Kraft, mit einem Eifer, mit einer Leidenschaft, dass Theo manchmal glaubte, sie sehe ihre Arbeit auch als eine Sühne für das, was ihr Axel sich selbst so glorios verzieh. Nachdem sie am Max-Planck-Institut für Meteorologie in Hamburg und an der Scripps Institution of Oceanography in La Jolla in Kalifornien gearbeitet hatte, ist sie jetzt Mitglied im Aufsichtsrat von Greenpeace Deutschland. Und immer wieder an der Front. Immer im Kampf gegen Umwelt-Sünden und -Sünder! Axel ist ihr Prinzgemahl. Er wehrt sich dagegen, dass sie ihn im Management einsetzt. Da wäre er, sagt sie, ein reiner Erfolg. So sagt sie es: Ein reiner Erfolg! Aber Axel findet es lächerlich, für diese paar Kröten sich krumm zu machen. Er hat ein Projekt. Sein Projekt. WeltLicht.

Davon fing er selber immer wieder an. Er sah sich ganz ungeniert als Philosoph, als Denker, ja als Weiser. Da ging er ziemlich weit. Da scheute er keinen Vergleich mit kostbaren Namen. Am häufigsten zitierte er chinesische Größen und unter denen vor allem Dschuang Dsi. Er hatte doch tatsächlich ein Buch verfasst. Axel Port, *kunstvoll fallengelassenes. Aus dem Chinesischen des Dschuang Dsi.* Der konnte also offenbar auch noch Chinesisch. Wenn er dann losorgelte: «Sammle dein Wissen und plane das Eine, so werden die Götter kommen und bei dir wohnen», hörten alle nur noch zu. Auch Mafalda, die das alles sicher nicht zum ersten Mal hörte. Theo beobachtete sie. Sie hörte anders zu als der Rest der Familie. Sie hörte zu, als prüfe sie, ob Axel alles richtig bringe. Und war jedes Mal wieder zufrieden mit ihm. Oft war sie es, die noch etwas Ergänzendes sagte. Zum Beispiel, dass Axel jeden

Abend Tai Chi mache. Und zwar in einem Raum, in dem alles chinesisch war. Da Theo keine Hemmung hatte, seine Ignoranz gegenüber allem Chinesischen zu gestehen, fragte er, was Tai Chi sei. Und Mafalda, in einem Ton, als sage sie das ihm nicht zum ersten Mal: Schattenboxen. Da sagte Theo allerdings: Aha. Und sie war es, die, ob es passte oder nicht, in einem Gespräch bemerkte, dass das Konfuzius-Institut in Hamburg Axel schon zum dritten Mal zu einem Vortrag eingeladen habe.

Axel hatte sie also nicht nur unterworfen, weil er sie zur Komplizin seiner Untat gemacht hatte, sondern auch durch seine gewinnende Gewandtheit. Theo musste zugeben, dass diese in höchsten Begebenheiten stattfindende chinesische Philosophie einen ganz und gar einnehmen konnte. In Berlin war Axel von einem Philosophieprofessor ins Chinesische gewiesen worden. Mao war der Köder. Dann ein Stipendium in Peking. Da hatte Dschuang Dsi, der Philosoph aus dem vierten Jahrhundert v. Chr., ihn erobert. Dessen Sätze kamen ihm bei jeder Gelegenheit aus dem Mund. Theo musste zugeben, dass diese Sätze eine überzeugende Einfachheit hatten. Aber selbst wenn sie einfach waren, konnten sie noch rätselhaft sein. Axel sagte solche Sätze immer so, dass man sich lächerlich gemacht hätte, wenn man noch nach der Bedeutung gefragt hätte. «Der Name ist der Gast der Wirklichkeit.» Und vor allem, man wusste nie, ist der Satz jetzt von Axel oder von Dschuang Dsi. Einmal glaubte Theo, dass Axel mit Hilfe von Dschuang Dsi über sich, über seinen Fall rede. Braucht ein Räuber

Moral, sagte er so, als frage er die um ihn herumsitzende Familie. Ohne Moral komme kein Räuber aus. Zum Beispiel der große Räuber Dschi. Er weiß immer, wo etwas zu holen ist, und muss als Erster hinein, das ist schon mal sein Mut. Und als Letzter heraus, das ist sein Pflichtgefühl. Er muss gleichmäßig verteilen, das ist seine Güte. Also nicht nur die Heiligen und die so genannten guten Menschen sind auf Moral angewiesen, sondern auch die Räuber. Das bestritt dann keiner. Eigentlich hatte Theo erwartet, dass jetzt die Anwendung auf den Fall Axel Port folge. Nichts dergleichen. Aber jedes Zitat, das der aus dem Chinesischen holte wie zum Beispiel «Wer das Gute definiert, bringt das Böse zur Welt» von Konfuzius, wirkte immer wie ein Verteidigungsversuch. Aber Theo gestand es sich immer wieder ein, dass dieser Axel trotz aller Selbstinszenierungsideen eine gewinnende Persönlichkeit war. Eine geräumige Persönlichkeit nannte ihn Theo bei sich. Eigentlich unbegreiflich, was der alles konnte! Er arbeitete an einem Projekt, das den Titel hatte: WeltLicht. Theo wehrte sich trotzdem noch dagegen, diesen Axel sozusagen freizusprechen. Der war so wortgewandt, der konnte auch, dachte Theo, ein Hochstapler sein. Dann allerdings ein Höchststapler. Solche Gedanken bekämpfte Theo erfolgreich. Sei doch froh, dass der so fähig ist, so gewinnend, so einnehmend. Das war er ganz bestimmt: einnehmend.

In Theo wuchs aber auch ein Verdacht, den er auf keiner Folter gestehen würde. Nach jahrelanger Prüfung aller beobachtbaren Momente war er sich sicher, dass Axel kein Mörder war. Er hat diese Rolle gewählt, um genau das zu erzielen, was er damit erzielt hatte: die vollkommene Unterwerfung aller, die sich zu ihm bekannten, anstatt ihn anzuzeigen. Theo fand es nicht mehr nötig, Mafalda nach Einzelheiten zu fragen. Wie Axel sich aufführte, wie er die Loyalität kassierte, die ihm von seiner Frau und seinen Schwiegereltern gewidmet wurde – das war Beweis genug.

Was für ein fürstlicher Einfall: Sobald du sicher sein kannst, dass du halbwegs akzeptiert bist, kommst du mit der Mörderstory. Wenn dir die geglaubt wird, kannst du mit einer Ergebenheit rechnen, die du durch keine andere Qualität erreichen würdest.

Und jetzt, nachdem ihm Carlos Kroll demonstriert hatte, was menschenmöglich ist, fand Theo, was Axel betrieb, vergleichbar. Außer Kraft gesetzt sind Treu und Glauben. Anstand, ein Witz! Er sah die Praxis Carlos Krolls eng verwandt mit Axels Praxis. Beide gleich schamlos. Und wie risikolos das war! Wenn Axel aufflog, war er der Unschuldige, der sich vor Lachen biegen konnte. Vor Lachen über den Loyalitätseifer dieser simplen Familie. Natürlich kam es vor, dass Theo unsicher wurde – dass er Axel in Gedanken Abbitte leistete für alles, was er über ihn dachte. Aber immer, wenn Axel persönlich gegenwärtig war, kehrte die Überzeugung zurück, dass das kein Mörder sein konnte, sondern ein äußerlich eher dicklicher, unscheinbarer Mensch, der sich etwas einfallen lassen muss, um bemerkt oder gar geliebt zu werden!

Es kam vor, dass Theo ihn sogar bewunderte! Verachtete zwar, aber auch bewunderte! Mit so wenig so viel zu erreichen! Das war bewundernswert. Theo musste sich sogar dagegen wehren, in Axel sich selber zu entdecken! Das aber nur in Momenten, in denen er in seinen Schwächen schwelgte.

Seit Theo den wirklichen Carlos Kroll erlebte – und in den Berichten seiner Informanten erlebte er ihn noch und noch –, rückten Axel und Carlos immer enger zusammen als Vollbringer dessen, was menschenmöglich ist. Und jetzt, erst jetzt fiel ihm ein, was beiden, Carlos Kroll und Axel, gemein war. Axel rühmt die Jahre, bevor Mafalda ihn aufnahm, als seine Wanderjahre. Da sei er wirklich herumgekommen zwischen San Francisco und Onstmettingen. Dass es immer Frauen waren, bei denen er unterschlüpfte, nannte er die archaischen Intarsien im Gegenwartsbild. Auch Carlos Kroll war stolz darauf, dass er nie eine eigene Wohnung gehabt hatte. Eine eigene Wohnung, die erstickende Gegenständlichkeit des Zuhandenen! Auch er wohnte immer nur bei Freundinnen. Die rühmte er als Heroinen. Die hatten sich verdient gemacht um ihn. Die mussten gerühmt werden. Er hat sich natürlich auch zweieinhalb Jahre lang bei Melanie Sugg untergebracht. Aber seit er bei Dr. Anke Müller wohnt in ihrer Jugendstil-Villa in Starnberg, seitdem gab es keinen Wechsel mehr. Kürzere Eskapaden schon. Einmal machte er dabei einer Bedienung in Lörrach ein Kind. Aber er kehrte immer zurück zu Dr. Anke Müller, die er *die Doktorin* nennt. Zuerst hatte sie Medizin studiert, dann machte sie eine Ausbildung zur Psychotherapeutin, als solche ist sie beliebt und berühmt in weitem Umkreis, ihr Wappen-Name in der Branche: Madonna mit der Dornenkrone. Carlos Kroll war ihr Patient. Dann behielt sie ihn ganz. Sie ist elf Jahre älter als er. Theo war für sie die Banalität in Person. Für ihren Carlos, den Dichter, eine Gefahr. Sie versuchte jahrelang, Carlos loszueisen. Das gelang nicht. Aber sie gehört sicher zu denen, die an Theos Sturz mitgewirkt haben.

12

Mein Gott, Theo, denke endlich an die Preisverleihung. Das war doch das Ereignis, mit dem Carlos Kroll dein Innerstes besetzt hat. Zum Glück hast du vorsorglich einen Recorder mithören lassen. Du hast geahnt, dass du dir die Gespräche nicht so mühelos von selbst merken würdest wie alles, was bei Geschäftsanlässen geredet wurde. Also das ging so.

Theo und Iris fanden das Lyrik-Kabinett in der Innenstadt. Es war ein Novemberabend, so bissig nasskalt, wie er nur in München sein kann. Kurz nach sechs standen sie, ihrer Mäntel ledig, im Raum der Veranstaltung. Sie fanden ihren Namen auf Sitzen in der zweiten Reihe. Je mehr Leute hereinkamen, desto deutlicher fühlte Theo, dass er nicht dazugehörte. Er war bis jetzt der Einzige mit Krawatte. Und diese abenteuerlichen Frisuren. Auch der Frauen. Die waren alle, Männer und Frauen, keine fünfzig. Die Männer waren Buben. Am häufigsten waren die steilen Seiten der Köpfe glattrasiert, und obendrauf lag ein Haarpolster, immer irgendwie ausdruckssüchtig. Und was die anhatten! Zum Glück gab es dann noch ein paar, die über fünfzig waren. Aber keinen mit Krawatte. Schlimmer noch: mit Fliege. Theo konnte keinen Mann mit Fliege sehen, ohne an Dr. Kaltenmoser zu denken. Ein Anwalt in Isny, den sein Vater nie beschäftigt hatte und der sich deshalb als Feind der Familie fühlte. Wenn

Theo an diesen Nachmittag im so genannten Refektorium dachte, kriegte er immer noch eine Gänsehaut. Der Anwalt hatte zuerst so getan, als wolle er Theo vorschlagen, die Partei-Jugend zu führen. Der Vater hatte gesagt: Geh hin, vielleicht will der jetzt endlich Frieden mit uns. Dann blamierte der Anwalt Theo vor der ganzen Versammlung und schlug einen anderen vor, der auch gewählt wurde. Dr. Kaltenmoser genoss es offenbar, dass Theo ihn als Schurken erlebte. Der benimmt sich dir gegenüber wie ein Schurke, und das will er nicht verheimlichen oder vertuschen oder verbrämen, er genießt es, dass du ihn als Schurken erlebst. Der Vater hat es ihm dann erklärt. Der Vater hat ihm alles, was ihm passierte, so erklärt, dass er verstehen sollte, was passierte. Das war dem Vater wichtig. Dass du nicht auf Ideen kommst, sagte er immer. Dr. Kaltenmoser war der Anwalt Grubers, eines Konkurrenten des Vaters, und musste dafür sorgen, dass nicht ein Sohn von Schadt die Partei-Jugend führe, sondern eben der Sohn des Konkurrenten. Dr. Kaltenmoser trug nur Maßanzüge. Immer so eng wie möglich. Immer fast zu klein. Andererseits hatte er immer eine auffallende Figur. Im Brusttäschchen das Tüchlein, das zur Fliege passt. Seitdem hat Theo ein überflüssiges Misstrauen gegen so ausstaffierte Männer.

Als alle saßen, wurden von einer Dame im Silberkleid hereingeführt Carlos Kroll, Dr. Anke Müller, drei Herren, einer mit Stock. Die Silberkleiddame, offenbar die Lyrik-Kabinett-Chefin, wies der Gruppe die Plätze in der ersten Reihe an, begrüßte kurz und schlicht alle, die gekommen waren, begrüßte extra Carlos Kroll und Dr. Anke Müller. Dafür gab's Beifall. Theo erwartete, dass Carlos Kroll aufstünde und sich beim Publikum für diesen Beifall bedankte. Tat er nicht. Dann begrüßte sie als Präsidenten des *Vereins für Gute Dichtung* und Vorsitzenden der Jury Herrn Dr. Muth. Das war der mit Stock. Der stand auf und dankte für den Beifall. Dann als Laudator Professor Dr. Wolfram Hallhuber. Der stand auf, dankte. Dann einer, der gebeten hatte, nicht begrüßt zu werden. Den begrüßte sie als den immerwachen Kunstfreund, Konsul Danielus. Der stand auf, drohte der Hausherrin mit einer Strafgebärde, dankte aber dem Publikum für den Beifall.

Zum Glück trugen die drei Herren Krawatten. Der Kunstfreund und Konsul trug auf tiefgrünem Hemd eine Krawatte, die alles, was bisher erschienen war, übertraf. Eine vielfarbige Explosion, die in einer normalen Krawattengröße nicht unterzubringen gewesen wäre. Sozusagen brustbreit herrschte diese Krawatte. Dass die Jacke dafür offen bleiben musste, war klar. Theo klatschte, als der Konsul sich artig verneigte, heftiger als bei den anderen. Dass das tiefgrüne Hemd von einem tiefblauen Kragen geschlossen wurde, dass die Krawattenfarbexplosion aus dem tiefblauen Kragen hervorsprudelte, das erfüllte Theo mit einem Wohlgefühl, das ihn mit heißen Händen klatschen ließ. Dass sich Iris wunderte, entging ihm nicht.

Herr Dr. Muth, Jury-Vorsitzender und Präsident des *Vereins für Gute Dichtung*, war mit zwei Schritten am

Podium, wollte hinauf, aber er schaffte es nicht. Trotz Stock. Das Podium war zu hoch. Die hätten doch wissen können, dass der einen Fuß mitschleppen musste! Es kam schlimm genug. Der Präsident des Vereins und Jury-Vorsitzende stürzte. Lag auf dem Podium. Wurde gleich von drei, vier Helfern, darunter auch Carlos Kroll, wieder aufgerichtet, schaffte es dann ans Rednerpult. Aber bei dem Sturz war ihm das Manuskript aus der linken Hand gefallen. Das sammelte der Konsul und überreichte es. Als auch für den Stock ein Platz gefunden wurde, konnte der Präsident anfangen.

Den Sturz nahm er dem Podium nicht übel. Eigentlich müsste er viel öfter fallen, weil es einfach angenehm sei, von kräftigen Männern gepackt und wieder aufgerichtet zu werden. Und verneigte sich zu den hilfreichen Herren hin. Beifall. Und gleich noch eine Panne, sagte er. Die Jury habe beschlossen, in diesem Jahr den Karoline-von-Günderrode-Preis zwei Autoren zu verleihen: Carlos Kroll und Natalie Kurzohr. Diese Autorin aber habe beschlossen, für einen geteilten Preis nicht persönlich erscheinen zu wollen. Ihr Verleger werde also den Scheck für sie in Empfang nehmen. Was würde Frau Kurzohr gesagt haben, wenn sie noch erfahren hätte, dass der Verein in der Lage sei, jedem der Ausgezeichneten die ungeteilte Preissumme, also doch siebentausend, zukommen zu lassen? Dem großzügigen, nicht genannt sein wollenden Spender herzlichen Dank! Beifall. Ob Frau Kurzohr nicht kommen wollte, weil nur dreitausendfünfhundert zu erwarten waren, oder weil sie den Platz eins nicht halbiert ertrug, das sei eine Frage für eine Dissertation. Da der Betrieb für Karoline von Günderrode keine besondere Aufmerksamkeit erübrigen könne, gebe es den Karoline-von-Günderrode-Preis, der in jedem Jahr an dem Tag verliehen werde, an dem sich die Dichterin, sechsundzwanzig Jahre alt, am Ufer des Rheins erstochen habe. Der Mann, um dessentwillen sie sich erstochen habe, sei zweiundachtzig geworden und habe verhindert, dass das, was sie geschrieben habe, veröffentlicht wurde. Erst nach seinem Tod sei das dann geschehen. Wir gedenken ihrer.

Darauf eine Schweigeminute.

Dann bat er den Verleger der nicht erschienenen Frau Kurzohr und Carlos Kroll aufs Podium, überreichte die Urkunden und die Schecks und gratulierte. Das Publikum spendete Beifall. Carlos Kroll nahm beides, Urkunde und Scheck, ohne jede Pose entgegen. So hatte ihn Theo noch nie gesehen: keine Jeans-Demonstration, sondern ein schwarzer, auch noch zweireihiger Anzug, schwarzes Hemd. Natürlich keine Krawatte. So schön war er Theo noch nie erschienen. Die ins dunkelste Rot gefärbten Haare krönten ihn mit einer melancholischen Welle.

Damit sei dieses Jahr für ihn gelaufen, sagte der Präsident. Jetzt aber das Wichtigste: die Gute Dichtung. Also die Laudatio! Herr Professor Dr. Wolfram Hallhuber. Von der LMU! Und er ließ sich von den Helfern so vom Podium helfen, dass das Publikum lachen konnte.

Der Professor hüpfte fast aufs Podium. Er demonstrierte, dass bei ihm nicht mit einem Sturz zu rechnen sei. Theo fand das unzart.

Der Professor war näher bei sechzig als bei fünfzig. Theo hatte bis dahin höchstens mit Professoren aus den Naturwissenschaften zu tun gehabt. Das waren immer diszipliniert wirkende, körperlich eher unauffällige Figuren. Professor Hallhuber wirkte auf Theo unbescheiden. Ein graues Haargefluder um den Kopf, das nie eine Frisur erlebt hatte. Und das Pult, hinter dem er dann stand, umfasste er mit beiden Händen, dass man glaubte, er werde es gleich in die Luft schleudern. Und so fing er an:

Er danke dem *Verein für Gute Dichtung* dafür, dass er hier sprechen dürfe. Für den Literaturwissenschaftler sei der direkte Kontakt mit dem Dichter immer riskant. Für den Wissenschaftler riskanter als für den Dichter. Behaupte er jetzt mal. Ihm falle zum Vergleich ein: Der Maler habe einen Akt gemalt und müsse oder dürfe, wenn das Bild fertig sei, mit der Gemalten noch Kaffee trinken. Die sei natürlich dann wieder angezogen. Carlos Kroll sei ihm also doppelt gegenwärtig – nackt, das heißt in seinen Texten, und angezogen, als bürgerlich gesellschaftliche Erscheinung. Zwischen beiden wolle er, müsse er erklärend vermitteln. Jedes Gedicht von Carlos Kroll sei eine ästhetische Festung, die erobert sein wolle. Genau so sei es: zwar eine Festung, die anscheinend uneinnehmbar sei, und doch eine Festung, die ihre Reize nur habe, dass man sie erobere. Er wolle jetzt nicht daran denken, ob dieser Widerspruch schlechthin das Element des Lyrischen sei. Bei Carlos Kroll sei er aber, dieser Widerspruch, auffälliger als etwa bei Goethe oder George oder Celan. Bekannte, beliebte Lyriktitel im 20. Jahrhundert hätten geheißen *Das Jahr der Seele, Mohn und Gedächtnis, Die Verteidigung der Wölfe*. Und jetzt Carlos Kroll: *Lichtdicht, Leichtlos, SeinsRiss*. *SeinsRiss*, das sei sein letzter Titel. In *einem* Wort, aber Riss beginne mit großem R. Das seien eher Anti-Titel als Titel. Und die Gedichte seien genauso abweisend wie einladend. Und ebendiese spannende Balance sei das eigentliche Innerste dieses Dichters. Dem nähere er sich nicht ohne Furcht und Zittern, denn er selber sei, bei aller professionellen Disziplin, ein eher mitteilsamer als verschwiegener Mensch. Also doch eine Art Gegenteil von Carlos Kroll. Dafür ein krasses Beispiel. Als ihn der Wunsch, dass er diese Laudatio halten möge, erreichte, als er seine Kroll betreffende Ignoranz behoben hatte, habe er das Bedürfnis gehabt, mit diesem durch Abweisung einladenden Dichter in Kontakt zu kommen. Also an den geschrieben. Und die Antwort: *Sehr geehrter Herr Professor, verstehen Sie mich, bitte, nicht.* Das lese man mehr als einmal. Man glaube zuerst, der habe schreiben wollen: Verstehen Sie mich, bitte, nicht falsch. Allmählich begreife man, der will wirklich sagen: Verstehen Sie mich, bitte, NICHT! Das sei die ganze Antwort gewesen, also habe er sich gezwungen gesehen zu arbeiten. Das habe er getan, und das sei das Ergebnis. Da er nicht hoffen könne, die hier Anwesenden seien besser informiert, als er es gewesen sei, lese er Zeilen und Strophen und Carlos-Kroll-Gedichte vor. Einerseits seien da Gedichte, die so schön und einfach seien, wie wir es früher von den Gedichten gewohnt sein durften. Zum Beispiel:

Silbersilben schickt der Bach ins Tal,
von des Bodens brauner Neugier begleitet.
Gleißend entwirft die Sonne ein System
des Glücks ohne Bleibe.

Der Schmerz, der hier maßgebend sei, sei ohne Geheimnis, also bekannt. Durchaus willkommen, aber eben bekannt. Und andererseits dann doch:

Mich verbergen
in mir. Die Sprache
wechseln, dass ich
mich nicht mehr verstehe.

Man nehme zur Kenntnis: Ein Dichter sucht nach einer Sprache, in der er sich nicht mehr versteht. Aber dann wieder:

Auf meiner Zunge rostet ein Schmerz.

Das sei zwar ein Schmerz, wie ihn nur ein Dichter empfinden könne, zugleich fühle man sich aber aufgefordert zu prüfen, ob der Schmerz auf der eigenen

Zunge nicht auch schon rostig sei. Also Lyrik, wie wir sie brauchen. Aber dann:

Lass mich doch bitte gehen, wohin ich nicht will.

Das verlange wieder, mehr als einmal gelesen zu werden.

Lass mich doch bitte gehen, wohin ich nicht will.

Und so mache er weiter:

Mir entkommen möchte ich, aber wohin?

Und noch härter:

Eingesperrt in etwas, bin ich sicher vor nichts.

Und wenn das wieder lyrisch werden wolle, wie gehabt:

Gestorbene Vögel sitzen auf gedachten Zweigen.

Werde der Dichter dann ausführlicher, heiße das:

Bin verzogen, weiß nicht, wohin.
Glut und Verlust. Einsamkeitseis.
Ich schweige mich tot.

Und genau so:

Mich lehrt nicht, was ich sehe.
Zum Glück bin ich blind.

Und so erlebe der Dichter sich:

Ich taumle von Mal zu Mal,
staunend, dass ich nicht falle.
Liege ich nicht längst und glaube,
ich stünde noch auf dem Spiel.

Und so das, was dem Dichter passiere:

Hätten wir Hüte gegen den Einfall,
wären wir ruhig bis zum Schluss.
Wir brennen. Das Feuer zu nähren
ist unser Stolz. Der verbrennt nicht.

Und das ist, was ihm übrigbleibt:

Sprachgewänder weben
gegen die Kälte der Welt.
Die Stirne entflechten.
Schmerzreis verbrennen.
Leicht sein, als wärst du's.

Aber dann:

Ach, Dichten und Lachen sind eins,
Stumm auf Stein beißen ist deins.
Ist doch taub, dein Geschick, und
todmüde liegt dein Leben dir im Mund.

Und wenn es noch einmal lyrisch wird, wie gehabt:

Toben die fallenden Blätter im Wind,
wissen nicht, dass sie am Fallen sind.

Aber wiederkehrend die eigene Bestimmtheit:

Ich habe nur das und hätte gern mehr,
es regnet an mir vorbei.
Von nichts bin ich schwer.
Nur Verderb ist mein Gedeih.

Und ganz konkret, alles Hiesige meinend:

Mauern könnte man bauen aus mir, mich
zu schützen vor jedem Händedruck
und der Qual des Blicks.

Oder genauso konkret und nah:

Leider ist die Zeit vorbei,
wir haben nicht mehr hitzefrei,
wir sind jetzt kalt und arm
und fluchen uns warm.

Oder:

Brich den Vertrag mit den Farben,
sag, was es heißt, wenn Grün Gold wird,
löse die Maschen des Märchens auf,
lerne, nackt zu sein, ohne zu frieren.

Ob man das schon Klartext nennen dürfe, frage er sich. Oder doch das:

Am liebsten wäre ich weit weg
von mir und meinesgleichen.

Das dürfe man ein negatives Wunschprogramm nennen. Er kenne keinen anderen Dichter, der so dauerhaft der Selbstverneinung fröne. Ja, fröne. Das müsse er schon so nennen. Und eben weil die Uneinverstandenheit mit sich selbst sowohl schnell hingesagtes Aperçu sei wie richtiges, anspruchsvolles Gedicht, deshalb müsse man diese Versuche der Selbstablehnung schon ein Lebensthema dieses Dichters nennen, wenn nicht überhaupt sein Lebensthema:

Zeichnen, graben, verschwinden,
keine Hoffnung züchten, lieblos
bleiben und sich nicht
auskennen wollen, wäre mein Ziel.

Aber immer wieder erlebe der Dichter, dass seine Verneinungsorgien auch das Gegenteil produzierten:

Mit brennenden Füßen auf Eisschollen stehen,
vom Achtstundentag verschont, sich
preisgegeben, das Leben fürchtend
und den Tod, befreundet mit Frisuren.

Oft genug möchte er ausdrücken, dass er nichts dafür kann:

Ich weiß nicht mehr, wohin die Wörter führen,
am liebsten überließe ich mich ganz dem Text
und wäre ledig der Verantwortung,
der eingebildeten. Wir wissen nichts
und hören zu, wenn etwas in uns
das Wort ergreift.

Und dann komme eben diese Art Satz heraus:

Man gleicht sich nicht.

Er habe erst nach und nach gemerkt, dass dieser Dichter andauernd seine eigene Existenz in Sprachgesten erlebe, die immer das Ganze, das große Ganze, fassen und ausdrücken wollen. Es gebe bei ihm nur Hauptsachen. Selbst Beiläufiges werde bei ihm mit dem äußersten Anspruch beladen:

Hätte ich doch keine Ahnung, was
fallende Blätter bedeuten, was
Zeilen, die enden in einem Punkt.

Er lese die Carlos-Kroll-Gedichte inzwischen als eine einzige, nicht aufhören könnende Existenz-Erzählung. Tatsächlich erlösche da im Leser das Bedürfnis zu fragen: Meint der Dichter da nur sich, oder meint er auch mich. Alles Gesellschaftliche sei genauso Daseinstext wie das, was das Dichterdasein als solches bekunde. Das sei überhaupt das Schönste bei dieser Lektüre, dass auch die extremsten Ich-Frequenzen dieses Dichters Daseinstöne von uns allen seien. Und das heiße: Es ist lächerlich, aus dem Dichter eine Spezialität zu machen oder aus uns Alltäglichen Leute, die Dichtung konsumieren wie exotische Früchte. Da wecke dieser Dichter in uns, was uns schon Hölderlin zugesprochen habe: dass der Mensch eben *dichterisch* sei.

Dafür, lieber Carlos Kroll, danken wir Ihnen von ganzem Herzen.

Die Leute klatschten heftig. Theo auch. Iris auch. Es war wirklich ein paar Minuten lang eine Stimmung im Raum, die Theo noch nie und nirgends erlebt hatte.

Dann ging Carlos Kroll aufs Podium. Aber nicht mit einem Sprung. Er demonstrierte sogar eine kleine Mühe. Er schüttelte dem Professor die Hand. Der lachte, nahm die Hand des Dichters in seine Hände und hielt sie hoch. Carlos Kroll zeigte, dass es jetzt wirklich genug sei, zeigte, dass er noch etwas sagen wolle. Es wurde sofort still. Der Dichter sagte: Herr Professor, ich danke Ihnen dafür, dass Sie nicht getan haben, worum ich Sie bat. Ich weiß, warum ich nicht verstanden sein will. Sie haben mich widerlegt. Sie haben mich bis zur Verständlichkeit heruntergeredet. Das geschieht mir recht. Vielen Dank.

Und zu den Leuten: Guten Abend.

Und ließ den Professor stehen. Holte Frau Dr. Anke Müller und verließ mit ihr den Saal.

Nachdem der Beifall verebbt war, suchten Theo und Iris ihr Auto und fuhren zum Königshof. Dort sollte gegessen werden.

Als sie ankamen, standen schon alle um eine festlich dekorierte Tafel herum und prosteten einander zu.

Wenig später saß der Konsul am Kopf der Tafel. Auf der rechten Tischseite die Madonna, dann der Vereinspräsident, dann Iris. Ihnen gegenüber Carlos Kroll, der Laudator und Theo.

Der Konsul hatte einen Weißwein bestellt und bat den Weinkellner, den man, wie Theo schon wusste, Sommelier nennt, die hier Versammelten mit der Biographie des Weins bekannt zu machen. Bitte, Monsieur Thurrot. Der freute sich, weil er jetzt einmal fast alles erzählen konnte, was er über diesen Wein von der Loire wusste. Eine jahrhundertelange Geschichte des Baums, also des Holzes, in dem der Wein viele Jahrzehnte verbracht hatte. Theo hörte gern zu. Nur wegen des Konsuls, den an-, dem zuzuschauen wohltat. Theo wusste plötzlich, an wen er, den anschauend, denken musste: Pompejus. In Isny, in der Schule gab es, als Rom dran war, in der Klasse einen Streit. Die einen, und das war die Mehrheit, waren für Cäsar; die anderen, und das war die von Theo angeführte Minderheit, waren für Pompejus. Und der Konsul, der auch noch Danielus hieß, sah aus wie Pompejus. Wie jener Pompejus, der als Prachtstatue überlebt hatte. Der Lehrer wusste sogar, dass Cäsar wahrscheinlich am Fuß dieser Statue erstochen worden war. Pompejus hatte eben nicht dieses scharf geschnittene Römergesicht Cäsars oder Caligulas. Theo hat später, wenn er von jemandem wissen wollte, wie er mit dem dran sei, öfter die Frage gestellt: Cäsar oder Pompejus? Natürlich durfte einer auch sagen: Cäsar. Aber es war Theo wichtig, das zu wissen. Carlos Kroll war sofort und vorbehaltlos für Cäsar. Pompejus nannte er einen zu Herzen gehenden Waschlappen. Bei Cäsar rühmte er, dass der, als er noch im Osten aufräumte und noch nicht der maximale Imperator war, einmal im östlichen Mittelmeer dreizehn Seeräuber gefangen hatte und die dann kreuzigen ließ.

Egal, ob Pompejus oder nicht, eine Art Römer war der Konsul doch. Einfach die historische Bekanntheit dieses milde Teilnahme ausdrückenden Gesichts. Gelten lassen, das schien die Tugend dieses Menschen zu sein. Also kein andauernd von einer Entschlossenheit in die nächste zuckender Mund, sondern ein sich nie ganz schließendes Lippenpaar, das schwebend bereit war für den nächsten

Verständnisdienst. Ein bisschen komisch sah es aus, dass der Konsul mit seiner Krawatte fast kostümverbrüdert wirkte mit den in Schwarz und Gold gleißenden Senkrechtstreifen des Gewandes der Madonna. Die saß ja rechts vom Konsul. Schon im Lyrik-Kabinett, als sie mit Carlos Kroll hereingekommen war, hatte es gewirkt, als führe eine Übermutter ihren Sorgen machenden Lieblingssohn herein. Dass der elf Jahre jünger war als sie, hatte sie durch eine ins Zeitlose tendierende Gesichtskosmetik zu mildern versucht. Herausgekommen war ein Maskengesicht. Eine Agrippina, dachte Theo jetzt am Tisch. Aber dann wäre Carlos Kroll Nero. Das war er aber nicht.

Beim Essen musste Theo leider zuschauen, wie schwer es dem Vereinspräsidenten fiel, diese herrlichen Speisen in den zur Hälfte gelähmten Mund zu bringen. Manchmal hing ihm eine gebratene Bohne lange aus dem rechten Mundwinkel, bis er es selber merkte und mit Gabel und Löffel nachhalf. Iris, seine Tischnachbarin, sah fragend herüber zu Theo. Sollte sie eingreifen? Helfen, ihm das Trüffelblättchen in den lahmen Mund schieben? Theo schüttelte den Kopf.

Und dann auch noch das: Dem Vereinspräsidenten fiel erst jetzt beim Essen ein, dass er versäumt hatte, dem Publikum mitzuteilen, warum Melanie Sugg, des Dichters Verlegerin, nicht anwesend war: mit Nierensteinkoliken im Kantonsspital! Obwohl ihm doch die pure Unterbringung des Austernspinats in seinem Mund die sichtbarste Mühe machte, konnte er nicht aufhören, immer wieder zu bedauern, dass er Melanie Suggs Abwesenheit nicht entschuldigt hatte. Wenn sie das erfahre, und sie erfahre es todsicher, stehe ihm Schlimmes bevor.

Dem Laudator, der so viel und so zügig aß wie kein anderer am Tisch, ging diese Jeremiade auf die Nerven. Mit einem Mund halb voll von Orangencrêpe mit Sauerrahm musste er dagegen protestieren, dass der Vereinspräsident jetzt noch das köstliche Essen, und es sei so köstlich, dass er nicht aufhören könne, sich den Teller wieder und wieder füllen zu lassen – tatsächlich ließ er sich, zählte Theo, drei verschiedene Vorspeisen servieren –, dass man, während man zum ersten Mal im Leben ein Taschenkrebspflanzerl auf der Zunge habe, dass man sich da solchen Veranstalter-Quatsch anhören müsse. Und trank dem bestürzt Herüberschauenden schnell noch mit Zum Wohl zu. Und hing gleich wieder tief über seinem Teller. Offenbar wäre ihm sonst ein Artischockenröllchen entkommen. Und fuhr doch noch einmal hoch und rief: Nierensteinkoliken! Wenn das Wort gesagt worden wäre, auch noch am Anfang, dann hätte er seine Laudatio nicht halten können.

Theo hörte es gern, dass der Konsul deutlich auf jedes Zum Wohl mit Prosit antwortete.

Eine Art Frieden zwischen den beiden bahnte sich erst nach dem Dessert an. Auch das Dessert musste der Laudator zweimal zu sich nehmen, weil er, wie er gerne gestand, einfach nicht gewusst habe, was Eierschecke, Lemon Curd, Blütenjoghurt und Sorbet, in einer Speise vereinigt, vermögen. Er sei, auch das gestehe er so freimütig, wie es nun einmal seine Art sei, ein sinnlicher Mensch. Und nötigte alle wieder zum Trinken, zum Zum-Wohl- beziehungsweise Prosit-Sagen. Und ihm falle dazu ein, was er jetzt brauchen könne: die schönste Gedichtzeile unseres Dichters habe er leider, leider in seiner Laudatio nicht unterbringen können, weil sie sozusagen zu positiv, ja, zu gesund gewesen wäre, und das hätte in der nötigen Kürze einer solchen Laudatio den Existenzthema-Ton, die unüberwindbare Uneinverstandenheit des Dichters mit sich selber, gestört, jene Schlusszeile, die aber jetzt endlich gesagt werden müsse: *weise geworden nur durch das Fleisch*. Meine Damen, meine Herren, Wohl bekomm's!

Und wieder wurde getrunken. Und Konsul Danielus spendete sein stimmungsvolles Prosit.

Theo hatte nur mit Hilfe der edel gedruckten Fest-Menü-Karte verfolgen können, was der Laudator jeweils zu sich nahm.

Dann ergriff der Konsul das Wort. Dass der Laudator selber noch einmal auf seine Laudatio, und das sogar in einem selbstkritischen Ton, gekommen sei, das lasse ihn jetzt eine Frage stellen, die er schon dort im Saal gern gestellt hätte. Es betreffe die leitmotivhaft vorkommende Lieblosigkeit des Dichters. Die ja offenbar ein Grund, wenn nicht der Grund sei für die ebenso leitmotivhafte Uneinverstandenheit des Dichters mit sich selbst.

Der Laudator fürchtete offenbar, sein drittes Dessert wegen einer von ihm zu liefernden Antwort aufschieben zu müssen, und rief, einen Dessertlöffel mit Sago und geeister Kokosmilch vor seinem schlingen wollenden Mund stoppend: Oho, Kritik! Zum Dessert Kritik! Leitmotivhaft! Oho! Sind wir bei Wagner gelandet! Wess' Brot ich ess', dess' Lied ich sing! Schob den Löffel gänzlich hinein, wischte sich den Mund und sagte: Im Gegensatz zu unserem Dichter könne er es sich nicht leisten, gar nicht oder falsch verstanden zu werden.

Der Konsul beeilte sich, ihn von dieser Sorge zu befreien. Er wolle nur sagen, dass für ihn das Wichtigste gewesen sei zu erfahren, dass der Dichter sich selber genauso wenig möge wie den Rest der Menschheit. Das sei ein respektables Evangelium. Das Evangelium der Lieblosigkeit! Prosit!

Dann der Laudator: Jetzt sei der Dichter dran! Das Evangelium der Lieblosigkeit. Und darauf haben wir, von unserem edlen Spender verführt, auch noch getrunken. Herr Kroll, bitte!

Theo war gespannt, hatte er doch schon so viel Neues über seinen Carlos Kroll gehört, jetzt musste von dem selber Klartext kommen. Was kam, war typisch Kroll!

Wer wäre er denn, wenn er solche Fragen bis zur Verständlichkeit beantwortete! Die Damen und Herren, die ganze Welt von ihm aus könnte von ihm erfahren, dass es die Qualität der Sprache sei, unverständlich zu sein beziehungsweise beliebigem Verständnis ausgeliefert. Pfingsten sehen wir uns wieder! Aber in Babylon! Und ihm seien seine Gedichte Klartext genug. Also gebe er zum Dessert des Desserts noch eins zum Besten:

Lass mich traben als Depp auf deiner Bahn.
Schwinge die Geißel.
Schmücke mich mit Fasnachtsrosen.
Bau mir den Vogelschrei des Verrückten ein.

Prosit!

Dass er zum Prosit des Konsuls übergelaufen war, wirkte zutiefst sympathisch. Der erwiderte dieses Prosit in souveräner Milde.

Der Laudator sagte, einen Löffel mit Rhabarbermousse in der Schwebe haltend: On s'amuse!

Damit sei, sagte der Vereinspräsident, auch in der Konversation eine Dessert-Epoche eröffnet. Er eröffnete so, zum Laudator: Kennen Sie den? Einer rennt mit erigiertem Penis gegen die Wand und bricht sich das Nasenbein.

Hübsch, rief der Laudator und servierte: Warum schlafen fünfzig Prozent aller Männer nach dem Geschlechtsverkehr nicht ein? Weil sie nach Hause müssen.

Er halte dagegen, sagte der Vereinspräsident: Was sagt das linke Bein einer Blondine zum rechten? Wenn nichts dazwischen kommt, gehen wir ins Kino.

Der Laudator: Blondinen habe er auch. Warum mögen Blondinen im Auto Schiebedächer? Wegen der Beinfreiheit.

So ging das zwischen den beiden hin und her. Beide hatten offenbar Spaß, sowohl beim Erzählen wie beim Anhören. Weil aber sonst niemand reagierte, sagte der Vereinspräsident schließlich, jetzt komme etwas Keimfreies. Warum stehen Frauen so gern am Herd? Wegen der Herdanziehungskraft.

Theo war froh, dass er nicht der Einzige war, den diese Witze nicht zum Lachen brachten. Das Lachen, das jeder der beiden dem Witz des anderen jeweils spendierte, wurde immer dürftiger. Dann gaben sie auf. Offenbar seien sie in die Gesellschaft nur noch todernster Zeitgenossen geraten. Mit Zum Wohl und Prosit wurden sie wieder aufgenommen.

Da leistete am meisten der Konsul. Er konnte das: leicht bleiben im Ton auch bei schwerster Bedeutung. Egal, sagte er, ob man, was Sprache anrichte, Verständnis oder Unverständnis oder gar Missverständnis nenne, wir seien im Sprachgeschehen doch alle nur mitgeführte Figuren, mitgeführt von dem, was Wilhelm Grimm, ja, der knapp jüngere der zwei größten Brüder der Geschichte eh und je, die nie rastende Beweglichkeit der Sprache genannt habe. Und das in einer Rede vor der Nationalversammlung in Frankfurt, also im Jahr 1849. Dass einer in dieser hochpolitischen Versammlung eine Rede über sein und seines Bruders Jacob Wörterbuch-Projekt habe halten können, dürfe uns spüren lassen, wie weit weg wir geraten sind von einer Welt, in der von der Sprache im Parlament noch gültig, also phrasenfrei gesprochen werden konnte. Ohne Parteilichkeit jeder Art. Und eben in dieser Rede habe Wilhelm Grimm von der Naturgeschichte der Wörter gesprochen. Und nur das habe er, der Konsul Danielus, noch aussprechen wollen: Wenn die Sprache ein Naturprozess sei, dann sei es töricht, einander eine Verantwortung überzustülpen, die es nicht gebe. Aus dem Evangelium der Lieblosigkeit sei Carlos Kroll kein Vorwurf zu machen. Er sei eben der Mund, der ausgesprochen habe, was jetzt fällig beziehungsweise dran sei. Also bleibe alles heute schön Zitierte unvermindert. Und solange er selber sich noch an dem, was ein anderer produziert hat, freuen könne, hoffe er, desgleichen auf seine Art auch vollbringen zu können. Wenn er das nicht hoffte, könnte er sich an dem, was ein anderer vermag, nicht freuen. Bis zum Ende bewundern zu können, was schön ist, das sei durch diesen – gestatten Sie – bunten Abend in ihm wunschhaft wach geworden. Dafür danke er allen, dem lieben Herrn Kroll ganz besonders.

Das war's. Danach wollte, konnte keiner mehr etwas sagen. Auch Agrippinas Miene, die den ganzen Abend über eine schön gemachte Maske der Verachtung war, hellte sich zum Schluss auf bis zu einem wirklichen Lächeln.

Als Theo und Iris im Auto nach Solln hinausfuhren, sagte Iris: Man kennt eben keinen.

Ganz einmütig waren sie, was den Konsul Danielus betraf.

Schade, sagte Theo, dass wir den jetzt wahrscheinlich nie mehr sehen.

Iris musste noch daran erinnern, dass der Konsul nebenbei einmal angemerkt habe, das Sorbet sei von Nero erfunden worden.

Als sie das sagte, hatte Theo das Gefühl, sie habe den Abend nicht ganz anders erlebt als er. Das war ein wohltuendes Gefühl.

13

Das hat er jetzt auch gelernt: Briefe so zu schreiben, dass er sie nicht abschicken kann. Er ist sein eigener Adressat geworden. Und schreibt doch nicht nur an sich, sondern an den Schriftsteller und an sich. Immerhin schon zwei Adressaten.
 Aber Sie, liebe Frau Baldauf, sind meine liebste Adresse.
 Er hat das Gefühl, wenn er an sie schriebe, würde es wärmer in der Welt und auf den Autodächern sprössen grünste Gräser. Er könnte natürlich sterben, während er an sie schriebe. Das spürt er deutlich genug: Atmen könnte er eigentlich nicht, wenn er an sie schriebe. Er könnte immer erst wieder atmen, wenn er einen Satz fertig hätte. Aber dann würde er gleich weiterschreiben wollen. Und müsste doch dem Atemzwang gehorchen. Dabei weiß er überhaupt nicht, was er ihr schreiben sollte, könnte, dürfte, müsste. Nur schreiben, schreiben, schreiben. Nur an sie, sie, sie. Bis zur Bewusstlosigkeit. Das wäre die Erlösung, wenn er schriebe, bis er bewusstlos zusammensänke, wenn möglich für immer. Andererseits möchte er ihr etwas schreiben, was sie gerne läse. Zur Hand nähme und läse und nicht aufhören könnte, bis sie es ganz gelesen hätte. Aber was könnte das sein?
 Eine Wanderung. Am liebsten durch Wälder, die kein Ende haben. Und sie könnten diskutieren, ob

sie unsterblich seien. Sie risse ein Blatt von einem Baum, einer Buche natürlich, und würfe es weg, und das Blatt fiele nicht einfach zu Boden. Von ihrem und seinem Blick gehalten, schwebte es, würde es ewig schweben, wenn sie ihre Blicke nicht mehr wegwendeten von ihm. Aber so weit will sie noch nicht gehen. Sie griffe zu, finge das Blatt und ließe es dann zu Boden gleiten. Jetzt wäre er dran. Schauen Sie, würde er dann sagen und sich an die Buche stellen wie an den Marterpfahl und sagen: Er werde gemartert. Von ihr. Er schreie jetzt. Dass sie es nicht höre, liege an ihr. Und das sei gut so. Er schreie, bis er nicht mehr könne. Und er könne nur schreien, weil sie ihn nicht höre. Sie sei seine Mörderin, schreie er. Und er habe nichts dagegen, dass sie seine Mörderin sei. Dann plötzlich sehr ruhig, er zu ihr: Wenn sie jetzt gleich an einen Bach kämen, ertränke er sich. Und zwar in ihrem Auftrag. Er wolle nicht gerettet werden. Sie möge diese Tonart entschuldigen. Er spüre sehr genau, dass er ein Todeskandidat sei. Seien sie ja alle. Außer ihr. Sie sei das Gegenteil. Eine Unsterblichkeitskandidatin. Wahrscheinlich wisse sie das überhaupt noch nicht, dass sie irgendwann auch sterben werde. Das habe ihr bestimmt noch niemand gesagt. Wer könnte es wagen, ihr mit so was zu kommen?

Iris habe in ihrer Kartei, die sie Geschmackskartei nenne, Bilder von ihr. Iris habe ihn gebeten, sie in die Liste der Lieblingskundinnen aufzunehmen. Erst als er diese Bilder gesehen habe, sei der Zwang, ihr zu schreiben, in ihm gewachsen. Andererseits habe er sofort gespürt, er müsse ihr einen unabschickbaren Brief schreiben. Die Göttliche Iris habe ihn mit allen Daten versorgt. Auch Tangodaten. Als er Iris gestanden habe, dass er ausgerechnet dieser Kundin schreiben müsse, habe die Göttliche Iris gesagt: Wahnsinn. Er habe gesagt: Irrsinn, Iris, Irrsinn reicht.

Bitte, wenn sie bis hierher gelesen habe, möge sie durchhalten. Gleich könne er nicht mehr. Nur noch ein paar Atemzüge. Die aber im Flug mit ihr. Mit ihr fliegen! Ein Experiment! Sie höben ab. Diese billigste Gemeinsamkeit sei aber doch spürbar. Und je höher sie stiegen, desto leichter würden sie, bis sie das so genannte Verantwortungsgefühl verlören. Von allen üblichen Gefühlen sei doch das Verantwortungsgefühl das unangenehmste, lästigste, lächerlichste. Ob sie es auch spüre, dass sie mit der Schwere den ganzen damit verbundenen Quatsch los seien. Und jetzt könne er endlich etwas sagen, was er drunten auf der Erde niemals sagen könnte: Er liebe sie. Den Satz kenne sie sicher schon. Aber in großer Höhe habe er eine andere Qualität. Hallo! Ob sie noch da sei? Er wolle doch mit ihr in Verbindung bleiben. Egal, wo und wie. Ihm würde eine definierbare Verbindung mit ihr genügen, nicht ganz widerspruchsfrei, aber in guter Syntax. Jeder Routine entsprechend. Bloß nichts Besonderes. Und wenn sie dann zusammen quer durch die Fußgängerzone führen und sich den Weg durch eine erstarrende Menge freihupten, müssten sie ihren anspruchsvollen Dialog keine Sekunde lang unterbrechen. Ihm würde es genügen, wenn sie sagte: So wolle sie ewig mit ihm durch alle Fußgängerzonen der Welt fahren. Gemacht, würde er sagen und das Gaspedal bis zum Anschlag durchtreten, adieu.

Ist denn das Unwahre richtiger als das Wahre, bloß weil es erlaubter ist oder so klingt? Liebe Sina, nur noch ein Geständnis, ein so unüberwindbar komisches, dass dann die Hemmungslosigkeit sozusagen eines natürlichen Todes stirbt. Das Geständnis: Sie sei ein Schönheitszwang. Er wolle ihr, nur ihr, andauernd etwas Schönes sagen. Kurz, er wäre ihr gegenüber am liebsten ein Dichter. Das sind doch die, die alles so schön sagen, wie es nicht ist. So einer zu sein beziehungsweise so einen zu imitieren zwinge sie ihn. Unwillkürlich. Nämlich:

Welt reimt sich auf Sinn,
wie sich Blüte auf Liebe reimt.
Ich fühle, dass in mir
immer etwas keimt.

Adieu.

                                             München, 2. August 2014

Sehr verehrte Frau Baldauf,
jetzt versuche ich, einen Brief zu schreiben, den ich Ihnen dann auch schicken kann. Iris, meine Frau, dürfte Ihnen gegenwärtiger sein als ich. Der an der Kasse. Dadurch Sie erlebend. Ich gestehe (gern), dass Sie mich beeindruckt haben. Ihre Wirkung ist Ihnen

bekannt. Oder: muss Ihnen bekannt sein. Mehr als schön sei nichts, hat neulich ein Schriftsteller gesagt. Ich fühle mich getroffen durch Ihre Augen. Ihr Blick ist mir geblieben. Ich würde Sie auf der Straße kaum kennen, es sei denn, ich begegnete Ihren Augen, Ihrem Blick. Ich kann nicht sagen, ich sei Ihnen dankbar dafür, dass Sie diese Augen haben, diesen Blick. Ich versuche eher, mit Ihrer Wirkung fertigzuwerden. Da ich, ob ich will oder nicht, immer mitkriege, was die Kundinnen mit Iris reden, blieb mir auch ein Satz von Ihnen. Natürlich ein Satz aus Ihrer Tangowelt. Ich weiß nicht, warum der Satz bei mir geblieben ist. Ich schreibe Ihnen den Satz, weil ich hoffe, Sie könnten sich nicht an alle Ihre Sätze erinnern. Und um diesen Satz wäre es, wenn er in Vergessenheit geriete, schade. Iris hatte gerade erinnerungsselig davon geschwärmt, welches Tempo bei Drehungen auf kleinstem Raum möglich sei. Und hat es natürlich nicht lassen können, daran zu erinnern, dass sie hauptsächlich Madame-Pivot-Schuhe verkaufe, die zum Drehen besser taugten als die deutlich teureren argentinischen von Comme il Faut. Aber Sie, unbeirrbar in aller Tango-Heiligkeit: «Wenn die Achse stabil ist, ist es nahezu so, als hätten beide Tanzpartner nur eine einzige Achse, um die sie sich drehen.» Eigentlich will ich mich bei Ihnen nur für diesen Satz bedanken.

       Mit hochachtungsvollen Grüßen,
         Ihr Theo Schadt

PS: Mein letzter Satz grenzt an eine Lüge. Auch wenn es nicht möglich ist, die Wahrheit zu sagen, muss man doch nicht gleich lügen. Sagen wollte ich, dass mich dieser Satz, seit ich ihn zum ersten Mal aufgeschrieben habe, beherrscht. Dass zwei durch Drehungen eins werden! Das klingt, als gäbe es eine Erlösung!

München, 7. August 2014

Lieber Herr Schadt,
wenn ich Ihren Brief richtig verstehe, ist er die abschickbare Version eines unabschickbaren Briefes. Ich bin Ihnen dankbar dafür, dass Sie die lesbare Version geschickt haben. Ich bin oft genug verstrickt in meine Subjektivität und immer froh, wenn es mir gelingt, sie nicht merken zu lassen. Ich habe mich zeit meines Lebens falsch und verirrt gefühlt auf der Welt. Wie zu einem fatalen Zeitpunkt ohne Rückfahrkarte, verfahren.

Jetzt habe ich Sie auf jeden Fall im Gestehen übertroffen. Und «gern» habe ich das nicht getan. Eher gezwungen. Durch was, will ich nicht wissen.

Aber sagen muss ich doch noch, dass mich getroffen hat, wie Sie zu mir heraufschauten, als ich bezahlte. Sie haben an mir hoch geschaut. Sie haben geschaut, als schauten Sie in eine große Höhe. In eine blendende Höhe. Und um auch das noch zu gestehen: Ich bin dann im Auto (im Parkverbot) eine Zeit lang sitzen geblieben. Ohne Grund. Ich sah Sie noch aus der Ladentür kommen und Richtung Ludwigstraße davonrennen. Weil ich damit nichts zu tun haben wollte, bin ich dann abgefahren.

Wir sollten es dabei belassen. Es gibt halt Momente, die es nicht wert sind, bewahrt zu werden!

Dass Sie mir den Satz über die Achse geschickt haben, weiß ich zu schätzen. Tango ist die Parallelwelt, in der ich lieber lebe als in der wirklichen. Ja, ich tanze exzessiv Tango, weil mein Kopf während der drei oder vier Minuten langen Stücke Urlaub macht. Um richtig schön zu sein, will Tango Konzentration und Versenkungsbereitschaft von mir. Darauf lasse ich mich meistens ein, dann trägt er mich davon. Freitag, also heute, ist mein liebster Tangotag.

Lieber Herr Schadt, lassen Sie es sich gut gehen.

Das wünscht Ihnen
Sina Baldauf

PS: Um auch noch ein PS zu machen: Vielleicht hätte ich Ihnen nicht geantwortet, wenn Sie mir nicht an meinem Geburtstag geschrieben hätten! Mein Geburtstag ist mein Problemtag. Mein Gott, machen Sie mich geschwätzig. Grüßen Sie lieber Ihre lebenskluge Frau von mir! Dass sie lebensklug ist, hat sie schon allein dadurch bewiesen, dass sie mit dem Tango rechtzeitig Schluss gemacht hat. Tango ist der schönste Ersatz für etwas, was es nicht gibt. Und jetzt sagt mein Über-Ich zu mir: Halt die Klappe, Kleine!

München, 11. August 2014

Liebe Frau Baldauf,
es muss, was passiert (oder was getan wird), keinem übergeordneten Mess- oder Bewertungssystem gehorchen. Das heißt: Man kann etwas tun, was nicht zu rechtfertigen ist.

Ich antworte Ihnen, obwohl Sie mir nahelegen, es nicht zu tun. Ich antworte nur, weil Sie an den Augenblick erinnert haben, den ich sozusagen nicht überleben durfte. Ich werde keinen unabschickbaren Brief mehr an Sie schreiben. Ich werde mich bemühen, alles wegzulassen, was den Brief unabschickbar machen würde. Ich werde nicht mehr lange zu leben haben. Damit bin ich einverstanden. Soweit man mit etwas einverstanden sein kann, das man noch gar nicht kennt.

Tod, das sagt sich leicht. Sterben, das kann schwierig werden. Ich habe Aussicht, dass mir das Schlimmste erspart bleibt. Schluss jetzt damit.

Der furchtbare Friedrich Wilhelm I. sei, heißt es, beeindruckend ruhig gestorben. Mit zweiundfünfzig.

Jetzt zum Gegenteil: Ich habe nachgeschaut in der Kartei. Als Ihr Beruf steht da: Büroleiterin. Ich gratuliere Ihnen zu diesem Wort. Dann ist (oder war) mein Beruf: Geschäftsmann.

Ich habe keinen Grund mehr, etwas für möglich zu halten. Dass es so ist, kann ich mir nicht gefallen lassen. Lasse ich mir nicht gefallen. Ich will nur sagen, dass Hoffnungslosigkeit mir nicht liegt. Noch in der Minute, in der ich mich umbringen würde (was für ein wunderbares Wort für das, was es heißt!), wäre ich dagegen, dass ich mich umbringe. Und würde es trotzdem tun. Hoffe ich. Wenn ich ein Gefäß wäre, wäre ich hohl. Hinausschauend in ein anderes Nichts als das, aus dem ich schaue.

Und aus gutem Grund denke ich jetzt an die Nachricht aus der Antike: Herkules leitete den Alpheios und den Peneios durch den Stall des Augias, um den Mist fortzuschwemmen. Das verstehe ich so: Man muss immer doppelt so viel tun, als man glaubt, tun zu müssen, um den Mist loszuwerden.

Also, ich habe zwar zugegeben, dass ich Ihnen gerne Geständnisse gemacht habe, aber ich sagte dazu auch, dass ich mir verbieten muss, Sie mit Geständnissen zu belästigen. Klarer kann kein Sachverhalt sein: Sie, eine wahrscheinlich unangefochtene, weil unanfechtbare Büroleiterin; ich, ein durch mitmenschliche Gemeinheit ruinierter Geschäftsmann. Sie, unheimlich schön; ich, schlicht unschön (bitte, darauf nicht zu reagieren)! Sie, einzig und offenbar allein; ich, in einer zur Unauflösbarkeit gediehenen Ehe lebend (auch das bedarf keines Kommentars). Sie, eine Tanguera, durch die der Tango zur glaubhaften Religion wird; ich, meines Gleichgewichtsgefühls inzwischen drastisch beraubt.

Das heißt: Ich darf nichts ausdrücken als unsere Inkompatibilität.

Vorzuwerfen ist mir nur, dass ich das ausdrücke. Womöglich auch noch abschicke. Das ist der Fluch, der meinen Namen trägt: dass ich mir die Schicksalsgemeinheit nicht gefallen lassen will, die Sie unerreichbar macht.

Sie müssen, was ich schreibe, lesen und behandeln wie den Brief eines Menschen, der sich um eine Stelle bewirbt, für die er, wie er selber weiß und sogar mitteilt, kein bisschen in Frage kommt. Solche Bewerbungen beantwortet man am besten dadurch, dass man nicht antwortet.

Glauben Sie mir das, bitte: Ich bin damit einverstanden, dass Sie nicht antworten. Durch und durch! Mit jeder Faser meines Herzens.

Adieu,
Theo Schadt

München, 23. August 2014

Ach, lieber Theo Schadt,
solange Sie mir so antworten, zwingen Sie mich, Ihnen auch zu antworten. Gleichmut, Gelassenheit, vielleicht sogar Geduld, das wünsche ich Ihnen. Und mir.

Nur das, was in Ihrem Brief direkt falsch ist, beantworte ich (alles andere, wie Sie es wünschen, nicht).

Ich sei eine unanfechtbare Büroleiterin – ich bin gerade dabei, meine Kündigung zu verfassen. Die Firma hatte den Controller im Haus. Wir hatten die vom Konzern verfügte Zielvorgabe von 11,3 Millionen nicht erreicht. Das Ergebnis: Umstrukturierung. Für den Außendienst heißt das, dass die Gebiete verkleinert werden, damit die Betreuung optimal erfolgen kann. Das heißt, die Außendienstler verdienen weniger und arbeiten mehr. An welchem Tag in welcher Stadt der Außendienst vor Ort ist, wird bis zum 1. September 2014 an das gesamte Team verschickt. Drei Innendienst-Mitarbeiterinnen werden gefeuert, weil sie angeblich Kunden angerufen und nicht erreicht haben. Aber von diesen Kunden gingen zur selben Zeit Bestellungen ein. Die haben also geschwindelt und so weiter. Die Leistungsverträge werden um ein Drittel herabgesetzt. Das will, heißt es, nicht der Eigentümer, sondern der Markt. Die globale Nachfrageschwäche habe die Eurozone erreicht. Und so weiter. Ich kann das alles den Mitarbeitern nicht mehr vermitteln. Die sagen mir nämlich: die Mieten steigen. Und so weiter.

Nur dass Sie wissen, ich bin ab November arbeitslos. Darauf freue ich mich wie auf ein immerwährendes Weihnachtsfest.

Dass *umbringen* ein schönes Wort ist, finde ich auch. Dass Sie sich damit beschäftigen, bringt Sie mir näher, als ich sagen darf. Aber wir beide wissen: Der Wunsch, Schluss zu machen, ist die Folge einer Stimmung, die wieder vergeht. Klar ist: Es gibt nicht ein bisschen Schwangerschaft und nicht ein bisschen Todeswunsch. Gute Nacht.

Ach so, auf einer Party in der Sonnenstraße, zu der der große Macher Oliver Schumm eingeladen hat, und alle, alle kommen, also fünfzig, sechzig Leute, da saßen an einem Tischchen in der Ecke zwei, die deutlich nicht miteinander sprachen. Das fiel mir auf. Ich musste, natürlich unauffällig, Oliver fragen, wer die zwei seien. Er kennt ja, wen er einlädt. Und er zieht mich an die Bar, möglichst weit von den zweien weg, und informiert mich: Der eine, der Magere, sei ein bedeutender Filmproduzent, der andere, der Fette, ein Importeur. Hauptsächlich Indien. Beide gehörten seit eh und je zu seinem Freundeskreis, den er Club nennt. Jetzt das Gerücht oder die Nachricht: Der Filmproduzent habe höchstens noch vier Wochen zu leben, Lungenkrebs, der Importeur, Leber, keine vier Wochen mehr. Keiner von beiden wisse etwas von der Krankheit des anderen. Dass sie an diesem Ecktischchen gelandet seien und nicht miteinander sprächen, sei ihm auch aufgefallen. Er überlege, ob er hingehen und die beiden miteinander ins Gespräch bringen solle. Sie sitzen wie im Wartesaal, zwei Reisende, die nichts verbindet als der Abfahrtstermin des Zuges. So der Gastgeber. Ich glaube, er ist dann nicht hin zu ihnen. Ich wurde auch beansprucht von Freunden und Unfreunden. Als ich wieder einmal schaute, saß nur noch der Importeur da. Aber ich brachte es nicht über mich, mich zu ihm zu setzen. Naja, ich bin dann gegangen. Es war Freitag, meine Lieblingsmilonga. Die beiden Stummen, einer mager, der andere fett, gingen mir nach, als ich das Gebäude verließ.

Ich machte gleich einen Versuch, Lorenz aus Wien aufzufordern. Er hält sich für einen Star, tanzt nur mit den besten Tänzerinnen, zu denen ich nicht gehöre. Er kommt immer mit zwei Freunden, mit denen tanze ich öfter, kenne daher seinen Namen. Er hat mich lange Zeit keines Blickes gewürdigt, mindestens eineinhalb Jahre lang. Auch heute nicht. Als ich besser geworden war, sodass er meinte, ich sei jetzt seiner würdig, hatte ich keine Lust mehr. Heute war mir danach, es einmal zu probieren. Und probierte es. Mirada heißt dieser Blickkontaktversuch. (Aber das wissen Sie ja.) Erfolglos. Dann eben nicht, dachte ich mir. Und tanzte mit Hans-Jörg aus dem Allgäu. Der war mir gerade durch ein Foto bei Facebook wieder in Erinnerung gerufen worden. Da schmiegt er sich an Christine, die immer auf Männersuche ist. Hans-Jörg hat eine Technik, die mit dem klassischen Tango nichts zu tun hat. Er führt ausschließlich mit den Armen und kein bisschen mit dem Oberkörper. Der Druck auf meinen rechten Arm verursacht allmählich Schmerzen. Zudem drückt sein Arm in die eine, der Oberkörper geht in die andere Richtung. Wenn ich dem Oberkörper folge, verdreht er mir den Arm.

Dann sah ich, dass Lorenz die Milonga verließ. Er kam zu mir her und verabschiedete sich. Und gestand, er habe meinen Namen vergessen. Das war eine attraktive Geste, um mir zu zeigen, dass er meine Mirada bemerkt hatte. Schon fühlt man sich verabredet.

Alles sehr, sehr relativ. Das heißt unhinterfragbar.

Gute Nacht, lieber Theo Schadt,
Sina

Lieber Herr Schriftsteller,
dass es Sie gibt oder gäbe! Alexander von Humboldt verabscheute sich weniger, wenn er weit weg war. Wohin müsste ich ziehen, um mich weniger zu verabscheuen? Ich bin umgezogen. Viel zu wenig weit weg. Ich war Iris in der Echterstraße nicht mehr zumutbar. In der Melchiorstraße wollte ich, militärisch gesprochen, meine zersprengten Truppen sammeln. Zum Rückzug blasen. Besiegt war ich, aber nicht vernichtet.

Durch Sie, lieber Herr Schriftsteller, habe ich gelernt, aus mir Theo Schadt zu machen. Der sollte stabiler sein als ich.

Endlich muss Ihnen gesagt werden, dass ich, der gescheiterte Geschäftsmann, noch gut lebe von meiner Trivialliteratur. Meine Bücher, die von einem wirklichen Dichter hemmungslos geschmähten Bücher, sind mir lieb. Ich schrieb ehrgeizlos. Ich schrieb, wie mir zumute war. Die Leute lesen's gern. Immer noch. Literatur, Dichtung, keine Spur. Mich versteht jeder. Das musste einmal gesagt werden.

Jetzt zu Theo Schadt. Ich hoffte, er helfe mir, Unerträgliches zu ertragen. Alles sollte ihm zugemutet werden, nicht mir! Was ihm wehtat, tat ihm weh, nicht mir! Illusionsbewirtschaftung! Wie noch nie! Phantasiedirigat! Imaginationsausbeutung!

Sina Baldauf, die ihm erschienen war, so verehrungswürdig wie sonst niemand, teilte mit, dass sie zum Kreis jener Personen gehöre, die von Oliver Schumm der *Club* genannt wird, er lädt ein, er zahlt und so weiter.

Theo Schadt murmelte eine Zeit lang nur noch Silben. Seine Iris erschrak. Er schüttelte den Kopf, machte mit Gesten verständlich, dass ihm nichts fehle. Packte seine Sachen wie für eine Ein-, Zweiwochenreise, sagte, er müsse jetzt in die Melchiorstraße. Iris kennt das Quartier. Darin die kleine Wohnung für Geschäftsfreunde. Fahr mich hin, bitte. Sie fuhr ihn hin. Er machte deutlich, dass er nichts erklären könne. Mit Gesten drückte er aus, dass er ihr schreiben werde. Er umarmte sie, bevor sie ging. Als einziges Wort brachte er Danke heraus. Dann schob er sie sanft hinaus. Vor der Tür noch ein Kuss. Ein Kuss in ihren Nacken. Sie wusste, dass er wusste, wie sie das liebe, in den Nacken geküsst zu werden.

Er setzte sich an den Schreibtisch, den er angeschafft hatte, um seinem jeweiligen Gast, wenn der sich an diesen Schreibtisch setzte, das Gefühl zu geben, er sei jemand. Dieser Schreibtisch aus dem späten 19. Jahrhundert ist ein elegantes Labyrinth. Man erlebt sofort, dass er mehr Möglichkeiten bietet, als man braucht. Er ist eine Einladung, sich aufzuspielen.

Dass er jetzt öfter in der dritten Person von sich berichten muss, liegt nicht nur an dem verführenden Vorbild, das Sie, sehr verehrter Herr Schriftsteller, sind, sondern auch an einem erwünschten Abstand zu Handlungen, ja, zu seinen Handlungen. Er merkt, dass er davon nur mit Widerwillen oder sogar Ekel berichten kann. Aber verschweigen darf er es auch nicht. Er war eben so und so! Und zwar er, nicht ich.

Auf Ihr Verständnis hoffend,
Theo Schadt

Theo hatte ein Papier vor sich hingelegt, hatte einen Füllhalter aus dem Angebot genommen, dann saß er und schrieb:

Liebe Iris.

Mehr war jetzt nicht möglich.

Als er in einem der voluminösen Sessel versank, wollte er rauchen. Das war ihm seit langem fremd. Aber er wusste, in welcher Schublade die Zigaretten und Zigarren lagen, falls der Gast darauf Lust hatte. Keine Zigarre jetzt, das war klar. Aber eine Zigarette. Dann noch eine. Und noch eine. Und noch eine. Mit Genuss las er auf der Packung, dass Rauchen tödlich sei. Er zündete eine Zigarette an der anderen an, bis keine Zigarette mehr da war. War das die Welt, wie sie wirklich ist? Musste Sina Baldauf zum Hofstaat des Erzkonkurrenten gehören? Sollte er den Verfolgungswahn erlernen? Konnte der Herr, wie er es gewohnt war, auch Sina Baldauf herwinken, und sie kam? In sein Bett? Und gehen, wenn er keine Lust mehr hatte? Diese Frau, deren sprachmächtige Sätze unverlierbar waren, war diese Frau auch nur eine Kreatur? Herrn Schumms Kreatur? Sein Beliebigkeitsflittchen? Was ist denn das für eine Welt, in der alles genauso passiert, wie es für ihn am schmerzlichsten ist? Wieso denn leben, wenn das Leben immer genau den größtmöglichen Schmerz will? Will das Leben, dass man es nicht aushält? Ist die Welt ein System, das ihre Unmöglichkeit produziert?
Zurück zu dem Blatt für Iris.

Liebe Iris,
du hast dich daran gewöhnt, dass ich dich Göttliche Iris nenne. Da du überhaupt am liebsten zustimmst, stimmst du inzwischen auch dieser ganz unfeierlichen Verklärungsanrede zu. Also liebe Göttliche Iris, dass du mich als Retourkutschenspaß Göttergatte genannt hast und nennst, das zeigt, wie ausgewogen unsere Beziehung ist, wie harmonisch. Ich bin der am glücklichsten verheiratete Mensch der Welt! Kein Tag vergeht, an dem die Welt mir nicht aufdringlich beweist, dass es deinesgleichen außer dir nicht gibt. Wir ruhen innig ineinander, ohne Diskurs. Wir sind theorieabweisend. Wir sind naiv! Und das durch dich. Und durch mich. Durch deine unerschöpfliche Naturkraft. Du kannst sensationslos jeden Tag zum Leuchten bringen. In dir ist die Ruhe daheim, die aus der Welt vertrieben wurde. Du bist das Asyl der Verlässlichkeit. Der Inbegriff der Treue. Der Unanzweifelbarkeit. Unter den Stoffen der Erde vergleichbar dem Gold, darum ist meine Rede und Anrede an dich oft: Gold. Mein Gold.

Ich rühme dich meinetwegen. Dich rühmt die Sonne jeden Tag, an dem sie aufgeht. Dich rühmen Wetter und Unwetter. Du bist das leibhaftige Klima, das alles wachsen und gedeihen lässt! Ich gebe zu, ich merke, dass ich lebe, erst wenn ich dich rühme.

Jetzt habe ich ausziehen müssen aus unserem schutzreichen Haus. Abhauen habe ich müssen. Meine Anwesenheit hätte an eine Lüge gegrenzt. Göttliche

Iris, dich belügen, da sei, bitte, Gott vor. Also bin ich weg. Für jetzt. Oder für immer. Ich bin am Ende, Göttliche Iris. Das ist doch egal. Wenn ich umfalle, gehöre ich wieder dir. Nur dir.

Es grüßt aus dem vorläufigen Jenseits
dein seriös strampelnder Theo

Und zog ein neues Blatt aus der Schublade und schrieb:

Montag, 25. August 2014, 19:18 Uhr
Sehr verehrte Sina Baldauf,
jetzt bin ich so weit. Ich beherrsche mich wie noch nie. Das heißt: Ich bin so unglaubwürdig wie noch nie. Das heißt nicht, dass ich lüge. Was es wirklich heißt, überlasse ich Ihnen. Ich hätte mich Ihnen zu gern direkt verständlich gemacht. Ich war bereit, möchte ich sagen, wie noch nie. Bereit, verstanden zu werden! Aber eben das will ich nicht mehr. Wie gesagt, ich beherrsche mich wie noch nie. Aber einer, der sowieso nicht ewig lebt, kann sich so etwas Halbverständliches, Anspielungsgieriges, Unterstellungssüchtiges schon mal leisten!

Das ist, glaube ich, ein überaus klarer, durchsichtiger, aufdringlicher, exhibitionistischer Brief. Ich wünsche ihm, dem Brief, eine gute Reise. Zum ersten Mal per E-Mail. Zur Vermeidung von unpassender Feierlichkeit. Und, gebe ich zu, zur Beschleunigung. Denn schnell genug kann dieses ungekonnte Rätsel nicht bei Ihnen sein. Bei Ihnen, vor der sich jedes Rätsel schämt und sich dann willenlos preisgibt. Wie auch immer Sie das verstanden haben mögen, ich hoffe, Sie hätten mich missverstanden. Erst dann fühlte ich mich von Ihnen halbwegs verstanden.

In schlichter Ergebenheit,
Theo Schadt

PS: Vielleicht dürfen Sie bei mir damit rechnen, dass das, was ich lieber nicht schriebe, erst als PS kommt: Ich danke natürlich für die eindrucksvolle Szene mit den zwei nicht miteinander sprechen könnenden Todeskandidaten. Ich bin eher einer von den beiden als Sie. Ist ja klar. Am meisten aber hat mich beeindruckt (!), dass Sie es geschafft haben, in den Hofstaat (um nicht zu sagen, Harem) des großen Machers Dr. h. c. mult. Oliver Schumm aufgenommen zu werden. Mich hat das beeindruckt, weil ich mir, obwohl ich verglichen mit ihm eine Winzigkeit bin, einbilde – jetzt nicht mehr, aber früher einmal –, wir seien trotz aller Unvergleichbarkeit Konkurrenten. Nur weil meine (inzwischen vernichtete) Firma auch mit Patenten handelte. Für einen, der fünfzigmal so viel Umsatz macht wie du, bist du keine Konkurrenz, sondern eben eine Fliege an der Wand, die immer noch nicht den Fliegenfänger gefunden hat, an dem sie ihr bisschen Dasein endlich beendet. Verzeihen Sie. Ich wollte nur nicht, dass Sie, falls Sie dort doch von mir gehört haben sollten, glauben, ich befände mich, dieses Verhältnis betreffend, in irgendeiner Illusion. Aber dass

Sie jetzt dort anzutreffen sind, hat mich, wie soll ich sagen, erreicht.

               Adieu,
              Theo Schadt

Dann saß er und war zwar nicht zufrieden, aber auch nicht nur unzufrieden. Dass er nicht ganz unzufrieden war, kam durch das PS zum Sina-Brief. Ohne dieses PS wäre ihm jetzt schwindlig geworden vor Unzufriedenheit. Iris gegenüber blieb er unzufrieden. Ihr gegenüber hatte er sich nicht zur Sprache gebracht. Und er wusste auch jetzt, nachträglich, nicht, wie er ihr hätte sagen können, was mit ihm war. Mit ihm war doch nichts. Du kannst doch nicht sagen, was es gar nicht gibt. Aber wie sehr dir daran läge, dass es etwas gäbe – das hättest du sagen müssen! In diesem Stadium! Kurz vor dem Ende noch solche Verrenkungen! Schäme dich!

Er wusste, diese Art Selbstermutigung zum Wenigerfeige-Sein führte bei ihm zu nichts.

Ihn überfiel eine Müdigkeit, gegen die es keinen Schlaf gab. Eine Art Schwere oder Halbohnmacht, die ihn in den Sessel zwang, ihn in den Sessel drückte. Der nahm ihn auf mit seinen gerundeten Wällen. Weil eine so genannte Moderne von solchen Lederwulsten nichts übrig gelassen hatte, fühlte er sich dazwischen noch aufgenommener. Distanz zu gar allem. Nicht mehr warten. Auf nichts.

Du musst doch auf nichts mehr warten. Ist das nicht ein ersehnter Zustand? Und gestand sich, dass er das nicht konnte, auf nichts mehr warten. Er wartete immer. Darauf, dass sich etwas ändere. Zu seinen Gunsten. Auch wenn du weißt oder dir einreden willst, dass sich nichts mehr zu deinen Gunsten ändern kann, wartest du darauf, dass sich etwas zu deinen Gunsten ändere. Ohne diese Erwartung ... Er wusste nicht, was ohne diese Erwartung wäre. Weil er Erwartungslosigkeit nicht kannte.

Er saß so nicht umsonst: Zum ersten Mal sie per E-Mail.

Mittwoch, 27. August 2014, 21:46 Uhr
Lieber Theo Schadt,
ich habe, bevor Ihr flottes E-Mail eintrudelte, daran gedacht, was ich wohl von Ihnen zu erwarten hätte. Ich komme mir eher schutzlos vor, deshalb bin ich routinemäßig mit der Konstruktion von prophylaktischer Abwehr beschäftigt. Ich möchte immer auf alles gefasst sein. Bin es dann aber doch nie!
Also, da ist dieser Herr Schadt, Theo Schadt, der Mann, der neuerdings bei der imponierenden Frau, bei der sich die schönsten Tangoklamotten aufstöbern lassen, in der Schreibecke hockt und sich, wenn man zum Zahlen kommt, herumschubst. Dann schaut er einen von unten an. Macht einen viel größer, als man ist. Alles, was man dann noch von ihm erfährt, ist dieses An-einem-Hinaufschauen. Ich gebe zu, darin ist der ziemlich gut, das kann er. Zudringlich sein,

ohne aufdringlich zu werden. Das fühlt sich an wie Wärme, auf nicht umweltschädliche Art produziert! Ich gebe zu, dass mir sogar seine Art gefällt, alles als Spiel gelten lassen zu wollen, ohne zuzugeben, dass es mehr ist. Ich nenne das: erfolgreiche Gegenwehr gegen den Subjektivitätszwang. Dass man erfolgreich dagegen ist, so zu sein, wie man ist! Kommt nicht so oft vor. Dass man nicht müde wird, Spielarten zu erfinden, um nicht nur auf die simple eigene, widerliche Subjektivität angewiesen zu sein, das weiß ich zu schätzen. Und dass ich Sie nur verstehe, wenn ich Sie missverstehe, das ist, entschuldigen Sie bitte, Klartext. Ist es schlimm für Sie, den offenbar Maskenreichen, wenn ich so tue, als hätte ich alles direkt verstanden? Wir können trotzdem weiterspielen. Da bin ich ganz bei Ihnen (wie wir im Geschäftsleben sagen!). Nichts als Zustimmung von mir, wenn, was Sie sind und sagen, darauf hinausläuft, dass es uns nur als Spiellaune gibt. Wir sind und wollen nichts. Damit gehe ich ein Schrittchen über Sie hinaus. Ich habe gerade zuviel an der Backe. Deshalb schließe ich sehr brutal und angemessen reserviert als

Ihre Sina Baldauf

PS: Sie imitierend, antworte ich auf Ihr PS auch im PS: Oliver Schumm ist ein Freund. Ein begabter Freund. Seit mindestens zehn Jahren. Ich sehe nicht ein, warum ich einer Einladung, der ich vor zehn Jahren freudig gefolgt wäre, heute nicht mehr folgen soll. Tatsächlich hat es meinem Leben bis jetzt immer gut getan, wenn ich seinen Einladungen gefolgt bin.

                    Ihre eigentlich ungern ausgefragte
                    Sina Baldauf

Es blieb nichts anderes übrig, als sofort zu antworten:

                    Mittwoch, 27. August 2014, 23:18 Uhr
Liebe Sina Baldauf,
es tut gut, durchschaut zu sein. Im Durchschautsein auszuruhen. Alle Masken durchgespielt? Das ist nicht denkbar. Nehmen wir die Maske Sehnsucht.

Aber bitte, bei sich bleibende Sehnsucht. Kein Händeringen und Kopfausstrecken in Richtung Sina Baldauf. Ganz und gar bei sich bleibt meine Sehnsucht. Meine ganz und gar Ihnen geltende, von Ihnen handelnde, Sie meinende, aber Sie nicht erreichen wollende Sehnsucht. Meine Sehnsucht ist eine Himmelsrichtung. Sie ist eine Kraft, die sich nicht als Bewegung erleben darf, sonst risse sie mich hin und ich landete irgendwo in Ihrer Umgebung im Straßengraben oder unter einer Brücke, über die Sie täglich fahren.

Meine Sehnsucht lebt von ihrer Spürbarkeit. Sie bedarf keines Winks oder Zuspruchs, keiner Dann-komm-halt-her-Geste. Es ist reine Sehnsucht. Wer die nicht kennt, weiß nicht, was Sehnsucht ist. Dass sie deutlich ist, ist ihr Zugeständnis an die Welt, in der es sie gibt. An Deutlichkeit ist sie nicht zu übertreffen.

Sie drückt, was ihr Anlass und Ziel und Ein und Alles ist, genau aus.

Meine Sehnsucht ist auch eine Erzählerin. Ich soll ihr zuhören mit den Ohren meiner Seele. Solche nicht ganz glücklichen Bilder passieren ihr, ohne dass sie das merkt. Also höre ich ihr zu und begreife, warum sie gesagt hat: mit den Ohren meiner Seele!

Ein Erwachen ringsum. Auch in der U-Bahn sind auf einmal alle hellwach. Zeitungen sinken zu Boden, geräuschlos. In Obersendling steigt jemand zu. Eine Gekleidetheit für mehr als eine Jahreszeit. Ich weiß nicht, woher ich weiß, dass es sich um eine Frau handelt. Eine Musik aus lauter hohen Tönen. Kaum Rhythmus. Und kommt auf mich zu und sagt: Auf was reimt sich dein Name. Ich sage: Glück. Sie sagt – denn dass es sich um eine Frau handelt, ist jetzt sicher: Klamotten runter! Und da passiert es: Noch bevor wir an der Poccistraße halten, fallen allen Fahrgästen die Kleider vom Leib. Und es zeigt sich: nur schöne Leiber. Jedes Alter, jede Hautfarbe, alle schön. Vielfarbig leuchten den Älteren die Falten, den Jüngeren wachsen steile Blumen am ganzen Leib. Die U-Bahn blüht. Jetzt singt es auch noch. Ein langsam steigendes Tongewoge. Das steigt und steigt. Wird immer lauter beziehungsweise leiser. Man hört es immer deutlicher, weil es in immer größerer Stille beziehungsweise Lautlosigkeit stattfindet. Es ist der Ton der Einsamkeit, der aus allen Kehlen beziehungsweise Seelen aufsteigt und ganz ganz droben fast klirrend stehen bleibt. Die «klamottenlosen» Menschen fallen einander nicht um den Hals und auch sonst nicht über einander her. Sie verharren wie lauter Denkmäler. Zweierdenkmäler. Monodenkmäler. Aber Denkmäler. Lebensdenkmäler. Bewegungslos. Die einen mit Blick in Fahrtrichtung. Die anderen mit dem Rücken zur Fahrtrichtung. Jedes Denkmal heißt Unvergesslichkeit. Bis eine Stimme sagt: Goetheplatz, U3 Richtung Moosach, bitte zurückbleiben. Da sind wir wieder. Einzelne. Aber was wir gerade erlebt haben, ist noch sichtbar in allen Gesichtern und Haltungen. Wer jetzt aussteigt, nimmt es mit. Wer jetzt einsteigt, kennt sich nicht gleich aus. U3 Richtung Moosach? Ja, natürlich. Danke. Keine Ursache. Es gibt überhaupt keine Ursache. Nur Sachen gibt es. Sehnsuchts-Sachen und andere.

Liebe Sina, soviel zur heutigen Sehnsuchts-Begebenheit.

Ihr Erlebender

PS: Mich würde im Namen der Zukunft interessieren, ob Sie, als Sie das lasen – falls Sie es überhaupt lasen –, bemerkt haben, dass es dem Wort Klamotten gewidmet ist. Und ich – aus Isny im Allgäu stammend – habe das Wort Klamotten noch nie gebraucht, kennengelernt nur durch Sie.

Der Obige

Montag, 1. September 2014

Lieber Theo Schadt,
ich habe das Gefühl: Um Ihnen zu begegnen, brauche ich ein Visum.

Es gibt doch mehr als eine Welt. In meiner Welt hat sich heute herausgestellt, dass alle die um ein Drittel gekürzten Arbeitsverträge unterschrieben haben. Unser IT-Mann machte mich darauf aufmerksam, dass von mir noch die Unterschrift fehle. Als ich erwiderte, ich würde nicht unterschreiben, lachte er und sagte: Das passt zu Ihnen. Ich bin also praktisch draußen.

Jetzt zu Ihnen. Ob Sie's glauben oder nicht: Ihre Sehnsucht-Skizze aus der U3 ist bei mir angekommen. Dass Sie sich *Klamotten* bei mir ausgeliehen haben, wäre mir, weil das Wort zu gewöhnlich ist, nicht aufgefallen. Ich will auch nicht nur reagieren. In mir passiert nämlich auch etwas. Ohne den geringsten Grund angeben zu können, lese ich alles, was von Ihnen kommt, als ein Vertrauensangebot. Und ich schlage ein. Sage ja. Sie sind bei mir ins Innerste marschiert. Wodurch, womit? Ich weiß es nicht. Es muss an der Frequenz liegen. Das Wichtigste, Bewährteste, Notwendigste, Unabdingbarste in meinem Leben bis jetzt ist Misstrauen. Ein Superlativ von Misstrauen ist mein Lebensstil. Tag und Nacht!! Wer in mir Vertrauen erweckt, hat mich. Und hat mich dafür noch jedes Mal bestraft. Ich bin unbelehrbar. Jedes Mal wieder gehe ich in die Knie, spüre in jeder mich meinenden

Äußerung ein Vertrauensangebot wie noch nie. Und weiß doch rein statistisch, dass es wieder ein Schlag ins Kontor sein wird.

Jetzt wieder Sie! Ich glaube zu spüren, Sie seien friedlich, offen, herzlich lieb, so alles gut meinend. Und ich weiß aus meiner Schmerzstatistik, dass es eine Wiederholung sein wird dessen, was mir immer und immer wieder passiert. Das muss an mir liegen, klar. Ich sag es normalerweise nicht gleich so auf wie jetzt bei Ihnen. Sie machen mir ja auch nicht auf die gewöhnliche Weise den Hof. Sie sind gewissermaßen ein Edel-Anbaggerer. Darauf falle ich lieber und leichter herein als auf den herkömmlichen Süßholzraspler. Nur dass Sie wissen, wie Sie mit mir dran sind! Wie leicht Sie es mit mir haben! Allerdings, seien Sie, bitte, gewarnt. Ich bin zwar unbelehrbar, aber eine Verhinderungsfähigkeit hat sich doch herangebildet. Ich glaube mir selber kein Ja mehr. Und streichle mein Nein.

Jetzt habe ich mehr gesagt, als Sie wissen wollten und sollten.

Ihre Sina Baldauf

PS: Ich sehne mich auch. «Endschön», wie Olivers Backfisch-Tochter sich auszudrücken pflegt, wenn sie mit der Freundin für fünf Minuten hereinschneit, um ihren Vater für die Unterstützung beim Kauf eines Schwungs neuer Klamotten zu erwärmen, müsste sein, wonach ich mich sehne. Aber ich weiß aus Erfahrung,

dass es, was ich ersehne, nicht gibt. Da bin ich wieder ganz bei Ihnen. Es fehlt.
>D'accord.

Sina

Freitag, 5. September 2014, 17:09 Uhr
Liebe Sina,
etwas zu wollen, was man nicht will. Das ist mein Fall. Also weiterhin: zudringlich sein, ohne aufdringlich zu sein. Damit haben Sie mir einen genauen Handlungsspielraum angewiesen. Sie formulieren die einzig mögliche Choreographie. Trotzdem verlasse ich mich darauf, dass Sie Ihre entwickelte Verhinderungsfähigkeit gegen mich gebrauchen. Ganz von selbst kann ich mich in unserem ist gleich Ihrem plus meinem Schicksal nicht so bewegen, als spürte ich nicht, dass ich mich in Fesseln bewege. Dagegen wehrt man sich. Dann werde ich so tun, als sei ich fessellos, und möchte nichts als aufdringlich sein. Also sage ich mir: Sei vernünftig, probier zuerst einmal, was dir in deinen Fesseln möglich ist. Und spüre gleich, dass ich so nicht fühlen, nicht sein kann. Ich will alles, obwohl ich selber weiß, dass es alles weder gibt noch geben darf. Alles, das ist ein Gefühlsschwall in der Ferne beziehungsweise TUI. Alles wollend, lernst du das Mögliche kennen. Wenn auch nicht akzeptieren. Wir könnten beide das Mögliche betrügen. Das tun wir nicht. Das will ich nicht. Ich bin eine Wiederholung. Dann geht es so: Sie vertrauen mir, ich bin dessen würdig, und dann geschieht

nichts, wozu Vertrauen Voraussetzung ist. Ich bin eine Mogelpackung. Meine grellen Zeilen sind Stimmungsmacher, sonst nichts. Ich eine Nullnummer, die sich aufführt wie etwas Hochgefährliches. Ich darf sagen, wie sehr ich Sie liebe, weil daraus nichts mehr werden kann. Trotzdem, glauben Sie mir alle meine Schwüre! Sind Schwüre weniger wert, wenn ihnen nichts folgt, was konsumierbar ist? Das Reale ist das, was wehtut. Das Unbetrogene. Das Unbestehbare. Die Welt ist alles, was nicht der Fall sein dürfte.

Dein Irrealo

Dienstag, 9. September 2014, 22:00 Uhr
Lieber Theo,
wenn man schon so heißt! Da wundert einen doch nichts mehr!

Deinen Windungen und Wendungen setze ich ein schlichtes ES IST SO entgegen. Das darf, soll, kann, muss jetzt sein.

Meine Mutter (kürzer geht es nicht) hat es, weil sie in früher Jugend ihre Liebe und Nähe zu allem Französischen entdeckt hat, geschafft, Sekretärin im Goethe-Institut in Paris zu werden. In der Avenue d'Iéna. Und Agathe stammte aus Jena! Aber jenseits alles Kalauerischen: Sie war da offenbar glücklich und geschätzt. Und als sie ein Jahr dort war, schrieb sie sich an der LMU für einen Fernkurs ein, um nach so und so vielen Semestern Deutsch im Ausland unterrichten zu können. Nach einem Jahr und so und so vielen glücklich und gut bestandenen Klausuren wird sie einmal von drei algerischen Studenten eingeladen, abends mitzukommen zum Tanzen. Karim, Sabri und Moncef hießen die drei. Danach war sie schwanger. Von Sabri. Die Klausuren konnten nicht mehr bedient werden. Karim, der auch gern ihr Liebhaber geworden wäre, gestand ihr, die drei hätten eine Wette gemacht. Jeder wettete darauf, dass Agathe ihn vorziehen würde. Karim und Moncef mussten bezahlen. Sabri kassierte. Sie ließ sich zurückversetzen nach München. Sie verachtete Sabri. Mir erzählte sie die Geschichte meiner Herkunft nur nach und nach und widerwillig. Zuerst bloß: ein Ausländer in Paris. Und trichterte mir ein, dass ich keinen Vater hätte, dass ausländische Männer verächtlich seien, besonders solche aus dem Maghreb, am meisten Algerier. Sehr früh und nachhaltig trichterte sie mir das ein. Ich kann sagen: Meine Mutter verachtete in mir noch einmal diesen Sabri. Von dem sie nichts mehr wissen wollte und angeblich auch nichts mehr wusste. Und ich tue das halt auch. So kam es, dass ich in mir die Fähigkeit zu vertrauen nicht entwickeln konnte. Wohl aber das Bedürfnis zu vertrauen.

Mit diesem Fragment entlasse ich dich für heute.
In steter Schwebe,
Sina

PS: Übrigens, in Paris gingen sie Tango tanzen. Weil die deutsche Sekretärin da öfter hinging. Sabri sei der beste Tänzer gewesen von denen. Dergleichen hat die Tochter im Lauf der Zeit aus der immer erinnerungsfeindlichen Mutter herausgefragt. Zum Beispiel, dass Sabri von diesen dreien der Hübscheste gewesen sei. Zum Beispiel, dass er die Tangotanzschuhe, die er an den anderen Männern gesehen habe, nie anziehen wollte, weil das doch Schwulenschuhe seien. Zum Beispiel, dass sie sich mit ihm ein zweites Mal getroffen habe, ohne die anderen, und dass er täglich auf die französische Staatsbürgerschaft gewartet habe. Und weil er eben so hübsch war, so gut tanzte und nicht genug von seinem Berberdorf erzählen konnte, weil er niemals ein Stück Brot, und sei es noch so hart, wegwerfen mochte, weil er eben offenbar wirklich in Frage kam, war sie so entsetzt, als sie hörte, sie sei lediglich Objekt einer Männerwette gewesen. Sogar einen Zettel hat sie aufbewahrt, den hat sie mir, als ich zwanzig war, gezeigt. Damit ernähre sie ihre Verachtung, sagte sie. Ich las: Merci pour cette super soirée!!! A bientôt. Je t'embrasse fort!

Ich ahnte ein wenig, dass Verachtung nicht die einzige Empfindung war diesem Sabri gegenüber. Aber dass man Männern, vor allem ausländischen Männern, nie trauen dürfe, das hat sie mir beigebracht. Abtreibung war für sie keine Wahl. Wenn ich in der Schule wegen meines undeutschen Aussehens geneckt wurde, habe ich das verstanden. Mehr verstanden, als die, die mir «Hexe!» nachriefen, ahnten. Ich habe Nachforschungen angestellt, Sabri betreffend. Das

Goethe-Institut hatte noch seine Daten. Sogar ein algerisches Dorf kam da vor. Ich plane immer noch, einmal hinzufahren. Das Leben hat mich bis jetzt nicht dazu kommen lassen. Meiner Mutter dürfte ich, wenn mir diese Reise gelänge, nichts davon sagen. Sie ist durch ihr Schicksal regelrecht fremdenfeindlich geworden. Tut mir leid. Und dass ich nicht hätte geboren werden dürfen, ist mir immer deutlicher geworden, wurde von Erfahrungen vielfältiger Art bewiesen. Ich habe nicht gelernt, aber immer wieder versucht, mir zu behelfen. Zurzeit lebe ich in einer so genannten Offenen Beziehung. Nur dass du das weißt, lieber Teilnehmer! Eigentlich müsstest du nicht Teilnehmer, sondern Ganznehmer heißen. Du hast etwas Besitzergreifendes. Das stört mich. Aber vielleicht umschreibt der wahrem Leben innewohnende Zauber des Unerwartbaren eben das, was uns ... verbindet.
Vielleicht!

                        Mittwoch, 10. September 2014, 8:52 Uhr
Liebe Sina,
was immer du mir mitteilen wolltest – lesen konnte ich nur, dass du in einer Offenen Beziehung lebst. Damit weiß ich nichts. Und mehr als nichts darf ich nicht wissen. Stell dir das vor: Ich habe mit dir nichts zu tun und werde mit dir nie mehr als nichts zu tun haben, und trotzdem weiß ich nicht, wie ich das ertragen soll, dass du in einer Offenen Beziehung lebst. Ich möchte

alles wissen, was ich nicht ertrage. Zu ertragen, was ich nicht weiß, ist schlimmer!

            Der Ignorant

     Samstag, 13. September 2014, 13:34 Uhr
Lieber Theo,
so entsteht aus nichts etwas. Schöpferisch. Gratuliere.

 Ich habe für heute Abend meine Bisherigen geladen. Ich verstehe doch, dass sie alle unterschrieben haben, ein Drittel weniger zu verdienen. Dass ich das verstehe, muss ich vermitteln. Die drei, die mir am nächsten sind, Tessa, Regina und Barbara, habe ich für den 22. eingeladen, mit mir auf der Wies'n Abschied zu feiern. Regina hat unterschrieben, weil sich ihr Sohn zu einem Skirennen angemeldet hat, Teilnahmegebühr siebenhundert Euro. Unserem IT-Mann werde ich heute Abend sagen, er möge nun endlich seine Klappe halten. Wenn doch nur schon der 1. November wäre! Der Tag meiner Erlösung. Es kann sein, dass du vor dem 22. nichts mehr von mir hörst, siehst, liest. Solche Pausen gibt es nur unter Lebendigen. Und sinne nicht nach dem Sinnlosen. Bleib auf der Brücke, Captain! Auch wenn das Schiff Schlagseite hat. Mir liegt daran. Sonst rutsch ich aus. Und geh über Bord. Obwohl mir auch daran läge, schieb ich es immer wieder auf.

 In langsam zunehmender Abhängigkeit vom Unnennbaren,

            die Betroffene

Lieber Herr Schriftsteller,
ich wurde mit Schicksal bedient. Ich kam mir unanständig leicht vor.

Nur scheinbar ganz anderer Art war, was Iris zeigte. Sie wollte nicht mehr Iris heißen. In der Zeit vom 5. bis zum 19. September schrieb sie mir jeden Tag einen Brief oder einen Zettel und warf diese Post immer selber ein in den Briefkasten in der Melchiorstraße. Sie fühle sich vernichtet. Sie unterschrieb: «Deine frühere I… Es fällt mir zu schwer, diesen Namen noch zu schreiben. Er ist zerstört. Ich brauche keinen Namen mehr.» Und unterschrieb jedes Mal als Die Verlassene.

Glauben Sie mir, Herr Schriftsteller, was Iris mir nicht glaubte und was ich Sina Baldauf nicht schreiben konnte: Je deutlicher, härter, bitterer, ernsthafter, unwiderruflicher mir Iris mitteilte, dass wir auseinander seien, umso deutlicher empfand ich, dass ich mich überhaupt nicht von ihr getrennt fühlte.

Theo Schadt

München, 20. September 2014

Liebe Iris,
der Unterschied zwischen Sina und dir ist, dass ich es leichter ertrage, von Sina nicht verstanden zu werden, als von dir. Trotzdem versuche ich nicht, mich dir verständlich zu machen. Ich muss, was ich anrichte, ertragen. Aber getrennt von dir kann ich mich nicht fühlen. Nie.

Erinnerst du dich noch an den Abend im Lyrik-

Kabinett und nachher im Königshof? Mich treibt um nur noch das, was der Konsul gesagt hat. Wie er das Evangelium der Lieblosigkeit geschichtlich erklärte. Einen Wilhelm Grimm zitierte er, um das, was mit der Sprache und in der Sprache passiert, als Naturprozess zu verstehen. Dann ist dem Dichter nichts mehr vorzuwerfen. So etwas wie persönliche Verantwortung ist dann ein alter Hut. Der Dichter ist das Mundwerk seiner Epoche. Ich sag das nur, weil dann alles, was der Dichter tut und lässt, ein Geschichtsding ist. Er kann nichts dafür, dass er ist, wie er ist. Es ist der Naturprozess der Sprache, der ihn als Figur oder als Mundwerk benutzt. Liebe Iris, du hast schließlich gesagt, Carlos Kroll sei böse. Ich habe dir nicht zustimmen können. Er tut, was jetzt fällig ist. Das ist seine Funktion. Und dadurch, dass er mich verraten hat, hat er sozusagen im Auftrag der Geschichte bewiesen, dass ich verratbar war. Dass wir so und so befreundet waren – alles menschlich schön Anmutende ist nichts wert. So will es der Naturprozess. Also bin ich, sind wir nur das Objekt, an dem beispielhaft deutlich wurde, dass es keinen Wert mehr gibt. Das sehe ich jetzt. Ich kann Kroll verachten, weil er sich hergegeben hat, die Schurkerei zur historisch tief fundierten Tat zu machen. Ich kann ihn dafür endlich verachten. Aber vorwerfen kann ich nichts. Ich danke dem Konsul für diese Aufklärung. Und ich hoffe, du, Göttliche Iris, kannst unseren Ruin jetzt auch anders empfinden. Wir sind ein Opfer auf dem Geschichtsaltar. Damit herauskommt, was los ist, muss dergleichen immer wieder geschehen. Dass unser Ruin einen solchen Sinn hat, ist doch nicht schlecht. Lass uns darauf anstoßen. Prosit, Göttliche Iris.

    In alter Schicksalsgemeinschaft immer
    dein Theo

Vielleicht war das ein Dilemma. Bis zu diesen Septembertagen hat er nie gewusst, was ein Dilemma ist. Also etwas endgültig Kaputtes. Er konnte Sina nicht wissen lassen, dass er Iris schreiben musste: Getrennt von dir kann ich mich nicht fühlen. Nie. Dass Sina das nicht wissen sollte, das war sein Dilemma. Er führte sich das in großer Bewegung vor.

Er schrieb zum ersten Mal einen seiner unabschickbaren Briefe an Iris:

    München, 21. September 2014

Liebe Iris,
sobald etwas verständlich wäre, wäre es nicht mehr so schlimm. Wenn ich dir alles sagen oder schreiben könnte, wäre es kein so brutales Faktum mehr. Du hast mir gerade noch geschrieben: So allein, wie ich jetzt bin, sind sonst nur Steine. Also soll ich einer werden. Das will ich versuchen.

 Es wird mir nicht gelingen.

 Ich habe nichts zu hoffen. Das allein ist halbwegs wahr. Wenn du einmal begreifst, was ich für ein geschubstes Ding bin – ob das hülfe.

 Ich kann dich nicht teilnehmen lassen an den

Scheinbewegungen, die mir noch gegönnt sind. Alles, was mir noch einfällt, ist Ausrede. Göttliche Iris! Das warst du, bist du, wirst du sein, weit über das gleich im Aus landende geschubste Ding namens Th.
    Adieu.

Er gab es auf. Verstanden zu werden von jemandem heißt, einem anderen unverständlich zu werden. Wenn das so ist, eine Welt, in der man immer nur von einem Menschen verstanden werden kann, dann ist diese Welt alles, was nicht der Fall sein soll.

München 21. September 2014

Lieber Theo,
weil es mich nicht mehr gibt, brauche ich auch keinen Namen mehr. Also hör auf, mich irgendwie zu benennen.

Die Namenlose

14

Sie war gestern mit Tessa, Regina und Barbara auf der Wies'n. Weil er es inzwischen erreicht hatte, dass sie einander per SMS gute Nacht und guten Morgen wünschten, wartete er dann immer auf diesen SMS-Gruß. Um 23.41 Uhr kam er: GN. Das war die Formel, wenn es aus irgendeinem Grund nicht zu zwei Wörtern oder einem ganzen Satz reichte. Das war aber auch die Formel, die hieß: Ich gehe jetzt ins Bett. Und das hieß auch: Bitte nicht mehr stören. Am nächsten Vormittag kam der Morgengruß wieder nur mit den zwei Buchstaben. Das war ungewöhnlich. Und er erfuhr, sie sei noch bis 3.00 Uhr in einer Bar gewesen. Dann wollte er natürlich mehr wissen. Dann, um 22.10 Uhr, traf ihre E-Mail ein:

Nicht so spät, vielleicht halb elf. Aber kein Taxi weit und breit und keine Aussicht auf ein freies in absehbarer Zeit. Die Blase drückt. Was machen? Ein Stück laufen? Doch erst Toilette? Bewegung oder einen Fuß vor den anderen mit Rückwärtsdrall im Moment des Bodenkontakts. Unentschlossen. Links warmes, rotblaugoldenes Licht hinter einem Fenster. Eine Bar. Noch nie gesehen. Ein Hotel. Noch nie gesehen. Das Licht zieht magisch an, fällt die Entscheidung. Zuerst Toilette. Kein Stück laufen. Ein Glas Rotwein und dabei auf bessere Aussichten warten.

Gut besucht, aber noch überschaubar und der Kontakt zum Barkeeper möglich. Ein auf einem Barhocker sitzender Herr macht Platz für die Kommunikation zur Bestellung. Danke. Bietet den Hocker an. Nein danke, sehr freundlich. Worte. Zum Wohl. Gespräch. Schweizer Akzent. Jedes Jahr fünf Tage Oktoberfest. Mit Freunden. In diesem Hotel. Normalerweise 80 Euro die Nacht, jetzt 200. Für Schweizer ist es hier selbst zu dieser Jahreszeit billig. Auch wenn gerade alles schief läuft. Sind nur zu fünft. Manche kommen schon seit dreißig Jahren. Hat den Vater beerbt, einen der Oktoberfest-Ausflugs-Pioniere und inzwischen gestorben. Ob die Freunde auch da seien? Hat sie verloren oder keine Lust gehabt, mit ihnen durch die Clubs zu ziehen. Bestellt einen Schnaps. Namen vergessen. Ob ich auch will? Probiere. Mild. Ja. Zum Wohl. Reto.

Jetzt aber den Hocker. Na gut. Vielen Dank. Das Lokal füllt sich. Gedränge im Rücken und zu allen Seiten. Meine Sozialphobie. Scheint bemerkbar geworden zu sein. Drückt die Leute auf Abstand. Danke. Noch ein Glas Wein? OK. Welcher war es? Wisse es nicht mehr. Fragt den Barkeeper und bestellt eine Flasche. Erst Führerschein weg, dann Job. Warum man ohne Führerschein einen Job verliere? Als Motorradlackierer verliert man ihn in der Schweiz. Und wie es zum Verlust des Führerscheins gekommen sei? Zu schnell gefahren. Da sind die streng. Für ein Jahr. Und jetzt? Keine Ahnung.

Immer mehr Leute, immer jünger, mehr und mehr Nebel. Frauen darf man nicht nach dem Alter fragen. Was sagt man darauf? Am besten nichts. Tja, so sei es. Wie alt er sei? 45. Ich sei älter. Dachte 38. Danke. Nein, 53. Kompliment. Dankeschön. Nebelschleier. Anständige Distanz, keine körperliche Annäherung, verbale, sachliche, unaufdringliche Nachfrage. Nein. Warum denn nicht? Undenkbar? Zum Wohl. Im Nebel. Sozialphobieschonprogramm. Angenehm. Stille Akzeptanz. Einklang. Worte versinken in Nebelschwaden. Es wird Zeit, und ich merke es nicht. Als gäbe es keine Entscheidungen und keine Zeit. Ob ich gehen will? Ja. Bestellt ein Taxi. Reißt ein Stück der bordeauxroten Serviette ab, faltet einen Pfropfen und stopft ihn in den Hals der Flasche. Ziehe meine Jacke an. Das Taxi ist da. Hinaus. Abschied. Öffnet die hintere Tür. Drückt mir die halbvolle Flasche in die Hand. Schlafe ein. Erwache, als das Taxi stehenbleibt. Hole den Geldbeutel hervor. Der Fahrer winkt ab.

Dann das SMS-Hin-und-Her, das er doch viel lieber vermieden hätte, aber nicht vermeiden konnte.
Sie habe am 22. um 23.41 Uhr den GN-Gruß geschickt. Der sei immer das Zeichen: Jetzt ins Bett. Das hat sie getan, um ihn ruhig zu halten, ja?
Ja, hat sie.
Sie hat ihn also betrogen. So normal ist die so gut wie nicht existierende Beziehung also doch, dass mal schnell ein Betrug nötig ist.

Ja, aber der hat doch, als sie das Übliche ablehnte, nachgefragt: Undenkbar?! Und erst dann habe er aufgegeben.

Gut, gut, gut, er hat nun wirklich nicht die Spur eines Rechts, ihren Bar-Bericht ins Verhör zu ziehen. Aber wenn er und sie schon ein genau erlebtes Etwas führten, wolle er diesen Bar-Verlauf doch als Betrug buchen dürfen. Es müsse ja nicht immer so und so weit gehen. Wahrscheinlich habe sie ohnehin nicht seinetwegen abgelehnt, sondern wegen der Offenen Beziehung.

Der von der Offenen Beziehung beobachte sie nicht so genau wie er. Der sei so überzeugt von sich, dass er es für undenkbar halte, eine Frau, die mit ihm in einer Beziehung stehe, sei fähig, noch an etwas anderes oder an einen anderen zu denken.

Soweit das quälende SMS-Hin-und-Her.

Dann die Träume. Er hat immer versucht, seine Träume in den Tag hinüberzuretten, ohne durch die Tagesvernunft das Schön-Vernunftlose des Traums zu beschädigen. Je unverständlicher Träume sind, desto besser. Oder: je unverständlicher sie zu sein scheinen, wenn man sich ihrer am Tag bemächtigen will.

Dass er sechs Nächte hindurch eine Art Fortsetzungstraum träumte, war neu, ihm neu. Er musste das aufschreiben, weil er neugierig war zu sehen, was dann da zu lesen sein würde. Vor allem: ob das Geschriebene noch das sein würde, was er glaubte, geträumt zu haben.

In der Nacht vom dreiundzwanzigsten zum vierundzwanzigsten September der erste Traum:

Sie, eine Frau, irgendeine Frau und doch eine eher schlanke Frau, weit weg auf einer grenzenlosen Ebene. Der Boden wirkt wie festgetretener Sand. Er wundert sich, dass sie mit ihren hohen, dünnen Absätzen kein bisschen einsinkt. Das ist typisch Traum. So weit weg und dann überdeutlich die hohen dünnen Absätze. Und die Augen. Das Gesicht ist das allgemeinste Frauengesicht überhaupt. Einfach Frau. Jede Frau. Aber die Augen! Wie eingesetzt! Wie nicht zu diesem Gesicht gehörend. Tiefdunkle, auch zu große Augen. Auf die geht er zu. Während er auf sie mit festen, großen, raumgreifenden Schritten zugeht, hebt sie ihre Arme, oder genauer: heben sich ihre Arme nach beiden Seiten und hören nicht auf, sich zu heben, bis sie senkrecht nach oben stehen. Aber solange sie sich heben, schießt um die Frau herum Natur auf. Gras, Blumen, sogar Schilf, Gebüsch, ja auch ein Baum. Gleichzeitig wird, je näher er kommt, die Frau immer kleiner. Er kommt hin, da ist nur noch der Baum da. Zuletzt ist er, weil sie immer kleiner wird, gerannt. Als er dort ist, umarmt er sie. Da ist es der Baum. Er sieht einen Hinterkopf. Es muss sein Hinterkopf sein. Eine Hand streichelt ihn. Er greift danach. Und steht an einer Hauswand. Nicht ganz in Reichweite neben ihm die Frau. Sie schaut herüber. Er will sagen: Deine Augen. Aber noch davor greift er hinüber. Da bemerkt er: Sie ist gemalt. Auf die Hauswand gemalt. Die Hauswand ist bemalt auch mit Vegetation. Die gemalte Frau ist nackt. Eher dürftig. Er versucht, ihr die Hand zu geben, sie sagt etwas Französisches. Er kann nicht zugeben, dass er das nicht versteht. Seit Schulzeiten, immer ist sein Französisch mangelhaft. Und sie kommt jetzt aus der Höhe als Drachenfliegerin herab, landet mitten in der Stadt, direkt vor ihm. Er greift nach ihr. Sie ist weg und sitzt auf einem Barhocker mit dem Rücken zur Bar und singt etwas, das aufhört mit *La media luz de amor*. Dann sitzt sie einem auf dem Schoß. Der auch auf einem Barhocker sitzt. Sie biegt sich singend in alle Richtungen. Es sieht aus, als müsse sie gleich fallen, aber der umfasst sie mit starken Händen. Das ist ein Schweizer. Komisch, dass er das so deutlich sieht. Ein Abzeichen am Revers. Und sie singt in einer Art Raserei *La media luz de amor*. Aber nicht nur rasend, sondern auch schmachtend, tangoschmachtend. Er muss hin. Da stellen sich sofort sieben Ober vor ihm auf, jeder von denen hält ihm ein Plakat hin, darauf steht: GN 23.41 Uhr GN. Klar, das heißt Gute Nacht! Und schon liegt er auf dem Boden des Lokals, schon fließt sein Blut von beiden Handgelenken. Je schmachtender sie singt, umso krasser verlässt ihn sein Blut. Wenn sich niemand um ihn kümmert, wird er verbluten. Dann steht sie bei ihm. Schaut herab. Singt nicht mehr. Wenn es schwarze Augen gibt, dann sind ihre Augen schwarz. Und sie entblößt ihre Zähne. Er spürt, wie er erlischt. Und greift noch einmal hinauf nach ihr. Da sitzt sie sofort wieder dem Schweizer auf dem Schoß. Und legt einen Arm um den, und der legt seinen Kopf an sie. Eigentlich verschmilzt sie mit ihm. Er erlischt beziehungsweise wachte auf.

La media luz de amor. Das wusste er noch. Allerdings keine Melodie mehr.

In der Nacht vom vierundzwanzigsten zum fünfundzwanzigsten September der zweite Traum:

Sie rennt, und weil er ihr nachrennt, sieht es aus, als renne sie von ihm davon. Er weiß sicher, dass das nicht so ist. Sie hat ihn noch gar nicht wahrgenommen. Sie hat in jeder Hand einen Karton. Was darauf steht, kann er nicht lesen. So nah kommt er ihr nie, und da sie so rennt, sind ihre Hände mit den Kartons in Bewegung.

Er muss wissen, was auf diesen Kartons steht. Auf einem Hotel-Parkplatz sucht sie nach einem Auto. Und findet, was sie sucht. Sie klemmt die zwei Kartons unter den Scheibenwischer und rennt weg. Sie will nicht ertappt werden. Er muss ihr nach, kann also nicht lesen, was auf den Kartons steht, aber dass es sich um ein Schweizer Auto handelt, das sieht er noch.

Sie wird von zwei Herren erwartet und hineingeführt. Er folgt ihr einfach. Zum Glück kontrolliert hier keiner. Im Bundestag. Sie neben der Kanzlerin. Sie legt ihren Arm um die Kanzlerin. Genau so, wie sie das in der Bar gemacht hat. Die Kanzlerin legt ihren Arm um sie. Wie der Schweizer in der Bar.

Er soll reden. Er wird zum Pult geführt. Hier im Bundestag.

Aus allen Lautsprechern dröhnt es: Sag deinen Namen.
Er: Ich weiß ihn nicht.
Lautsprecher: Du lügst.

Er: Das stimmt.
Lautsprecher: Sag die Wahrheit.
Er: Ich kenne sie nicht.
Lautsprecher: Du lügst schon wieder.
Er: Ich weiß.
Dass die Kanzlerin sich hergibt zu dieser Pantomime-Imitation, enttäuscht ihn zutiefst. Er hat geglaubt, die Kanzlerin habe Wichtigeres zu tun, als peinlich-erotische Barszenen nachzustellen. Gut, dieser Schweizer ist ein Sieger, vom Typ her. Und kräftige Hände hat er auch. Er hat ihr zugeflüstert, dass er 53 Prozent an einem 119 150-Kilogramm-Gold-Vorkommen in Sibirien besitzt. Seien ca. fünf Milliarden USD. Das kann sogar stimmen. Trotzdem darf man sich darüber wundern, dass in einer Gesellschaft, die aus mehr Besiegten als Siegern besteht, der Sieger so eine umschwärmte Figur ist. Jeder wäre gern ein Sieger. Er war auch ein Sieger. Der Sieger, den der Besiegte verehrt, muss nur auf einem anderen Feld agieren als auf dem, auf dem der Besiegte besiegt worden ist. Also, der Buchhalter kann für den Baseball-Sieger schwärmen.

Etwas stimmt nicht, das weiß er, aber er weiß nicht, was, und schon schüttelt sein Vater den Kopf. Er schüttelt den Kopf, wie nur sein Vater den Kopf schütteln kann. Kein schnelles Hin und Her, sondern ein Zeitlupen-Kopfschütteln. Dadurch eine unvergleichliche Verneinungskraft. Auch jetzt wieder. Es geht nicht mehr um Einzelnes, sondern um ihn überhaupt, den immer enttäuschenden Sohn. Der ist jetzt verneint. Der Bundestag applaudiert. Obwohl nur noch die Kanzlerin und diese Frau da sind, ein großer Applaus!

Da tritt auf, als gelte der Applaus nur ihm: Carlos Kroll. Unheimlich gekonnt stolziert er herab, tritt ans Pult, auf seinen Wink löst sich die Kanzlerin von der Frau, ein zweiter Wink: Die Kanzlerin verschwindet. Carlos Kroll sagt ins Mikrofon: Shrewdness of ruins is boulevard! Darauf wieder großer Applaus! Ob das etwas heißt? Hermetisch vielleicht. Und Englisch im Bundestag! Echt Kroll! Die Frau sagt zu Kroll hin: Meine Seele ist grün und blau geschlagen. Kroll hält ihr den Handrücken hin, den küsst sie.

Das hält er nicht aus! Er rennt hin zu ihr, fällt auf die Knie. Aber da wieder der Eissturm von ihr zu ihm. Dagegen zu atmen ist nicht möglich. Auch nicht nötig. Carlos Kroll dirigiert den Lautsprecher-Chor. Es dröhnt von allen Seiten:

Du Wesenszwerg
Du Hüter des Nichts
Du Schicksalsjongleur
Du Beilchenschwinger
Du Katastrophenstreichler
Du Blindenhund
Du Untermensch

Er erwachte. Atemlos. Er wusste nicht mehr, wo er lag. Gekrümmt. Im Dunkeln. Es fehlte Wärme. Aber es tat ihm nichts direkt weh. Offenbar lebte er noch.

Der dritte Traum in der Nacht vom fünfundzwanzigsten zum sechsundzwanzigsten September:

Er hört sich sprechen. Er hört sich zu. Im Dunkel. Ins Dunkel hinein sagt er, hört er sich sagen: Für sich ist etwas und angerichtet, nicht fremd, aber uneigen und selbst, man muss es begreifen, dann hat man's, nur brauchbar ist es nicht, du kannst es nicht rufen, es ist nicht es, aber eine Tätigkeit, in der du dich kennst, ich hüpfe wohl, weil mir Boden fehlt. Und dieses seltene Wohlgefühl, dass er das nicht verantworten müsse.

Ihre Schwäche ist eine Schande. Das ist die Stimme, die er aus tausend Stimmen heraushören würde. Sie steht an seinem Bett und sagt: Ihre Schwäche ist eine Schande. Zur Steigerung der körpereigenen Abwehrkräfte spritze ich Ihnen Echsenblut.

Er weiß, dass sie unter ihrem Ärztemantel sehr wenig anhat, also muss er nach ihr greifen. Da wird sie von dem Schweizer Arzt weggerissen. Der verschwindet mit ihr in einem Schrank. Der Schrank schwankt. Da drin findet ein Geschlechtsverkehr statt. Als der Höhepunkt erreicht ist, stürzt der Schrank auf ihn.

Er erwachte, befühlte die Stelle, die an der Stirn wehtat. Blut. Er hatte sich offenbar, um nicht von dem stürzenden Schrank erschlagen zu werden, zur Seite werfen wollen und war dabei mit der Stirn gegen die Ecke seines Nachttischchens gestoßen.

Der vierte Traum in der Nacht vom sechsundzwanzigsten zum siebenundzwanzigsten September:

Sie klettern. In großer Höhe. Blankes Gestein. Sie ihm voraus. Er will sie einholen. Sie sind zwar ausgerüstet mit allem, was nötig ist, um so hoch hinauf zu klettern, aber wie sie angezogen sind! Sie im winzigsten Bikini. Er in einer flatterigen Unterhose. Er dürfte gar nicht vor ihr klettern. Dann sähe sie, dass seine Unterhose nicht frisch ist. Er kommt ihr sowieso kaum nach. Sie klettert ihm davon, klar. Einmal hält sie. Schaut zurück. Es bleiben nur ihre viel zu großen, viel zu dunklen Augen. Und ihre Zähne. Die entblößt sie wieder. Dann klettert sie weiter. Hat ein Fähnchen in der Hand. Die Schweizer Flagge. Es wird also in der Schweiz geklettert. Da weiß er auch, wer droben auf dem Gipfel steht. Mit ausgebreiteten Armen. Da lässt er sich nach rückwärts fallen. Das tut gut. Dieser Fall in eine bodenlose Tiefe. Und spürt noch, wie er aufgefangen wird. Und liegt, den Kopf im Schoß dessen, der ihn so sanft aufgefangen hat. Er macht seine Augen auf. Carlos Kroll. Er flüstert: Pietà, mein Lieber, Pietà! Da muss er seine Augen wieder schließen. Und wünscht sich, blind zu sein. Er sagt unhörbar leise hinauf und dem zuliebe auf Englisch: Not excitable. Nevermore. Und merkt noch, dass er nicht versteht, was er sagt. Er meint, hört er sich dann sagen, die schwitzenden Käsescheiben, die sich an den Rändern aufbiegen, als hätten sie Schmerzen. Und hört Carlos Kroll sagen: Wir haben es gesehen. Auf dem Hotel-Frühstücksbuffet. Und uns die Hände gereicht. Es war in Zürich. So Carlos Kroll. Und er: Ich weiß. In der Schweiz. In der Schweiz. In der Schweiz … Und kriegt, dass er endlich aufhöre, von Carlos Kroll eine Ohrfeige.

Da erwachte er. In einem Durcheinander der Gefühle, dem er entkommen wollte. Aber er entkam ihm nicht.

Der fünfte Traum in der Nacht vom siebenundzwanzigsten zum achtundzwanzigsten September:

Er rennt zu den Ämtern, wird andauernd belehrt. Von Beamten. Es sind Schweizer Beamte. Er hat sich um die Schweizer Staatsbürgerschaft beworben. Er wird nach Gründen gefragt. Die muss er erfinden. Deutlich wird, dass er von Beamtinnen viel besser verstanden wird als von Beamten. Endlich ist es so weit. Er wird geprüft. Er besteht alle Prüfungen. Er ist schon guter Dinge. Da wird ihm mitgeteilt, die letzte und ausschlaggebende Prüfung sei die Jodel-Prüfung. Ohne Jodeln keine Schweizer Staatsbürgerschaft. Jodeln sei die helvetische Muttersprache. Abgenommen wird die Prüfung in Appenzell. Auf dem Marktplatz. Offenbar hat sich die halbe Stadt eingefunden, um ihn zu hören. Er wird von zwei Herren im Frack in die Mitte des Platzes geführt, dort auf ein Podest. Er ist damit auf der Höhe des Gremiums, das die Prüfung abnimmt. Vier Herren, auch im Frack und mit Zylindern. Zwischen ihnen die Frau und der Schweizer. Die Leute rundum applaudieren. Aus Fenstern und von Balkonen klatschen sie. Einer der Zylinderherren befahl ziemlich schroff, das Publikum habe alle Zeichen von Zustimmung oder Ablehnung zu unterlassen, da es sich um eine ausschlaggebende Prüfung handle und nicht um eine Show. Seitens des Publikums seien alle Zeichen von Zustimmung oder Ablehnung zu unterlassen. Der Prüfling habe ein Recht auf Stille. Sofort verstummen alle. Es herrscht jetzt eine gewaltige Stille. Der Herr sagt: Merci. Ein Zylinderherr ruft: Die Prüfung läuft! Sofort kommt ein gehbehinderter alter Mann zum Podium und klettert auf das Podium. Er hat eine Ziehharmonika dabei, die man in der Schweiz Handörgeli nennt. Er beginnt zu spielen. Wie dazu gejodelt werden kann, ist nicht gleich klar. Dann aber doch. Er selbst setzt ein. Hola-di-öh-hola-di-öh-hola-hola-hola-di-öh! Diesen letzten Ton zieht er in die Höhe und hüpft von ihm aus in die Jodelbewegungen und zieht den Ton dann wieder hoch und lang hinauf und hinaus. Und noch höher! Da versagt seine Stimme. Er hat zu hoch hinauf gezielt. Also etwas tiefer. Aber die Stimme krächzt nur noch. Ein hässliches Pressen und Stöhnen und Krächzen. Und er sieht, wie die Herren auf dem Podium sich die Ohren zuhalten. Und er sieht, dass der Schweizer der Frau die Ohren zuhält. Und sie hält ihm die Ohren zu. Das artet aus in eine Zärtlichkeit, die sie einander erweisen, nur um einander vor seinem Jodeln zu schützen. Die Leute lassen sich jetzt nicht mehr halten. Ein Pfeifkonzert bricht los. Der Handörgelimann nimmt ihn an der Hand und führt ihn hinaus. Dass er dabei furchtbar hinkt, passt zu diesem Abgang. Dann kommen zwei Polizisten und verbinden ihm die Augen. Er ist in einer Zelle. Die Binde wird ihm abgenommen. Aus dem Lautsprecher sagt eine Stimme, dass er wegen eines groben Verstoßes gegen geltende Gesetze vor Gericht gestellt werde. Er habe die helvetische Muttersprache geschändet. Er hat aber, bevor ihm die Augen verbunden wurden, gesehen, dass der Schweizer, der immer die Frau begleitet, Reto heißt. Und, komisch genug, das zu wissen tut ihm gut. Mehr wollte er doch gar nicht. Das ganze Staatsbürgertheater hat er doch nur veranstaltet, um zu erfahren, wie dieser Schweizer heißt. Reto. Auf einem Schild, das dem um den Hals hing, stand der Name. Er verlässt die Zelle. Kein Mensch hindert ihn daran. Draußen auf einem Parkplatz sieht er das Paar. Und jetzt jodelt er. Jetzt sticht seine Stimme in die Höhe, überschlägt sich, springt in die wunderbarsten Dehnungen und tollt sich wieder in schnellen Rhythmen zum nächsten Sprung in die Höhe. Und die zwei hören ihm zu. Er nähert sich, jodelnd nähert er sich. Und singt noch den Text dazu. Mein Lieb ist eine Älplerin, gebürtig aus Tirol. Sie trägt, wenn ich nicht irrig bin, ein rotes Kamisol. Und jodelt darüber hinaus. In jede Höhe. Seine Stimme trägt ihn hinauf und hinauf. Endlich interessiert sich die Frau für ihn. Aber dann, als er fast bei ihr ist, als er mit beiden Händen nach ihr greift, verschmilzt sie mit Reto, ist sie Reto.

Er erwachte. Und hätte viel dafür gegeben, wenn er hätte zurückfinden können in seinen Traum. Aber der Traum war weg. Unerreichbar weit weg.

Der sechste Traum in der Nacht vom achtundzwanzigsten zum neunundzwanzigsten September:

Ein Sturz aus großer Höhe. Er landet sanft mitten in einem elenden afrikanischen Dorf. Steht auf. Sieht den Palast. Der ist gebaut aus Knochen. Menschen- und Tierknochen. Ganze Mauern aus nichts als Schädeln. Sie ist die Königin. Ein uniformierter Chor brüllt: Königin, Königin, nimm mich hin, mich hin, mich hin, bis ich nicht mehr, nicht mehr, nicht mehr bin. Er weiß, er darf seine Hände nicht ausstrecken nach ihr. Die Distanz zwischen ihm und ihr lässt sich auch als Nähe empfinden. Sie schaut doch her. Sie will doch sprechen mit ihm. Sie will sogar gern sprechen mit ihm. Über alles will sie mit ihm sprechen. Solange er sich nicht rührt. Kein bisschen. Auf jede Bewegung seinerseits reagiert sie mit Schwinden. Sie wird getragen. Sie sitzt in einem gewaltigen Arm. Sie raucht. Sie genießt es, getragen zu werden und dabei zu rauchen. Er war ihr noch nie so nah wie jetzt. Sie wird, wenn sie diese Zigarette geraucht hat, von dem sie tragenden Arm springen. Sie will doch zu ihm kommen. Wenn er sich nicht nähert. Es ist eine Prüfung. Er wird diese Prüfung bestehen. Das spürt er. Sie ist endlich bereit, bei ihm zu sein. Mit ihm zu sein. Es ist eine Situation der Seligkeit. Es ist eine überirdische Belohnung. Sie muss nur noch diese Zigarette zu Ende rauchen, dann springt sie dem Riesen vom Arm. Dann kommt sie zu ihm. So nah war er dem Glück noch nie. Und so schön war sie auch noch nie. Ihre Augen sind nicht mehr wie eingesetzt. Ihr Gesicht ist ihr Gesicht. Er würde sie überall wiedererkennen. Sie will ihm jetzt sogar ihren Namen sagen. Sie öffnet den Mund, und er weiß, jetzt erfährt er endlich ihren Namen. Dann sind sie eins. Ihr Name, dann gehört sie zu ihm. Gehört sie ihm. Die Zigarette, ja, die Zigarette! Aber dass sie ihren Mund vorbereitet, ihm ihren Namen zu sagen, lässt ihn nichts als ruhig zuschauen, wie sie raucht und raucht und raucht. Sie raucht doch nicht hastig. Das würde nicht zu ihr passen. Sie genießt das Rauchen ungeheuer. Und er genießt es mit ihr. Und wie sie den Mund öffnet, um ihm ihren Namen zu sagen und sich ihm damit endgültig zu übergeben, das findet in einer Zeit statt, die nicht messbar ist. Da gibt es weder Hast noch Eile, weder Geduld noch Ungeduld. Es handelt sich um Ewigkeit. Um nichts als Ewigkeit. Ihre Lippen sind also offen. Sind eine Eröffnung der Seligkeit. Dann drückt sie ihre nicht kleiner werden könnende Zigarette in einem Aschenbecher aus, den ihr der Riese mit der zweiten Hand hinhält. Dann sagt sie: Danke, Reto! Und legt ihren Kopf an seinen Hals. Er spürt einen stechenden Schmerz, den er nicht überlebt. Aber dieses durchdringende Erlöschen empfindet er als eine Erlösung. Er fällt. Schlägt hart auf. Liegt. Atemlos. Aber wach.

Noch nie war er so glücklich, erwacht zu sein. Unerreichbar von allem Geträum. Er genoss es, dass er lebte.

Er hatte sonst nie das Bedürfnis, sich am Tag mit Träumen der letzten Nacht abzugeben. Jetzt sah er sich jeden Tag ganz von selbst beschäftigt mit dem Traum der letzten Nacht. Dass man Träume deuten könnte, kam ihm jetzt merkwürdig vor. Gab es etwas Klareres und Verständlicheres als seine Träume seit dem 23. September?!

15

Und endlich wieder eine Aster-Botschaft:

Lieber Franz,
wenn du bei Schiller unterschlüpfst, dann könnte ich künftig mit Berta unterschreiben. Denn die musste ich zu Schulzeiten widerwillig verkörpern; die gute, schöne, fade Berta von Bruneck. Jedenfalls erschien sie mir so, und ich wollte sie nicht spielen. Lieber wäre ich das Gretchen gewesen. Aber *Faust* führte der Lehrer nie auf. Den ließ er lesen, und er selber las immer das Gretchen. Und diese Berta-Klamotten! Aber ich musste. Als Vermittlerin zwischen den Redlichen und Aufgeplusterten stellt sich Berta gegen ihre adlig-privilegierte Sippe auf die Seite des Volkes und bringt auch noch ihren nach höfischer Gunst strebenden Verehrer zur politischen und sozialen Räson. Da wäre ich lieber eine Franz-Entsprechung, eine Franziska, gewesen als eine altruistische Freiheitskämpferin. Denn das wert zu sein hat die Welt verschwiegen, wenigstens mir.
 Ja, Franz, ich habe deine Lage unterschätzt beziehungsweise die Auswirkungen deines Schicksals. Tut mir leid. Und ich wünsche dir tatsächlich von ganzem Herzen Reversibilität. Ich bin kein Arzt, halte sie aber für möglich, wenn sich der Schock löst. Zweifelsohne muss es schlimm sein zu erfahren, dass einem eine

einzelne Person dergleichen zufügen kann, dass dergleichen zufügbar und dass der Nahestehende dazu imstande ist. Umso schlimmer muss es für jemanden wie dich sein, der dem Leben in scheinbar unerschütterlichem Vertrauen seine Leichtigkeit abzugewinnen vermochte. Noch immer will ich nicht glauben, dass eine derartige Lebensgunst keine Resilienz hervorgebracht haben soll. Warum solltest du dich mit Anfang siebzig und grundlegend anderem Lebenserleben auf einmal in demselben Zustand wie ich wiederfinden? Das erscheint eher unverständlich und unwahrscheinlich. Mir entlockt der Bericht solch einer menschlichen Erfahrung allenfalls ein notdürftiges Lächeln und ein gequältes Nicken, zu vertraut mutet das an, zu oft erlebt, zu wenig überraschend. Ein reiner Schutz daher, dass mich beinahe ein trügerisch wohliges Gefühl beschleicht, weil ich mich, weise bestätigt, gut gepanzert wahrnehmen kann. Für das Leben ist das nichts. Aber wenn ein vergleichbares Erleben wie meins die Grundlage bildet, findet man leider Lösungen, die einem den Schmerz vom Leib halten. Daran erkennst du, wie lebensverbunden du in Wahrheit bist. Jemand wie ich hat die frühen Lösungen zur perfekten Tarnung herangebildet: mit ansprechender Fassade auf Lebensflucht. Das Leben jedoch spielt sich auf einer anderen als jener Ebene ab, die mir zugänglich ist. Nur wehe, es kreuzt doch einmal jemand meine Frequenz, die Hilflosigkeit ist grenzenlos.

Aster

Ich musste ihr sofort antworten:

Liebe Aster,
es ist Oktober geworden, Herbst. Das schaffst du, dass man sich geniert, bemerkt zu haben, es sei Herbst. Das schaffst du, dass man sich neben dir vorkommt wie eine Imitation. Ich habe meine Erfahrungen genauer buchstabiert als du die deinen. Ich habe, was mich ruiniert hat, beim Namen genannt. Dich bestimmt ein unnennbares Schwarzgewicht, eine in keinen Dialog zu ziehende Vereitelungsgewalt. Du kannst nichts machen, als zu erleiden, was über dich verfügt worden ist. Ein für alle Mal. Und sogar dass du durch ein Lebenserlebnis von deiner Bestimmtheit einmal abgebracht werden könntest, ist verurteilt von vorneherein, weil du dann nicht mehr die unrettbar Bestimmte wärest, sondern dich ausgeliefert sähest einem Lebbarkeitsversuch, der in deiner Unglücks-Monotonie nichts zu suchen hat.

Verzeih, dass ich mich so aufdränge. Daran merke ich tatsächlich, dass ich ein Leichtgewicht bin. Ein verwirktes, erledigtes. Aber eben erledigt durch hiesige Gemeinheit. Du bist nicht da. Ich möchte dich hereinziehen in eine Welt, in der es Argumente gibt und nicht nur Schicksal.

Schon wie du deine Schulerfahrung als Schiller-Berta kritisierst. Das heißt, die Welt hätte dich nachträglich so behandeln müssen wie Schiller seine Berta. Aber als weiblicher Franz hättest du dich nicht in absoluter Bösartigkeit wälzen dürfen, sondern hättest im Hagel der Argumente dich allen gängigen Moralen unterwerfen und um deine Zernichtung bitten müssen, Zernichtung! Darum bittet der Schiller-Franz schließlich. Ich übrigens habe mein Leben nicht als Franz von Moor geführt, sondern war ehrgeizig, gut zu sein, nichts als gut, wie der Karl, der Karl von Moor – o Karl … ein Name jetzt wie ein Nadelstich.

Noch eine weitere Relativierung, die mich aus jeder Vergleichbarkeit wirft. Ein Arzt meint, was mir noch als Lebenszeit zuzumessen ist, müsse man Frist nennen. Dem will ich auf jeden Fall zuvorkommen. Das ist im Forum oft genug der Fall: das Aufhören mit Tendenz. Oder Suizid als Selbstverwirklichung.

Franz

Und Aster:

> Tut mir leid, Franz,
> alles missverstanden. Aber egal.
> Adieu!

Und er, ratlos, war froh, dass sie wenigstens hinter ihr Adieu noch ein Ausrufezeichen gesetzt hatte.

Anfang Oktober

Liebe Iris,
aus der selbst gewählten Verbannung ein Zustandsbericht des ehemaligen Mannes an seine immerwäh-

rende Frau. Ein Abschiedsbrief an die Lieblingsstelle. Liebe Iris, grüße sie von mir. Sie war alles, was sein kann. Sie war ihre Wirkung. Das dunkle kleine Ding. Die schönste Wölbung aller denkbaren Wölbungen. Sobald ich sie anlangte, hörte die Welt auf, von Belang zu sein. Du bist jeder Benennung, die es für dich gibt, überlegen. Trotzdem wollte ich dich immer mit allen Wörtern, die dich meinen, belagern, bedrängen. Mir war kein Wort für dich zu hoch oder zu niedrig. Dir gegenüber war ich ein Analphabet des Gefühls. In dir zu sein entschädigte dafür, geboren worden zu sein. Für mich bist du das Nackte schlechthin. Es gibt außer dir nichts nennenswert Nacktes. Alles sonstige Nackte ist Ware. Du in all deiner bloßliegenden Nacktheit bist unerschöpflich schön. Ich, ein Nicht-mehr-Mann, bleibe
dein Anbeter

Dann eine Nachricht von Aster. Sie schreibt wieder. Freude ist nicht zu verhehlen:

Lieber Franz v. M.,
ich kann zu deiner Antwort auf meinen Versuch, mich dir mitzuteilen, nichts mehr sagen, will es aber auch nicht auf meiner ersten Überreaktion beruhen lassen. Eigentlich hatte ich dir mein Mitgefühl zum Ausdruck bringen wollen, und dass ich dein Leid unterschätzt hätte. Des Weiteren wollte ich mein Gefühl und Erleben hinter dem Schlagwort Irreversibilität offenbaren. Das wäre meine Art des Dialogs gewesen. Alles miss-

glückt. Und du hast recht, dass ich nicht mehr auf der Suche nach einem Lebenserlebnis bin, das mich eines Besseren belehren würde. Es tut mir leid. Ich war mein Leben lang auf dieser Suche und habe dabei wahrscheinlich alles falsch gemacht, was falsch zu machen war, weil ich keinen Zugang fand. Dabei ist vieles passiert, habe ich manches erlebt und erfahren, natürlich stets durch meine Natur gesteuert oder durch ihre Brille gefärbt, sodass ich nun an diesen Punkt gelangen konnte. Ich erwarte nichts von der Welt und mitnichten, dass sie mich behandle wie Schiller seine Berta. Sie lädt mich allerdings auch nicht ein, mich ihr wie Berta zu verschreiben. Beinahe skurril erscheint, wie du dich mühst, mich für die Lebendigkeit zu gewinnen, obgleich die Plattform unserer Begegnung ein Suizidforum ist. Du wirfst mehr und mehr Steine in dein Leidensmosaik, und ich begreife langsam, welche Art Verzweiflung dich hierhergespült haben muss, eine Verzweiflung, die dich mit der Wucht eines Tsunamis überrollte. Gegen eine vergleichbar brachiale Gewalt deiner Erfahrungen hatte ich nicht anzukämpfen. Vielmehr treibe ich schon zu lange im offenen Meer mit nahezu erschöpfter Kraft und erloschenem Überlebenswillen als einzige Übriggebliebene eines in Seenot geratenen Kahns. Wäre es möglich, würde ich deine fristspendende Diagnose übernehmen. Liebend gerne! Da das wohl nicht geht, treibe ich Sport trotz grippalen Angeschlagenseins, schone mich auch sonst nicht und ignoriere den Schwächezustand in leiser Hoffnung auf ein sanftes Entschlafen durch Verschleppung. Das Herz halt.

Mach dich lustig. Ich tue es auch.

Aster

Und er antwortete gleich:

Liebe Aster,
der Trostlosigkeitsglanz deines Briefs blendet mich! Ich muss, immer wenn ich von dir lese, denken: So lange sie das so formulieren kann, ist sie noch nicht verloren. Im offenen Meer die einzige Übriggebliebene eines in Seenot geratenen Kahns! Ich bin, weil du dich so ausdrücken kannst, zu schnell dazu bereit, dir zuzustimmen, obwohl sich bei jedem deiner Sätze als Antwort einstellt: Das darf nicht wahr sein! Lass dich von einem hinhalten, der nicht imstande ist, dir zu entsprechen.

Darum wünschst du mir «von ganzem Herzen Reversibilität». Das ist wieder so ein Hinauswurf. Ich treibe nicht als einziger Übriggebliebener eines in Seenot geratenen Kahns im offenen Meer. Ich bin, seit ich den Verrat Tag und Nacht konsumiere, gefangen in einer lichtlosen Enge. Ich habe fast kein Bewegungsbedürfnis mehr. Der Verrat hat mich entwürdigt. Es ist fast nichts übrig geblieben, was Leben heißen könnte. Ich imitiere noch Lebensbewegungen. Ich weiß noch, wie man Lebendigsein imitiert. Ich bin in keiner Sekunde fähig, die Imitationen wirklich werden zu lassen. Ich muss einsehen, dass ich verratbar bin. Der, der mich verraten hat, ist guter Dinge. Wenn ich an diesem Verrat sterben würde, könnte man als Todesursache melden: Entwürdigung. Dass ich so verratbar war, zeigt mir: Ich habe in einem Fehlverhältnis zur Welt gelebt. Und jetzt bin ich beraubt. Ich muss mich, entschuldige, ermannen und handeln.

Adieu,
Franz von M.

Liebe Aster, letzte Zuflucht,
in der letzten Nacht wieder die Schluss-Momente. Aus der Dunkelheit stürmten, dicht gedrängt, furchtbare Gestalten auf mich zu. Liebe Aster, es greift dir eine viel zu große Hand von vorne ins Gesicht. Die zweite, genauso große Hand umfasst deinen Hals und drückt zu. Aber nicht so, dass du erstickst, du kriegst nur kaum noch Luft. Aber du kriegst noch Luft. Du wirst losgelassen, liegst auf dem Boden, krumm, du wartest darauf, dass die riesige Hand wiederkommt und sich dir ins Gesicht presst. Und dass die zweite Hand kommt und deinen Hals umfasst und zudrückt, aber nur so, dass du noch keuchen kannst. Die Angst, Aster, dass das Gleiche wieder passieren wird, und du kannst nichts dagegen tun.

Aster, ich beneide keinen, der noch länger leben muss, nur weil er jünger ist.

Franz von M.

Und Aster sofort:

Willkommen im Club!
                                  Aster

Und wieder Sina! Wie lange war es her?

                Montag, 8. Dezember 2014, 12:58 Uhr
Lieber Theo,
Rom, wo ich seit Donnerstag bin, war eine Tangopleite, nur der heutige allerletzte Nachmittag eine kleine Versöhnung mit gleich mehreren schönen Tänzen. Helga aus Bonn, eine erfahrene und gute Tänzerin, raunte mir zu, ich könne mich wohl nicht beschweren, der beste Tangotänzer der Veranstaltung habe mich zweimal während einer einzigen Milonga aufgefordert, das habe sie noch nie erlebt, dass er dieselbe Frau zweimal auffordert. Ja, stimmt, die beiden Tandas mit ihm waren zum Schweben geeignet. Ha! Ein Palliativmediziner aus Neapel! Trotzdem waren vier Fünftel des Wochenendes eine Mixtur aus Langeweile und Leiden. Schwielen habe ich mir nicht beim Tanzen, sondern bei meinen wüsten vormittäglichen Märschen im Regen durch Roms Gassen geholt. Die Lage des Apartments ist dafür günstig, und mein Mitbewohner lag, wenn zugegen, meist wohlverdient in erholsamem Tiefschlaf.

Also nutze ich nun meinen quasi unerschöpflichen Resturlaub, um mir vielleicht auch noch den Schicksalsrest zu holen: Ich fliege nach Algier, habe hier einen Tipp bekommen: Milongas in Algiers Untergrund. Und den Namen des Berberdorfes im Aurès-Gebirge habe ich ohnehin nie vergessen: Menaa.

Warte nicht.

Sina

PS: Mein Brief ließ lange auf sich warten und jetzt nur das. Bitte entschuldige meine Verfassung.

Von meinem iPhone gesendet

Lieber Herr Schriftsteller,
ich beneide Sie! Ihre Figuren bleiben hübsch brav auf dem Papier, das Sie ihnen zugewiesen haben. Ich habe es immerhin geschafft, wirkliche Menschen nur noch schriftlich auftreten zu lassen. Aber dass ich in Bedrängnis geraten bin, ist nicht mehr abzustreiten. Vielleicht erbitte ich dafür noch speziellen Rat von Ihnen. Jetzt zu meiner aktuellen Not: Ich habe mich bisher um die Frage, ob es Zufälle gebe, herumgedrückt. Und jetzt hängt sozusagen alles davon ab, das zu wissen. Die Lage ist so: Er (Sie wissen ja, ich nenne ihn lieber «er» als «ich») muss erfahren, dass die Frau, auf die er, als er das so genannte Leben schon aufzugeben gesonnen war, aufmerksam wurde, genau mit dem zusammenlebe, der ihn verraten, der ihn gestürzt hat. Und in dieser Lage liest er in der Zeitung wieder einen Satz von Ihnen. Sie werden ja offenbar lieber interviewt als gelesen. Zufälle, haben

Sie gesagt, gibt es nicht. Was wir Zufälle nennen, sagen Sie, sind immer noch nicht durchschaute Gesetzmäßigkeiten.

Er wendet das an auf sich: Dass diese Frau mit seinem Verräter zusammenlebt, ist kein Zufall. Dass er das entdeckt hat, kann aussehen wie ein Zufall, ist aber in Wirklichkeit eben eine noch nicht durchschaute Gesetzmäßigkeit. Das heißt, das hätte er ganz sicher einmal erfahren müssen: das stand bevor. Damit hatte er zu rechnen. Damit muss er also leben.

Ja, Herr Schriftsteller. Kapiert. Er bedankt sich. Wieder einmal.

Der Gebrauchmacher.

Dem plötzlich einfällt, auffällt, dass er alles, was er an Sie schreibt, Herr Schriftsteller, mit der Hand schreibt. Ja, dass er alles per Hand schreibt, was er, durch Sie verführt, in die dritte Person schiebt. Das will er jetzt sozusagen therapeutisch fixieren. Er wacht nachts davon auf, dass die linke Hand die rechte kratzt, blutig kratzt. Er ist Linkshänder. Eigentlich. Ein nicht ganz von links nach rechts umgeschulter Linkshänder. Wenn er zum Gruß die Rechte geben muss, erlebt er bei jedem Händedruck seine Unterlegenheit. Eindeutige Rechtshänder packen ganz anders zu als er. Bei jedem Händedruck wird seine Rechte von einer stärkeren Hand gepackt und kann sich nicht wehren. Jetzt hofft er (natürlich), dass diese Rivalität endlich ins Vergessen gerät. Er hofft!

Im Dezember

Liebe Iris,

niemand lebt so unabsichtlich wie du. Du schweigst nicht, um das und das zu erreichen, du schweigst, weil du nicht anders kannst. Dein Schweigen heißt nicht das und das. Du willst damit nichts sagen. Mich vernichtet dein Schweigen. Das willst du nicht. Kein Mensch lebt so unabsichtlich wie du.

Liebe. Das ist, wer abends mit dir am Tisch sitzt. Alles andere ist Brimborium. Ich sitze nicht abends mit dir am Tisch. Trotzdem sage ich: Liebe. Also Brimborium.

Dass es nicht mehr lange geht, ist ein schöner Regenbogen über einer trostarmen Landschaft.

Liebe Iris, ich kann diesen Brief nicht abschicken. Brimborium. Wenn du mir einen unabschickbaren Brief schickst, schicke ich dir auch einen unabschickbaren Brief. Ich werde die unabgeschickten Briefe an dich sammeln, dass du sie, wenn ich dann draußen bin, lesen kannst. Vielleicht eine Regung Gemeinsamkeit.

Niemand ist mir jetzt näher als du.

Gruß,
Th.

Am dritten Advent wieder Aster. Aber nicht an Theo, sondern ein neuer Thread mit dem Titel *Gruft*.

Guten Tag, liebe … naja, wie soll ich Sie nennen, Sie Nicht-Anwesende? Seit Jahrzehnten übe ich diesen Beruf nun schon aus, aber so etwas ist auch für mich neu. Entschuldigen Sie deshalb bitte eventuelles Zögern oder gar Zaudern, wenngleich ich ja lange auf diesen Tag vorbereitet war. Ich hoffe – auch wenn niemand über mich urteilen kann, weil niemand da ist –, dass ich meine Arbeit so erledige, wie es von mir erwartet wird, und dass ich damit Sie, meine Auftraggeber, zufriedenstelle. Das gebietet mein Berufsethos.

Gut, meine lieben, nicht anwesenden Auftraggeber, vor mir die Gruft, nur eine Gruft, und ich habe die Aufgabe – soll ich sagen, die ehrenvolle Aufgabe? –, eine Rede auf die in der Gruft zu halten! Sie merken, ich betrete Neuland: Denn sonst steht für mich immer zweifelsfrei fest, es bleibe etwas vom Verstorbenen in dieser Welt, weil der Verstorbene sie zu Lebzeiten mitgestaltet und durch sein Dasein reicher gemacht hat. Naheliegend, dass ich zum heutigen Anlass lange überlegen musste, wohin meine Rede führt und wo sie überhaupt ihren Ausgang nehmen kann. Denn die in der Gruft – davon zeugt ja die Schar meiner Auftraggeber, die von Jahr zu Jahr größer wurde – war wohl von Anbeginn eine Erscheinung, über deren Existenz man den Mantel des Schweigens legen möchte. Doch das lief von Anbeginn bis zum vergangenen Donnerstag, dem Tag des Ablebens – man glaubt es kaum! –, so schief, wie etwas nur schief laufen kann. Kurzum, deshalb habe ich mich entschlossen, hier die Wahrheit zu sagen. Das ist in unser aller Sinne, nehme ich an, und, wie ich weiß, auch im Sinne von der in der Gruft.

Wie kam es also dazu, dass ich mich heute hier ins Dickicht dieser Blutberberitze drücke? Ich bin ein gläubiger Mensch, darf ich vorwegschicken, nur damit Sie mich nicht falsch verstehen, mindestens ebenso gläubig wie die ehrenwerte Frau, die ihr Schicksal tapfer trug und der die in der Gruft deshalb ihr Leben verdankte. Wo steht etwas von solch einem Zwischending, Mischling, Bastard? Sie alle, liebe Nicht-Anwesende, haben sich bis zum heutigen Tag vieles gefallen lassen, freiwillig und unfreiwillig. Sie standen alle im Laufe der sich hinziehenden Jahre eine Zeit lang mit der in der Gruft in Verbindung, bevor sie zum Inhalt der Gruft wurde, und fanden alle nach und nach zu mir. Das zeugt von Ihrer aller inneren Übereinstimmung. Sie schlossen sich einem Bekenntnis gleich zusammen und verdeutlichten damit, auf welcher Seite Sie stehen, im Gegensatz zu ihr, der in der Gruft. Dass sie jedenfalls nicht auf unserer Seite steht, da waren Sie und ich mit ihr sogar einig. Denn sie hatte doch wahrlich, das kann ich durch ein paar Gesprächsversuche belegen, gar keinen Zugang zu dem, ja kein Gefühl dafür, was uns lieb und teuer ist. Ich erhebe mich nicht über mich selbst, das ist nicht meine Art, wie jeder weiß. Aber in diesem speziellen Fall darf ich mir erlauben, für alles, was Ihr unanfechtbarer Akt der Lauterkeit, die in der Gruft so lange geduldet und insbesondere überhaupt ins Leben gelassen zu haben, zur Folge haben konnte, die Absolution zu erteilen. So möchte ich meine Worte bitte verstanden wissen.

Ich darf in Erinnerung rufen, dass uns damals noch das Blut an den Schrunden der Hände klebte, die keine Mühen gescheut hatten, nach dem Desaster mit Anstand und Fleiß wieder Ordnung zu schaffen. Keine leichte Aufgabe. Selbstverständlich, dass die Saat erst einmal für uns selbst bestimmt war. Aber bevor wir die Früchte sollten ernten können, da kamen sie in Scharen, ich kann sie Heiden nennen, *welcher Zahl ist wie der Sand am Meer*, mit Radau, *und wenn tausend Jahre vollendet sind, wird der Satanas los werden aus seinem Gefängnis und wird ausgehen, zu verführen die Heiden an den vier Enden der Erde*, Dreck und Schmutz ließen sie fallen, wo sie gerade waren, keine Ruhezeiten hielten sie ein. Also bitte. Ich habe so etwas nie gemocht. Das ist doch wahr, oder? Die in der Gruft ist Zeugnis davon, ein Beweis, ja, eine Überführung! Himmel! Herrje! Grund genug. Aber gut, schon gut. Dann war, was war, und die in der Gruft war unter uns. Und tatsächlich hatte man nicht darüber nachgedacht, was ertragen werden kann und was nicht, sodass nichts als dieses Stück, naja, Fleisch, dunkles Fleisch, und jetzt die in der Gruft, da war, um sich Luft zu machen. *Gehet hin von mir, ihr Verfluchten, in das ewige Feuer, das bereitet ist dem Teufel und seinen Engeln!* Gegen Ehrlichkeit kann nichts einzuwenden sein! Wenn man nicht weiter ertragen kann, darf es ausgesprochen werden.

Ob es ein Glück oder eine Schande war, dass der in der Gruft die besten Voraussetzungen dafür mitgegeben waren, zeit ihres Lebens den Menschen etwas vorzugaukeln, kommt vielleicht auf die Perspektive an. Sie war ja doch auf den ersten flüchtigen Blick ganz hübsch anzuschauen. Da kann ich schon verstehen, dass man sich leichthin blenden ließ. Ich hingegen konnte mich auf meinen siebten Sinn verlassen und wusste, dass sich dahinter etwas Übles verbarg. Was wollte sie mir nicht alles erzählen, mich verwirren, dass mir der Kopf schwirrte? Ich habe mich nicht beeindrucken lassen, bin meinen Prinzipien treu geblieben, und das habe ich ihr auch deutlich gemacht. Es dauerte also lange, zu lange, bis sie langsam eine Ahnung vom Preis ihrer Existenz entwickelte; dafür mussten Jahrzehnte vergehen, nachdem sie Signale, wie ich von Ihnen weiß, verehrte Nicht-Anwesende, in Hülle und Fülle allesamt ignoriert hatte. Die Entwicklung zog sich und zog sich, sodass ich mich erst heute, viel später, als auch ich erwartet hatte, an diesem verregneten Mittwoch in aller Lächerlichkeit in dieses Stachelgewächs flüchte, weil ich meine Arbeit ernst nehme. Denn: Versprochen ist versprochen. Geld habe ich ja erhalten, das will ich nicht verhehlen. Gutes Geld, versteht sich. Und ich bin froh über die Gelegenheit, mich für die großzügige Aufwandsentschädigung erkenntlich zu zeigen, indem ich die Befreiung von dieser mentalen Bürde, wenn auch unbegleitet, so doch feierlich begehe. Dass ich mich hier alleine in den Dornenbusch drücke, ist nämlich auch ganz im Sinne von der in der Gruft. Für sie hätte es nicht einmal meiner bedurft. Unumwunden wollte sie mich meines Amtes entheben, als ich sie damals aufsuchte, um die mir vielfach angetragene Aufgabe ordnungsgemäß vorzubereiten. Das habe ich mir natürlich nicht bieten lassen. Wäre doch gelacht. Ha! Bis dahin hatte ich von der in der Gruft nur durch Dritte erfahren. Und ich kann sie beileibe verstehen. Denn auch diese Äußerung machte deutlich, wie viel Freude es der in der Gruft bereitet hat, sich gegen unsere Konventionen aufzulehnen und dadurch den Finger mitten in die Wunde der Menschen zu legen, ja geradezu in ihr herumzubohren. *Und so jemand nicht ward gefunden geschrieben in dem Buch des Lebens, der ward geworfen in den feurigen Pfuhl.* Als hätte ihre Existenz nicht ohnehin schon zur Genüge verwirkt, was ruhen soll, ruhen zu lassen.

Scheißwetter! Es hört nicht auf zu regnen, ich bin durch und durch nass, und mein Anzug ist ruiniert, überall Fäden gezogen, diese Dornen. Da ist die Höhe des Honorars nur recht und billig. Krumm gemacht hat sich dafür ohnehin niemand, nein, nein, das nicht. Es ist doch eine ganze Schar, der ich dienlich bin. Von daher kann ich mich auch wiederum glücklich schätzen, dass die in der Gruft durch ihre Ignoranz erst einen langen Weg mit Erfahrungen pflastern musste, bevor sie begriff, dass jeder, wenn er aufgehört hatte, sich von ihrer Oberfläche täuschen zu lassen, aus der Friedlichkeit gerissen wurde, die wir in unserer Gesellschaft schätzen. Die in der Gruft war fehl am Platz! Ja!

Ich gestehe also gerade heraus: Von ihren durch

Begriffsstutzigkeit angesammelten Erfahrungen profitiere ich. Nur deshalb stehe ich hier, alleine, triefend, in ramponiertem Anzug, ein Bild der Lächerlichkeit. Aber das macht mir nichts aus, wenn ich dienen kann, sowohl den Menschen wie sogar der in der Gruft, die endlich ihren Platz gefunden hat, in Kürze zersetzt und aus der Erinnerung getilgt sein wird. *Was ihr getan habt einem unter diesen meinen geringsten Brüdern, das habt ihr mir getan.*

Lasse die in der Gruft in Frieden ruhen und uns unseren Frieden, o Herr!

Liebe Aster,
verzeih, dass ich mehr als eine Woche gebraucht habe, mich so weit zu fassen, dass ich versuchen kann, dir zu antworten. Liebe Aster, deinem Ernst bin ich nicht gewachsen. Als ich deine zweistimmig gehaltene Grabrede zum ersten Mal las, hielt ich es noch für möglich, dir Komplimente zu machen. Jetzt, nachdem ich die Rede dreimal gelesen habe, weiß ich, zu einer Grabrede Komplimente zu machen wäre geschmacklos, hieße auch, dass man nichts verstanden hat. Du, der Grabredner, und du, die in der Gruft, die Rede ein Erlebnis deiner Ausgegrenztheit, ein Denkmal der Irreversibilität. Dass du aus den biblischen Heiden die ersten Opfer von Rassismus machst, nimmt die in der Gruft, dieses dunkle Stück Fleisch, auf in eine fatale Tradition. Das ist die Konkretisierung der Irreversibilität. Du kannst dich darauf verlassen, dass dies meine

letzte Nachricht an dich ist. Deine Rede verschließt mir den Mund. Dein Ernst lähmt mich. Aber wenn du gegangen wärst ohne diese Grabrede, dann hättest du das Spiel, in das wir von selber verflochten sind, zerschlagen. Das hast du nicht getan. Du hast es zum Äußersten getrieben. Und dafür, dass du uns das hast wissen lassen, für diese große Geste im Aus, für diese Höflichkeit zum Schluss, danke ich dir.

  Dein zurückbleibender Franz von M.

16

Theo, ich versichere mich deiner! Erzähl du, was (dir) passierte!

Kurz vor Weihnachten. Zwei Männer in der Dämmerung. An der Gartentür. An seiner Gartentür. Beide trugen steile, kurzrandige Hütchen. Und dunkle Anzüge, beide. Er knipste das Hoflicht an, dass sie sich bemerkt sahen.

Dann ging alles sehr schnell. Sie nahmen ihn mit. Dass beide Athleten waren, spürte er beim ersten Zugriff. Dazu beruhigende Redensarten. Es werde sich alles zu seiner Zufriedenheit klären. Gefesselt an den einen auf der Rückbank. Und eine Binde vor den Augen. Das bedeute weiter nichts. Er werde alles verstehen. Bis jetzt habe er sich hervorragend benommen. Alle Achtung.

Als ihm die Binde abgenommen wurde, sah er, dass er sich in einem Studio befand. Kameras, Publikum, ein Moderator. Der begrüßte ihn wie einen alten Bekannten. Nur noch er habe gefehlt. Jetzt kann's losgehen. Also die Fernseh-Sendung *Nimm's mit Humor*. Bitte, heute die letzte Sendung des Jahres 2014: Nimm's mit Humor.

Theo wurde vom Moderator zu der Rundbank geführt, auf der schon andere saßen. Einer neben der Bank im Rollstuhl. Der Moderator sagte: Vier Schicksale, und viermal sei es gelungen, widrigen Schicksalslaunen mit

Humor zu begegnen und aus Unglück Glück zu machen. Zuerst der im Rollstuhl. Bitte.

Der sagte seine Geschichte so auf, dass man sofort wusste, sie wird gut enden: Als er überhaupt keine Lust mehr hatte, zwei Flaschen Wodka getrunken, mit dem Auto voll gegen einen Baum, das Auto überschlägt sich, er überlebt. Dann springt er nachts aus dem vierten Stock, landet auf dem Plastikdach eines Fahrradständers. Überlebt. Dann siebzig Schlaftabletten. Er wird gerettet. Also rennt er einfach bei Rot über die Straße, wird von einem Lkw überfahren, zusammengeflickt, landet im Rollstuhl. Und jetzt lernt er das Leben lieben. Spielt Handball. Trainiert fanatisch. Will zu den Paralympics.

Beifall. Die Leute rufen: Bravo!

Dann ein Paar. Sie hatte sich einmal ins Koma getrunken, es war der Junggesellinnenabschied einer Freundin. Zuletzt in einer Bar. Drei Wochen später ruft einer an, der wusste peinliche Einzelheiten, sie gibt zu, die zu sein, die das in der Bar im Suff gesagt haben könnte. Er habe ihr die Telefonnummer abgeluchst. Schon gut, sie könne sich und wolle sich an nichts mehr erinnern, legt auf. Den anderen Tag ruft der wieder an. Sie weiß überhaupt nicht, wer er ist, wie er aussieht, also bitte. Sie legt auf. Inzwischen hätte sie schon selber gern gewusst, was sie da gesagt haben könnte. Sie ruft zurück, ist bereit zu einer Tasse Kaffee. Jetzt sind sie verheiratet. In der Spielecke hier im Studio spielen die beiden Kinder. Vier und fünf Jahre alt.

Beifall.

Jetzt der Diplompädagoge, der sich als Student sterilisieren ließ, weil es auf der schlechten Welt genug arme, leidende Kinder gibt. Dann lernt er diese Finnin kennen. Annuka. Die Prozedur kann noch korrigiert werden. In der Spielecke ihre fünf Kinder.

Beifall!

Dann das vierte Schicksal, das mit Humor zu nehmen war. Theo Schadt!

Das Fernsehen recherchiert, wo Schicksalsschläge niedergehen. Herr Schadt, bevor wir von Ihnen wissen möchten, wie Sie von einem Tag zum anderen Ihre gut gehende, seit vierzig Jahren gut gehende Firma eingebüßt haben, eine Frage: Als Sie heute in der Dämmerung von zwei ebenso freundlichen wie kräftigen Herren aus Ihrem schönen Haus in der Melchiorstraße, sagen wir, entführt wurden, was haben Sie sich dabei gedacht?

Theo hatte Zeit gehabt, sich zu fassen. Also, nimm's mit Humor, habe er sicher nicht gedacht, das müsse er zugeben.

Das Publikum applaudierte.

Andererseits, in der Melchiorstraße beschützt ein Haus das andere. Er hätte jederzeit Hilfe gefunden. Vis-à-vis zum Beispiel der bayerische Landesmeister im Schwergewicht.

Der Moderator: Eben, eben, München-Solln, das ist doch keine schräge Gegend. Trotzdem, was denkt man, wenn plötzlich etwas ganz und gar Unerwartetes passiert?

Bevor er hinunter in die Halle sei, habe er instinktiv

den Schlüsselbund in den Safe gelegt. Und per PIN-Code gesichert.

Der Moderator: Warum das?

Für den Fall, dass er beraubt werden sollte. Keine Folter der Welt könnte ihn dazu zwingen, den Kassenschrankschlüssel auszuliefern.

Ob er sich dessen sicher sei?

Ganz sicher.

Ja, dann wollen wir Sie gar nicht erst foltern, sondern einfach fragen: Wie kam denn das, die Firma weg von heute auf morgen?

Und Theo: Verrat!

Jetzt wurde der Moderator lebendig: Verrat! Aber wenn er das so sicher wisse, dann müsse er doch auch wissen, wer ihn verraten hat.

Weiß er. Aber der Name tut nichts zur Sache.

Gut. Aber wie reagiert man, wenn man so verraten wird?

Theo zeigte ganz offen, dass ihm diese Frage unangenehm war. Wissen Sie, sagte er, man reagiert, also ich, ich habe reagieren müssen, Tag und Nacht, aber wie! Meine Hände, unwillkürlich habe ich meine Hände erlebt an seinem Hals, und sie drückten zu, also bitte, ich kann, was mir da Tag und Nacht passierte, das kann ich gar nicht sagen, auf jeden Fall war es das Gegenteil von Humor!

Die Leute applaudierten, und der Moderator lenkte ein. Dann frage ich, warum ein solcher Verrat!? So etwas geschieht doch nicht grundlos!

Theo spürte, dass er die Gelegenheit hatte, einem großen Publikum, vielleicht einem Millionenpublikum zu schildern, was ihm passiert war. Das belebte ihn. Und er erlebte, was er jetzt erzählte, es war auch für Theo der Höhepunkt:

Er habe alle, gar alle Gründe untersucht, er habe keinen Grund gefunden, der für einen Verrat solchen Ausmaßes hätte in Frage kommen können. Und damit sei er inzwischen einverstanden. Das sei es eben, was diesen Verrat auszeichne: dass dafür kein Grund mehr in Frage komme. Der absolute Verrat. Und wenn er sich plötzlich hier in dieser Runde finde, könne er, eben weil kein Grund ausreiche, diesen Verrat genauso gut mit Humor nehmen. Das sei das, was er in diesem Augenblick erlebe. Er nehme den schlechthin unerklärbaren Verrat zum ersten Mal mit Humor! Mit was denn sonst!

Das Publikum applaudierte heftig. Theo verneigte sich. Tatsächlich hatte er sein elendes Faktum noch nie in einer solchen Stimmung erlebt wie in diesem Augenblick. Nimm's mit Humor, rief er, so laut er konnte, ins Publikum hinein, die Leute lachten und schrien: Bravo!

Jetzt wollte der Moderator noch wissen, ob er die Humor-Sendung öfter oder gar regelmäßig sehe. Seine Schicksalsgefährten nämlich hätten kundgetan, dass sie jede Humor-Sendung anschauten. Und er?

Da musste er gestehen, dass er im Fernsehen nur Politik und Sport anschaue, allerdings auch Opern, vor allem Wagner. Aber von jetzt an werde er natürlich keine Humor-Sendung mehr auslassen!

Applaus.

Dann wurde abgestimmt, wer von den vier Schicksalspartien den König verdiene. Mit großem Abstand: Theo Schadt.

Humor-König 2014: Theo Schadt. Die Preissumme: 25 000 Euro. Gespendet dem Kinderhilfswerk.

Beifall.

Der Moderator bedankte sich bei ihm. Er sei großartig gewesen! Ein Händeschütteln, ein Abschied in glaubhafter Herzlichkeit.

Die beiden starken Herren brachten ihn zurück in die Melchiorstraße. Irgendwie wurde klar, dass sie die Sendung gar nicht gesehen hatten, das war nicht ihr Job. Der Händedruck genauso stark wie zuvor. Dann Tschüss. Und das war's.

Wenn ich am Tage der Vergeltung sein Leben durch eine Handbewegung retten könnte, ich rührte keinen Finger...

Jetzt, nachdem er sich als der aufgespielt hatte, der inzwischen alles mit Humor nehme, meldete sich dieser Satz in ihm. Was ist das für ein Innenwesen, das diesen Satz gerade jetzt wachruft? Und die ganze Szene dazu.

Die hausbreite Terrasse in der Echterstraße, er in seinem dänischen Schaukelstuhl, vor ihm, hin und her gehend, Carlos Kroll. Redend. Und zwar in dem Ton, in dem er Theo von etwas überzeugen musste, was Theo leider immer noch nicht begriffen hat. Diesmal war es also der große Victor Klemperer. Von dem kannte Theo tatsächlich nicht einmal den Namen. Carlos skizzierte die Größe, die Bedeutung. Romanist, Professor, der die Geschichte der ersten Jahrhunderthälfte des 20. Jahrhunderts als persönliches Erlebnis erzählt hat. Jude! Dieses Wort ebenso dringlich wie sanft. Weil man Theo alles sagen musste, was jeder andere von selbst wusste. Und der Ton, den Carlos jetzt wählte, klang, als habe Theo schon bestritten, was ihm noch gar nicht gesagt worden war. Dann diese Skizze: Ein Proletarierjunge, fällt auf durch Mathematik- und Technik-Kenntnisse, Schlossergeselle, Abendkurse, das Abitur. 1920 zog er bei Klemperers ein, in Dresden, nannte sie Vater und Mutter, unterrichtete jetzt schon selber Mathematik, dreizehn Jahre lang in schöner Harmonie, dreizehn Jahre lang nichts Trennendes, aber 1933 war dieser Thieme der Erste, der von Klemperer abfiel. Dann eben der Klemperer-Satz: *Wenn ich am Tage der Vergeltung sein Leben durch eine Handbewegung retten könnte, ich rührte keinen Finger ...*

Carlos schloss: Dieser Thieme, das sei Deutschland.

Theo hatte das Beispiel gelten lassen als ein Beispiel für Versagen, hatte aber, wie immer, der Verallgemeinerung widersprochen. Ohne Erfolg.

Dass sich ihm das jetzt aufgedrängt hatte, war wie eine Antwort auf seinen *Nimm's mit Humor*-Auftritt. Dreizehn Jahre dauerte die Eintracht in Dresden. Bei ihm und Carlos waren es neunzehn. Und bei diesem Thieme konnte Carlos sagen: Typisch deutsch. Theo dachte: Typisch menschlich. Das war ein in keiner Hinsicht hilfreicher Gedanke. *Wenn ich am Tage der Vergeltung ...* Aber den gab es ja gar nicht. Den würde es nie geben.

Es war keine geschichtliche Wende vorstellbar, die Carlos Krolls Verrat verurteilbar machen könnte. Du warst verratbar, also wurdest du verraten. Dass du verratbar warst, ist wichtiger, als dass du verraten wurdest. Iris fragen, ob das wahr sei, richtig sei. Iris hat zu allem ein verlässliches Gefühl. Aber Iris war nicht da. War nicht mehr da. Das hatte er fertiggebracht.

   Liebe Iris ...

Mehr ging nicht.

17

Sehr geehrter Herr Schriftsteller,
Theo Schadt, der durch Sie zu lernen versucht, von sich wie von einer dritten Person zu reden beziehungsweise zu schreiben, hat dadurch eine Erfahrung gemacht, die er, hätte man ihm so etwas vorausgesagt, nicht für möglich gehalten hätte. Etwas passiert ihm oder in ihm, und er schreibt es auf. Lieber Herr Schriftsteller, er will nicht Ihresgleichen werden und ein Dichter schon gar nicht. Der einzige Dichter, den er hat kennenlernen dürfen, war von seiner Bedeutung besoffen. Das ist er nicht. Aber seit er nicht mehr handeln kann, schreibt er! Ist das vielleicht überhaupt Schriftstellerei: statt handeln schreiben?

Seine vom Dichter nur verachteten Anleitungsbüchlein werden ihm, seit sich der Dichter als Verräter benommen hat, immer schätzenswerter. Dass er stürzbar war, bleibt. Er ist der, der gestürzt werden konnte. Jetzt lebt er auf den Tag zu, an dem nichts mehr geht. Die Ablehnungen werden dichter. Er spürt sich nur noch als den Abgelehnten. Eine zweifelsfreie, aller Ungewissheit entkommene Identität. Er kann nur noch solche in seiner Nähe ertragen, die das aus eigener Erfahrung kennen.

Eine verlorene Schlacht rückgängig zu machen wäre kein Sieg.

Und da taucht auf am Bewusstseinshorizont, was er

jetzt tun muss. Kein Anleitungsbüchlein mehr, sondern etwas, das heißen soll: Ums Altsein. Es hat sich angesammelt. Vielleicht schickt er es Ihnen sogar.

Dass ich manchmal in der dritten Person von mir berichten muss, liegt an dem Abstand, den ich inzwischen gewonnen habe zu meinen damaligen Handlungen und Einstellungen. Ich habe das Gefühl, ich bin nicht mehr der, der ich war. Ich war eben so. Ich war mir abhanden gekommen.

  Wie immer: In respektvoller Verbundenheit,
  Theo Schadt

Ums Altsein

Wenn er aufwacht und es tut ihm überhaupt nichts weh, wie soll er sich dann damit abfinden, dass er nicht mehr dreißig oder fünfzig ist und dem Tod eher nah? Dann muss er doch fürchten, er werde, wenn es so weit ist, genauso ungern sterben, wie er mit dreißig ungern gestorben wäre. Das Erschreckende, dass die Sterbebereitschaft beziehungsweise -fähigkeit nicht zunimmt, dass der Tod immer noch eine Katastrophe ist beziehungsweise die Katastrophe überhaupt.

Er ist unbereit. Nach so viel Vorbereitung und Altersvorwegnahme ist jetzt alles anders.

Im Spiegel: eine tief eingeschnittene Falte, die gestern noch nicht da war. Die Backen wollen überhängen jetzt. Der zusammengebissene Mund setzt dem einen

Widerstand entgegen. Bis hierher und nicht weiter. Da hat schon eine weitere Erscheinung Premiere.

Am Ende muss jeder über den Horizont klettern. Er bewundert jeden, der das geschafft hat. Jeder kommt hinüber. Frag nicht, wie. Er trainiert seit langem für dieses letzte Klettern und weiß schon, dass er lernunfähig ist.

Wenn man bei Todesnachrichten sofort und ganz automatisch rechnet, wie viel älter oder jünger der Gestorbene oder die Gestorbene war, dann ist man alt.

Man kann nur jung sein oder alt sein. Er erinnert sich an das Mitleid, das er hatte mit jedem Alten. Jetzt weiß er: Es gibt kein Verständnis für einander. Der Alte versteht den Jungen ebenso wenig wie der ihn. Es gibt keine Stelle, wo Jungsein an Altsein rührt oder in Altsein übergeht. Es gibt nur den Sturz.

Zu retten ist nichts. Den Untergang bremsen, dass kein Sturz daraus wird.

Wenn ein Vierzigjähriger ausfällt, wird ihm das nicht angekreidet. Bei einem Siebzigjährigen sagt jeder: Warum macht er das überhaupt noch!

Keiner bringt es über sich zu sagen: Ich bin ein alter Mann. Er sagt lieber: Ich bin ein älterer Mensch.

So tun, als wäre man nicht selber der, der stirbt. An sich vorbeilaufen lassen alles. Die Welt um den Schmerz betrügen, den sie einem zufügen will.

Sich vorbereiten, das hieße, immer weniger leben, also sich langsam umbringen. Geistige Vorbereitung nützt nichts. Also weiterleben, so tun, als sei man unsterblich.

Am liebsten bliebe er hier in diesem Zimmer, für immer. Triebe im Trüben hin, bis er fiele und liegen bliebe, stumm und ohne Sinn.

Wir fallen doch nicht anders als die Blätter vom Baum.

Nur dass dir aus dem Mund nichts strömt, was blüht und singt, nur dass die Gegenstände dünner werden, das gibst du zu. Und wenn dein Interesse tanzen will, gähnst du. Wenn die Buchen dich anschauen mit frischem Grün, schließt du die Augen. Unterirdisch sein, schwebt dir vor, eine bleierne Schläue. Leben wie nicht, aber lang.

Wenn du wenigstens ein Gespenst wärst, das niemand sähe. Deine Gier, am Leben teilzunehmen, ist gespenstisch. Das Leben schüttelt dich ab, will dich loswerden, du hast dich verbissen ins Leben, wo immer du es erreichst.

So lange zu leben ist unrühmlich und schwer.

Ein Selbstmord demonstriert Stärke. Ein früher Tod sorgt für Verklärung. Dagegen reizt hartnäckiges Am-Leben-Bleiben zu Hohn und Spott.

Morgens lachen, abends ächzen.

Im Zug zwei über einen Mitreisenden.
   Sie: Das is auch schon'n alter Knacker.
   Er: Ja-aa, fuffzsch, zwonfuffzsch.

Die Brutalität, die entsteht, wenn einer nicht so alt sein will, wie er ist. Er wehrt sich, schlägt um sich, fühlt sich zu jeder Rücksichtslosigkeit ermächtigt. Er findet überhaupt nicht, dass er rücksichtslos ist, er will ja nur nicht sterben, und dazu braucht er zum Beispiel junge Frauen oder eine junge Frau. Was dadurch entsteht, beeindruckt ihn nicht.

Was ist das für ein Gesetz, das du jetzt erlebst? Je weniger Leben dir zusteht, desto mehr reißt du es an dich. Erstaunlich: die Unwirksamkeit alles Moralischen. Das zusammengestohlene Leben füllt dich so aus, dass für wertende Überlegungen kein Platz bleibt.

In der Zeitung steht:
   Mit einem Beil ging ein fünfundachtzigjähriger Mann in T. auf seine im Bett liegende dreiundacht-

zigjährige Ehefrau los. Dabei verletzte er sein Opfer lebensgefährlich am Kopf. Anschließend verständigte er telefonisch eine Familienangehörige über seine Tat und über sein Vorhaben, sich das Leben zu nehmen. Im Obergeschoss des Wohnhauses versuchte der Fünfundachtzigjährige dann, sich zu erhängen. Dabei stürzte er durch die Decke ins Erdgeschoss, wo er verletzt und hilflos liegen blieb. Die Familienangehörige fand die beiden verletzten Ehegatten.

Ein Schwerbehinderter, steht in der Zeitung, machte Anrufe bei der Deutschen Bahn. Er kündigte Anschläge auf fünf Züge an.

Jemand stirbt. Und noch jemand. Das war zu erwarten. Und trifft uns unvorbereitet. Der Tod ist die Maschine, wir sind das Gras, das über alles wachsen will.

Als er merkte, dass er nicht mehr lesen musste, hielt er das zuerst für einen Mangel. Er wusste nicht gleich, wie er diesen Mangel benennen sollte. Eine Alterserscheinung eben. Ein Schwund. Ein Aufhören von etwas, was bis jetzt zu den Selbstverständlichkeiten gehörte ... Zu seinem Beruf gehörte das Lesen wie das Schwimmen zum Fisch. Informiert zu sein. Mehr zu wissen als sonst jemand. Und jetzt konnte er, musste er, wollte er nicht mehr lesen. Er prüfte sich. Er konnte nicht sagen, dass er nicht mehr musste, nicht mehr wollte. Er stellte nur fest, dass er nicht mehr las. Und das Lesen wurde nicht ersetzt durch irgendetwas anderes.

Zuerst fiel ihm das auf während einer Bahnfahrt von Westerland nach Lübeck, mit Umsteigen in Hamburg. Als er durch das sich hinziehende Schleswig-Holstein fuhr. Da dachte er natürlich an die Zeitschriften, Zeitungen und Bücher, die er dabei hatte. Dabei hatte, um sie zu lesen. Er sollte in Lübeck einen Vortrag halten. Die Industrie-und Handelskammer hatte ihn eingeladen. Das Thema hatte er formuliert: Müssen wir auf Erfindungen warten, oder können wir sie bestellen? Er hatte ein Manuskript dabei. Er hätte es herausholen und noch einmal überfliegen sollen. Am Vortag in Kiel hatte ein Satz in seinem Vortrag zu unangenehmen Diskussionen geführt. Sollte er den Satz für Lübeck streichen? Es war der Satz eines bekannten Schriftstellers: *Auf dem Rücken der Ärmsten werden die Interessen der deutschen Industrie durchgeprügelt, was in der Politikersprache dann* Niedriglohnsektor *heißt.* Ein einziger Zuhörer war empört, weil er diesen Satz aus dem Zusammenhang gerissen und zitiert habe. Darauf ein Stimmendurcheinander. Er sah zum Zugfenster hinaus auf die vorbeifliegende Landschaft und dachte: nichts. Wolken, Wiesen, Schafe, Windräder. Er wusste, er würde endlos so fahren können, ohne sich davon ablenken zu wollen. Er dachte sogar, dass er sich ein Leben lang durch Lesen hatte ablenken lassen. Wovon? Vom Leben. Wovon sonst! Aber auch dieses Gefühl verflog. Dann war nichts mehr da. Nur noch er. Und er würde, wenn er nicht las, immer da sein, wo er gerade war. Du lebst. Du schaust, ohne etwas zu sehen. Bist du bei dir? Auch das ist zu viel gesagt. Du bist. Das genügt. Der Unterschied zu früher: Du warst immer abgelenkt. Abgelenkt von dir. Abgelenkt davon, dass du bist. Und wie interessant es ist zu sein. Du wirst deine Uhr verschenken. Übertreib ruhig ein bisschen und sag: Dich füllt aus ein Interesse am Dasein. Es gibt nichts Interessanteres, als da zu sein. Da war er aber schon in Hamburg und musste umsteigen.

Die rechte Hand will zittern. Du kannst es ihr verbieten oder gestatten.

Nur noch die Tage sagen. Das Beißen auf der Haut und die Schwierigkeit beim Schuhanziehen und den Laut der Trostlosigkeit.

Mit dem Jahr vergehen. Sich nicht sträuben. Vergehend bleiben.

Um ein Haar

Wir möchten beide klingen,
der Dezembertag und ich.
Risse noch eine Haut, würf
ich ab noch ein Gewicht,
stieß mich der Tag an,
ich sänge.

Er dreht, wenn jemand spricht, den Kopf wie ein Tier, das Witterung aufnimmt. Sein linkes Ohr dreht er möglichst unauffällig zum Sprechenden hin. Sein linkes Ohr hört besser als sein rechtes. Das muss außer ihm selber niemand wissen.

Das Alter ist eine Niederlage, sonst nichts.

Er hat das Leben verloren. Und den Tod nicht gefunden.

Das Alter ist eine Wüste. Darin eine Oase, heißt Tod.

Das Leben hat abgenommen. In diesem Jahr zum ersten Mal drastisch. Wenn es jedes Jahr so abnähme, reicht es nicht bis zum Achtzigsten. Aber das wollte er auch nie, achtzig werden!! Früher reichten die Vorstellungen bis zum Sechzigsten. Dann bis zum Fünfundsechzigsten. Jetzt bis zum Fünfundsiebzigsten. Können wir dann noch einmal um Verlängerung eingeben?

Ein verbitterter alter Mann oder ein alter verbitterter Mann. Das erste ein Klischee, das zweite eine Mitteilung.

Er will sich nicht fassen. Lieber gehenlassen. Im Kopf ein unnennbarer Druck, halb Physis, halb Idee. Das Fenster wartet auf Regentropfen. Er auf den Tod.

Die tägliche Müdigkeit weicht erst gegen Abend. Aber dann ist es schon wieder zu spät.

Als die Mutlosigkeit sich als Müdigkeit meldete, da wollte er der Sprache kündigen. Müdigkeit, was für ein missglücktes Wort. Du bist gerade noch fähig einzusehen, dass Müdigkeit ein Hauptwort ist, mit dem sich der damit gemeinte Zustand nicht ausdrücken lässt. Du lehnst das Wort ab wie eine Ware, die du bestellt hast, die aber nicht das ist, was du bestellt hast. Mutlosigkeit als Müdigkeit, nein danke. Lebensmüde? Nein. Todmüde? Nein. Du bist es müde. Dank doch der Sprache, dass sie das bewahrt hat. Du bist es müde. Genauer geht es nicht.

Du müsstest gestehen, dass du sitzen kannst, ohne dass es dir je langweilig wird.

Das hat er damals nicht gedacht, nicht gewusst: dass er für jetzt durch Blätter lief und sich den Sturm zugutekommen ließ. Die ganze Kindheit hat stattgefunden nur für die Erinnerung.

Wir dürfen uns nicht mit Jüngeren abgeben. Das ist gesundheitsschädlich. Bleiben wir unter uns, dann sind wir ein Wald aus hohen Stämmen, mit Kronen, die genau so viel Licht durchlassen, wie wir brauchen.

Ältere sehen einander gleich.

Alte Chinesen sehen weniger chinesisch aus als junge Chinesen.

Sie haben das Alter anschaubar gemacht. Andauernd werden wir vorgeführt, wenn auch in bester Absicht vorgeführt. Eine neue Menschensorte: Alte. Die führt man vor in Großaufnahme. Die normale Hässlichkeit des Altseins wird weggeredet in günstig klingen wollenden Befunden. Wir sollen froh sein, dass wir noch atmen, schlucken, grinsen können.

Er schaut zur Decke, sobald sie wieder einen Alten, eine Alte vorführen. Die Alten lassen es geduldig geschehen. Sie wissen ja nicht, wie sie aussehen, wie sie wirken neben der jungen Pflegerin und dem mitten im Leben stehenden jungen Arzt. Alle meinen es gut. Was herauskommt, ist grotesk. Zum Davonlaufen beziehungsweise Wegschauen.

Für andere etwas tun, diese Kraft hat abgenommen. Der Egoismus ist geblieben. Die letzte Kraft, deren man sich früher geschämt hätte. Jetzt hätschelt man sie. Böse sein und es wissen.

Die Todesanzeigen sind im Bündner Tagblatt kostenlos.

Es ist deutlich genug, dass jeder Jüngere einen Fünfundsechzig- oder Siebzigjährigen für sehr alt hält. Man spürt, dass in jedem Satz an eine Abgeklärtheit und

Sterbebereitschaft appelliert wird, die man nicht hat. Man ist alt, das stimmt. Aber man hat keine anderen Wünsche oder Absichten als jemand, der zwanzig Jahre jünger ist. Der Unterschied: Man muss jetzt so tun, als hätte man ganz andere Wünsche und ganz andere Absichten als ein Fünfundvierzigjähriger. Das Altsein ist eine Heuchelei vor Jüngeren.

Je älter man wird, desto mehr muss man lügen. In jeder Hinsicht! Es gibt nichts, was von diesem Zwang zur Lüge verschont bliebe. Das Alter, das ist die Lüge schlechthin.

Leute seines Alters sind ihm jetzt zuwider. Jeden, der ihn daran erinnert, wie alt er selber aussieht, würde er gern aus dem Weg scheuchen. Er will im Zug die erste Klasse nicht mehr betreten. Dieses fahrende Altersheim.

Manchmal kommt einer, der davon lebt, öffentlich Grusel zu produzieren, sogar auf die Idee, wir, die Alten, seien eine Art Gefahr. Als käme es uns darauf an, Macht zu haben. Ökonomisch zum Beispiel oder bei Wahlen.

Ovid, hat er gelesen, habe alte Soldaten und alte Liebende gleich scheußlich gefunden.

Die Oberbürgermeister zitieren in ihrer Gratulations-Routine den Dichter Alfred Döblin: «Das Alter ist etwas Herrliches. Ich bin neugierig auf jedes kommende Jahr.»

Wie schön lässt Wagner im *Parsifal* singen: «Ihn fällte des Alters siegende Last.»

Es ist richtig, dass er in seinem Zustand gern sterben würde. Genauso richtig ist, dass er gern leben würde.

Die Sonne tut, als scheine sie. Er glaubt ihr nicht.

Das Unglück ist ein schwarzer Egel, du sein Lieblingstier. Aber du schaust in den Himmel, als spürtest du nichts.

Wer keinen Menschen mehr hat, dem er den kleinen oder großen Überfluss hinsagen kann, der schluckt ihn ungesagt. Und zwar Tag für Tag, Jahr für Jahr. Wer aber noch einen Menschen hat, dem er den kleinen oder großen Überfluss hinsagen kann, der sagt ihn hin. Auch wenn er selber der einzige Mensch ist, dem er hinsagen kann, was gesagt sein muss.

Lass junge Wörter erscheinen auf allen Wiesen, dass du betörend schreiben kannst, wie nass sie sich anfühlen und dass du sie grüßen wirst mit Händen und Füßen!

Tangenten ans Glück.
Würfe über jeden Zaun.
Verheimlichte Gedanken.
Ertrotzte Zufriedenheit.
Gelöschte Feuer.

Ich bin hier der Älteste. Wenn ich nicht hier wäre, wäre ich woanders der Älteste.

Gestehe, wie du dran bist. Dass dir das letzte Moos auf dem Kopf wächst und dass dein Atem kaum noch deine eigenen Lippen erreicht. Die Stille gestehe beziehungsweise die Leere.

Jetzt bist du ein alter Mann und möchtest nicht auch noch als solcher behandelt werden.

Je älter man wird, desto mehr kriegen die recht, von denen man sich entfernt hat. Priester zum Beispiel. Wer das Leben nicht angefangen hat, tut sich leichter beim Aufhören.

Trocken verdämmert er in Angst und Stille. Ungebraucht. Leben und Tod sind ihm fremd. Er neigt sich über seine Abwesenheit und trachtet nach ihrem Ton. Er ist stumm vor Neigung zum Glück.

Das Ende könnte so sein: ein Andrang von allem und sofort. Eine Fülle zum Schluss wie nie zuvor.

Kein Widerspruch mehr gegen irgendwen oder irgendwas. Eine Schlusskurve des scheinbaren Einverständnisses mit allem. Am Ende ist jeder still und lässt geschehen, was geschieht, als sei er einverstanden.

Wenn es nicht einer Gewalt bedürfte, sich zu töten. Schießen, Hängen, sogar Gift ist brutal. Erwünscht: eine Gleitdroge, die in einem Zwölfstundenschlaf die Arbeit tut.

Er wird der Leere keinen Namen mehr geben.
    Deutlicher als der Wind will er nicht sein.
    Ziegelsteine haben, wo sie zusammen sind, keine Geschichte.
    Die Folge feiern wie einen Sinn. Zeitvertreib wird heiliggesprochen.
    Nichts zu sagen lernen ist schön.
    Und mehr als schön, hat er gelernt, ist nichts.

18

Theo räumte auf. Er hatte viel mehr notiert, als ihm inzwischen lieb war. Immer wieder die Überschrift *Bericht an die Regierung*. Das waren Notizen aus verschiedenen Jahrzehnten. Die nummerierte er jetzt.

Erster Bericht an die Regierung
 Plötzlich wurde mir klar, warum die Regierung nicht auf mich und meinesgleichen hören darf. Was ich möchte, darf nicht sein. Es wäre das Ende von Anstand, von Menschlichkeit. Ich werde trinken. Ich werde so gemein sein, wie ich nur kann. Das wird mir nicht gelingen. Ich werde so höflich sein wie immer. Ich lebe von unausführbaren Plänen. Es wird keine Genugtuung geben. Meine Vernichtung ist die einzige Hoffnung. Vernichtung = Erlösung. Was also kann ich beitragen zu meiner Vernichtung? Jetzt mach schon!

Gruß,
Th. Sch.

Zweiter Bericht an die Regierung
 Bevor Theo Schadt verschwindet, glaubt er, es dem Gemeinwesen, von dem er, mit dem er gelebt hat, schuldig zu sein, einen Vorschlag zu hinterlassen, der, wenn er verwirklicht werden würde, nützlich sein könnte.
 Es geht um die allen bekannte Katastrophe, um die

Menschen, die täglich an der Festung Europa zu Grunde gehen. Und es wäre, so Theo Schadt, möglich, diese Tragödien zu beenden, wenn jeder, der in Deutschland ein Haus sein Eigen nennt, einen Flüchtling aufnehmen würde. In jedem Haus hat noch ein Flüchtling Platz. Theo Schadt besitzt jetzt noch drei Häuser, hat also Platz für drei Flüchtlinge. Jeder, der ein Haus besitzt, kann dann ein Jahr lang für diesen Flüchtling sorgen. Nach diesem Aufnahme-Jahr übernimmt der Staat die Sorge. In diesem Jahr hat der Hausbesitzer alles getan, den Flüchtling in unserem Gemeinwesen aufzunehmen: Sprache, Ausbildung und was sonst noch nötig sein kann. *Hilfswerk der Hausbesitzer* soll es heißen. Die Hausbesitzer machen endlich Gebrauch von ihrem Privileg, Hausbesitzer zu sein. Aber der Staat, die Regierung muss ja sagen zu diesem Hilfswerk. Vorausgesetzt, die Hausbesitzer haben kundgetan, dass sie mitmachen. Keiner soll gezwungen werden, aber eingeladen fühlen soll sich jeder. So könnte sofort eine Million Flüchtlinge untergebracht werden. Und das Beispiel könnte in Europa wirken. Hausbesitzer aller Länder, vereinigt euch endlich! Macht eurem Namen, eurem Stand alle Ehre. Abgesehen davon, dass die Tragödie auch eine Drohung enthält.

In großer Hoffnung,
Theo Schadt

Dritter Bericht an die Regierung
Die Arbeitgeber sollen sagen, welche Tarifabschlüsse sie bräuchten, um neue Arbeitsplätze schaffen zu können.

Sie sollen zusagen, dass sie bei solchen Tarifabschlüssen in der und der Zeit so und so viele Arbeitsplätze schaffen.

Die Gewerkschaften sagen solche Abschlüsse zu unter EINER Bedingung: Der Lohnverzicht wird behandelt wie ein Darlehen, zurückzuzahlen mit Zins, wenn durch diesen Abschluss die Konjunktur wieder ins Laufen gekommen ist. Sollte die Konjunktur trotz dieses Stillhalteabkommens nicht ins Laufen kommen, sollte also auch die Senkung der Lohn- und Lohnnebenkosten nichts bewirken, so wissen wir, dass unser ganzes Modell nicht mehr stimmt, und wir müssen so bald wie möglich ein anderes entwickeln. Aber probiert werden sollte eine Besserung durch eine noch nicht dagewesene Flexibilisierung. Deren Grundlage: guter Wille UND Vertrauen.

Theo Schadt

PS: Es stört hoffentlich keinen der Tarifpartner, dass die Gewerkschaften in diesem Vorschlag als Bank auftreten.

Vierter Bericht an die Regierung

Mit zweiunddreißig kam Theo Schadt nach München, also vor vierzig Jahren, und ihm fiel auf, dass viele Leute in der U- und in der S-Bahn lasen. Er weiß noch, wie unhöflich er das damals gefunden hat. Und das ist heute immer noch so, immer noch lesen die Leute oder sind jetzt in ihr Handy vertieft.

Warum können die Leute nicht einander genießen? Jeder Mitfahrende ist ein Schicksal, eine Geschichte, hat ein Gesicht, in dem alles steht, was ihm oder ihr passiert ist. Und dass sehr viel passiert ist, das steht in allen Gesichtern. Die Gesichter der Leute sind Landschaften des Lebens.

Statt Zeitung zu lesen, liest Theo die Gesichter der Mitfahrenden. Er folgt ihren Unterhaltungen, die er nicht hört, aber sieht. Aus den Gesichtern und Bewegungen kriegt er mit, was sie sagen.

Direkt vis-à-vis von ihm ein Paar, er sicher Polizist, sie Studienrätin (mit getönter Haut), beide kauten. Das fesselte ihn. Sie kauten nicht auffällig oder heftig wie Jüngere oft kauen, sondern diskret. So oft er hinschaute, sie kauten immer noch. Dieses Kauen ohne jeden Temperamentsanteil, und dass sie es beide synchron taten, das beschäftigte ihn noch, nachdem sie längst ausgestiegen waren. Am Goetheplatz. Sie standen auf, beide kauten nicht mehr. Zum Glück stiegen sie aus, sonst hätte er die beiden jungen Frauen übersehen, die zwischen den Türen standen und sich, wie heftig die U-Bahn auch ruckte und schwankte, nie an einem der angebotenen Griffe hielten. Sie federten offenbar alles mit ihren Beinen ab. Das bewunderte er natürlich. Und sie redeten aufeinander ein, beide redeten und lachten immer gleichzeitig. Die Japanerin reagierte, die Hiesige servierte. Bei einer großen Geste der Hiesigen kann der Text nur geheißen haben: Das ist doch einfach unappetitlich! Die Japanerin bedeckte mit ihrer fabelhaft feinen rechten Hand ihren lachenden Mund und streckte die linke Hand weit nach oben offen von sich, was nur ihre totale Zustimmung ausdrücken konnte. Wenn sich Schönheit messen ließe, wäre sie jetzt die Weltschönste gewesen. Aber da stellte sich schon ein Mann direkt vor Theo hin, ein unter allen Umständen anschauenswerter Mann. Haare und Bart gleich weiß. Die Haare eine hohe weiße Welle, die sich fast elegant über der Stirn wölbte. Der Bart rahmte das Gesicht sorgfältig und setzte es nach unten fort. Schwarz gerahmte Brille und große Augen. Wie ertrug dieser noch nicht fünfzigjährige Mann seine Erscheinung? Wie erträgt man es, so auffällig zu sein? Theo wusste, er werde den so schnell nicht mehr vergessen. Dass der sich täglich mehr als einmal im Spiegel begegnet, mag man sich nicht vorstellen. Der muss einverstanden sein mit seinem dramatischen Aussehen. Dass er braunbeige Shorts anhatte, Shorts mit Umschlägen, wie sie sonst an langen Hosen üblich sind, bei ihm aber nur bis zu den Knien reichten, das, kann man sagen, passte einerseits, andererseits steigerte es die Auftrittsdramatik dieses Mannes, den man keinesfalls einen Herrn nennen dürfte. Eher schon einen Kommandierenden einer Kolonialarmee. Und er schaute, solange er dastand, in die Höhe. Das hieß: Er schaute keinen Menschen an, sondern ließ sich anschauen.

Es war eine ungeheure Stimme, die Theo von diesem Solisten wegriss. Ein gewaltiger Schwarzer, jetzt schräg vis-à-vis, in einer Lederjacke reich an Reißverschlüssen, behängt mit zahllosen Taschen. Er sprach, ja, er rief in ein Handy hinein, das in seiner riesigen Hand so verschwunden war, dass es wirkte, als spräche er, riefe er sich selber in die gewölbte Hand. Und da er eine Sprache sprach, die keinem bekannt sein konnte, sprach er so laut, als führe er in dieser U-Bahn allein. Alle hörten seinem wunderbaren Singsang zu und verstanden alles. Und wenn er lachte, weil ihm etwas Erheiterndes gesagt wurde, lächelten wir unwillkürlich mit! Einmal lachte er so, dass ein paar seiner an ihm hängenden Taschen verrutschten. Er musste sie wieder einfangen.

Liebe Regierung, was will Theo Schadt damit sagen? Jetzt, kurz bevor er verschwindet, will er fragen, ob es nicht denkbar wäre, dass die Regierung, das heißt ein für so etwas zuständig sein dürfendes Amt in der Regierung, ob dieses Amt nicht versuchen könnte, eine Art Propaganda zu machen durch Plakate, Ansagen und so weiter, eine Propaganda gegen das Lesen in öffentlichen Verkehrsbetrieben. Eine Werbung dafür, dass die Leute in der U- und in der S-Bahn und in den Bussen einander wahrnehmen, erleben.

Es muss ja nichts verboten werden. Nur hingewiesen darf werden auf den unermesslichen Reichtum, der da in jedem U- oder S-Bahnwagen durch die Röhre schießt. 'ne einmalige Schangs, ohne Risiko, hört er rechts von sich. Ich krieg nichts mehr mit, kann das nur heißen, was ein Altersgenosse gerade einem Uninteressierten sagt. Du weißt, was ich meine, schmetterte die Sechzehnjährige zu ihrem drei Köpfe größeren Siebzehnjährigen hinauf. Gestern zum Beispiel, als schon kaum mehr Leute im Wagen waren, saß ihm gegenüber auf der Bank ein, man muss schon sagen, Mädchen, das hatte die Beine so übereinander geschlagen, dass von Rock oder Kleid nichts übrig blieb. Mächtige Schenkel, schwarz bekleidet, aber so, dass die Haut noch durchschimmerte. Theo starrte nicht andauernd hin. Aber dann, das Sensationelle: Als die Bahn an der Brudermühlstraße wieder losraste und er doch wieder hinschaute, da war ihr Schoß ein Nest geworden, darin ein winziges Hündchen, das hauptsächlich aus Ohren und Augen bestand. Aus dem offenen Mäulchen flatterte eine winzige Zunge. Das Hündchen zitterte am ganzen Körper von seiner Geburt. Theo wusste sicher, dass das Hündchen bis zur Brudermühlstraße noch nicht da, noch nicht auf der Welt gewesen war. Das Mädchen griff in eine schwarzgleißende Handtasche, holte eine Flasche hervor und trank lange daraus. Klar, sie hatte es angestrengt, dieses Hündchen zur Welt zu bringen. Theo konnte, bis er in Obersendling aussteigen musste, nicht mehr wegschauen von diesem allmählich ruhiger werdenden Geschöpf. Eigentlich hätte er gern gratuliert. Aber das traute er sich nicht. Hinaus. Und weg. Aber an der Tür standen schon zwei: ein alter Mann mit Stock, total dürr, im Gesicht das ganze 20. Jahrhundert, neben ihm eine Mädchenfrau, strahlend. Dann doch nicht seine Urenkelin. Der Mann zu ihr: Machen Sie dann, bitte, die Tür auf. Sie: Aber ja, gern. Der Mann: Sonst falle ich um. Ich habe nur ein Bein. Sie: Ach so. Der Mann: Abgeschossen in Russland. Sie half ihm hinaus.

Das ist die U3!

Und jetzt ist er gespannt, ob sich ein Amt findet, das sich seines Anliegens annehmen möchte. Mein Gott, gestern noch dieses Mädchen: als entsprängen alle ihre Haare direkt über der Stirn. Eine Handbreit hohe Haarwoge entsprang da und strömte sofort nach hinten. Eine braune Haarflut, die aber hellblond wirkte, weil die Haare, je weiter oben sie wogten, umso blonder waren. Obwohl sie nicht außereuropäisch aussah, konnte er sie nirgends in Europa unterbringen. Neben ihr eine alt wirkende Frau, die noch keine fünfzig war. Sie hatte ein Gesicht, das Erfahrungen bewahrte. Die ältere las natürlich. Die jüngere würde nie lesen. Ihr Gesicht zeigte, dass das Mädchen uninteressiert an allem war, außer an sich selbst. Sie schaute nirgendwohin. Sie war weder nachdenklich noch unnachdenklich. Sie wartete nicht darauf, aufstehen und da und da aussteigen zu müssen. Das alles musste nur die Alte. Aber die las.

Klar, wenn alle auf so ein Mädchen reagierten wie er – das würde das Bruttosozialprodukt gefährden. Aber vielleicht nähme etwas anderes zu. Bevor er davon schwärmt, schließt er. Aber noch der ihr gegenüber, der immer ein Wurstbrot nach dem anderen aß. Bevor er eines aß, schlug er es jedes Mal auf und betrachtete die Salamischeiben genussvoll. Der wird auch niemals lesen!

Hohe Regierung, in den Sätzen, als wären's Maschinen, arbeiten die Wörter, produziert wird Sinn!

Th. Sch.

19

Ende Dezember

Liebe Sina,

dass ich noch schreibe, dir schreibe und den Brief womöglich sogar schicke, wundert mich, das heißt ja, dass ich alles, was ich jetzt weiß und dir auch gleich noch schreiben werde – wenn mich nicht vorher ein Gehirnschlag gnädig erlöst! –, dass ich das alles gar nicht glaube oder doch bezweifeln will; aber ich glaube es und weiß es und bezweifle es kein bisschen.

Bitte, auch wenn meine Sätze eine Art Aufregung verraten, sage ich, als der Ursprung dieser Sätze: Diese Aufregung stammt nicht von mir. Die entsteht offenbar von selbst durch den Inhalt solcher Sätze. Ich selber weiß und bin vollkommen durchdrungen von dieser Gewissheit, dass ich kein bisschen Recht zu sozusagen persönlicher Betroffenheit habe. Du warst und bist eine überaus geschätzte Kundin meiner gar nicht hoch genug zu schätzenden Frau Iris. Ich wurde einmal – wie viele Monate ist das jetzt her? – von einer Erscheinung, sagen wir, überrascht. Um nicht gleich alles ins falsche Licht geraten zu lassen: überwältigt. Danach habe ich versucht, zurückzufinden in den damals angemessenen Gemütszustand. Ich war da bereits ein Geschlagener. Einer, der sich geschlagen geben musste. Die Firma war draufgegangen und so weiter. Und in diese miese Stimmung deine Erscheinung. Ich will mich nicht herausreden und sagen, dass ich, wäre ich Herr der Lage gewesen, deine Erscheinung besser verkraftet hätte. Auf jeden Fall war ich von dir geblendet. Dann ein mich mehr und mehr gefangennehmendes Brief-Hin-und-Her. Aber doch ein Hin und Her, in dem nicht verschwiegen wurde, dass wir uns beide als Todeskandidaten empfanden. Ich mich mehr als du dich. Dann wegen einer Todeskandidaten-Szene deine Mitteilungen über eine Einladung von Oliver Schumm. Du konntest nicht wissen, dass er mein mir bei weitem überlegener Erzkonkurrent war. Ich ihm gegenüber ein Fast-Nichts. Darauf kam es dir bei dieser Mitteilung nicht an. Da du, wie du schreibst, seit zehn Jahren zu seinem Bekanntenkreis, von mir Hofstaat genannt, zählst und weil bekannt ist, dass er Frauen rufen kann, wie es ihm beliebt, hatte ich natürlich zu kämpfen. Das habe ich getan. Da ich ohnehin kein bisschen Recht auf dich habe, musste ich nur darum kämpfen, dich, dein Bild, deine Existenz, dein Ein-und-Alles in mir zu retten. Das ist mir, glaube ich, gelungen. Was ich von dir fort und fort erfuhr, hat dein Bild, hat dich in mir leben lassen. Für mich mag es schmerzlich sein, dass ausgerechnet auch du, die mir so wichtig geworden war, eine Ehemalige bist und so weiter. Nein. Das habe ich geschafft. Alles, was ich von dir bekam, alle Sätze, meine ich, alles bewies, dass du nicht untergehst in einer solchen Gesellschaftsnachrichtenspalte. Aber dass der lächerlichste Teil in mir doch dann und wann an diesem mir wichtigsten Faktum herumnagte, gebe ich zu. Und beschuldige mich damit der lächerlichsten Schwäche. Vielleicht hängt es damit zusammen, dass ich seit meinem Sturz tatsächlich so schwach, so nicht in Frage kommend bin wie noch nie.

Aber jetzt, liebe Sina, jetzt die Folgen. In mir. Auf einmal lebte eine Szene wieder auf, die in die Schublade Katastrophe gehört.

Ich war also verraten worden. Ein riskantes Projekt, vielleicht mein riskantestes überhaupt, wurde, kurz bevor es gesichert gewesen wäre, an meinen Konkurrenten Oliver Schumm verraten. Und zwar so, dass er sich meines Projektes bemächtigen konnte. Ich habe es mir etwas kosten lassen, jene Szene rekonstruieren zu können. Es war ja die Szene, in der der Verrat anfing. Jener verrückte Amerikaner war tatsächlich der Erfinder des Mittels, auf das ich alles setzte. Und Herr Schumm war offenbar öfter Gast dort. Er hat einfach eine Nase, die alles übertrifft, was Spionage liefern kann. Also brachte er in Erfahrung, dass mein Anwalt mit Anwälten dieses Amerikaners verhandelte. Also nichts wie hin. Jetzt war dort aber ein Gast, der bis dahin mein engster Freund gewesen war. Der über das US-Projekt, weil es mein größtes war, alles wusste. Ich hatte geschwärmt von der Fabrik in North Carolina. Inzwischen erfahre ich, dass er mit diesem amerikanischen Verrückten seit langem eng ist. Ein verrückter Erfinder und ein Dichter, das passt. Darauf konnte

Herr Schumm nicht hoffen. Aber als er sah, was da im Raum war, war ihm klar, was er versuchen musste. Versuchen konnte, weil er dort ja nicht allein aufgetaucht war, sondern mit einer Frau, die in allen Berichten als mittelmeerisch beschrieben wird. Und dass sie wortmächtig war. Überhaupt szenebestimmend. Keinesfalls eine Weibschranze am Schumm'schen Hof, sondern eine Frau, die den Abend beherrschte und im Lauf des Abends den selber wortmächtigen Carlos Kroll schlicht zur Strecke brachte. Auf jeden Fall wird gemeldet, dass sie, als sie dann mit Schumm ging, die stürmische und selbstbewusste Ergebenheit eines Carlos Kroll in der Tasche hatte.

Liebe Sina, es heißt immer, München sei ein Dorf. Das stimmt.

Ich lasse keinen Verfolgungswahn zu. Du weißt inzwischen so viel über mich, dass du, was passiert ist, besser beurteilen kannst als ich. Aber ich will nicht wissen, wie du das alles beurteilst. Ich will nur sagen, dass ich der Einzige bin, der, was passiert ist, so sieht wie ich. Dir ist etwas völlig anderes passiert als mir. Carlos Kroll ist etwas völlig anderes passiert als mir. Wir, du und ich, kannten uns, als das passierte, gar nicht. Du lebst seitdem in einer Offenen Beziehung mit C. K. Irgendwann hat sich dann der Gatte einer Flitterhändlerin aufgedrängt. Der war dir sogar einen Schriftwechsel wert. Ihr konntet beide erkennen, dass ihr eine Art Recht darauf hattet, einander empfundene oder erfahrene Sachen mitzuteilen. Und dass dieser Brieffreund, der von Anfang an beteuert hatte, dass er mehr nie sein könne, wenn er auch zugeben müsse, mehr sein zu wollen, dass dieser ältere, außerdem noch bis zur Nicht-Erinnerbarkeit unscheinbare Mann, dass der in deinen hochgehenden Wortwechseln mit dem Dichter – davon gibt es eindrucksvolle Berichte – keiner Erwähnung wert war, ist nur zu verständlich. Es gibt also nichts, was ich zu dieser Beziehung zu sagen habe. Wäre ich nur halb so bekannt wie Dr. h. c. mult. Oliver Schumm oder halbwegs so berühmt wie der Dichter, dann wäre dieses Aufeinandertreffen so Inkommensurabler eine Meldung in der Spalte Kuriosa wert. Mir ist es als Datum und Faktum nachgerade zum Rätsel geworden.

Es hätte doch gereicht, dass ich nicht ohne Erfolg darum kämpfte und kämpfe, mir einzuprägen, dass ich dich nie mehr sehen werde. (Ich sitze nicht mehr bei Iris an der Kasse.)

Du bist ein wenig älter als Carlos Kroll. Solange ich noch mit ihm zu tun hatte, lebte er bei der elf Jahre älteren Dr. Anke Müller. Aber das weißt du inzwischen sicher genauer, als ich es dir sagen kann. Ich weiß aus seinen früheren Schilderungen, dass es immer seine Gewohnheit war, bei Frauen, die älter sind als er, einzuziehen und sie sich zu unterwerfen. Ich weiß, dass er das ohne Erfolg auch bei der Schweizer Verlegerin Melanie Sugg probiert hat. Sie jedenfalls behauptet, die vier Jahre, die er bei ihr einquartiert war, sei sie nicht seine Tag- und Nachtdienerin gewesen. Von Dr. Anke

Müller sagt das Gerücht, dass sie darunter leide, ihm hörig zu sein, aber sich dagegen zu wehren komme ihr angesichts seiner Genialität banausisch vor. Sie heißt ja nicht ohne Grund Madonna mit der Dornenkrone. Das Gerücht sagt, Carlos Kroll habe ihr diesen Titel verliehen. Die Vorgängerin der Madonna bei Carlos Kroll war übrigens eine, die mit Osteopathie zu tun hatte und seine Osteopathin war, als er zu ihr zog. Auch ihr gab er einen Namen, den er dann so oft wiederholte, bis ihn alle nachsagten, auch die Betroffene selbst. Sie nannte er: Märchen für alles. Deren Vorgängerin, eine Rechtsanwältin, nannte er: Das Gelbe vom Hai.

Mit welchem Namen er dich in seinen Kreisen etabliert, weiß ich nicht. Da ich mit ihm nichts mehr zu tun habe und seinen Kreisen ohnehin eher fremd bin, werde ich es wohl nicht mehr erfahren.

Nicht nur, weil ich weiß, dass ich nichts dagegen zu haben habe, mit wem du in einer wie auch immer genannten Beziehung lebst – ich habe wirklich nichts dagegen. Ich halte deine C. K.-Beziehung sogar für etwas, durch das prüfbar wird, ob ich bloß davon rede, dass ich dir niemals etwas vorzuwerfen habe, oder nicht. Ich werde nicht mehr so lange da sein, was soll's. Andererseits demonstriert mir gerade das – was ich empfinde, dass du, ich sage, ausgerechnet die Geliebte des Menschen bist, der mich verraten hat wie vorher noch keiner und keine –, ob ich dazu fähig bin oder mir das nur vormache. Eigentlich müsste mir doch alles gleichgültig sein. Ein Mach-doch-was-du-willst-

Gefühl dir gegenüber wäre jetzt fällig. Und ich möchte mich immer noch endlos beklagen über die schlichte Tatsache, dass du die Geliebte des Menschen bist, der … und so weiter.

Verzeih, liebe Sina. Es ist wirklich egal, wessen Geliebte du jetzt oder überhaupt bist. Für mich ist jeder Geliebte ein hinreichender Grund, mich zu entfernen. Ich fürchte nämlich, ich könne mich mit dem Umstand nicht, sagen wir, befreunden. Und unbefreundet bleibt dergleichen peinlich.

Soviel von einem, der noch nie so wenig berechtigt war zu sagen, was zu sagen er nicht aufhören kann.

                Mit hochachtungsvollen Grüßen,
                ein dir hinreichend Bekannter

            Montag, 29. Dezember 2014, 16:38 Uhr

Liebe Sina,

mein letzter Brief an dich ist wieder ein unabschickbarer Brief geworden. Jetzt also der Versuch, dir einen abschickbaren zu schreiben.

Dass du in den Händen dessen bist, der mich verraten hat – soll auf mich durch dieses gruselige Faktum ein solcher Reiz ausgeübt werden, dass ich vergesse, wie wenig Zeit mir noch bleibt? Dass ich tue, als lebte ich ewig?! Dass ich sinnlos kämpfe wie ein Lebendiger?! Ich kämpfe nicht mehr. Und gebe doch zu, dass ich wissen möchte, ob er dir gesagt hat, warum er mich verraten hat.

Dass du jetzt bei dem bist, das wirkt wie eine ungeheure Gelegenheit, eben das zu erfahren, was ich trotz Endstimmung noch erfahren möchte. Warum? Warum? Warum? Obwohl ich weiß, es gibt kein Warum. Es kann keinen Grund geben, der mir diesen Verrat verstehbar macht. Aber wenn er dazu etwas zu sagen hat, soll er's dir sagen. Dass du mit mir in Verbindung bist, weiß er nicht, hält er ja, wie du mir mitgeteilt hast, gar nicht für möglich. Aber wenn dir das lästig ist, lass es. Ich gebe zu: dass du bei dem gelandet bist, das kann nicht dadurch sinnvoll gemacht werden, dass ich durch dich einen Grund erfahre, den es nicht geben kann.

Sozusagen wie immer,
jener Theo

20

Montag, 5. Januar 2015, 23:54 Uhr

Lieber Theo,

ich hoffe, es ist dir gut ergangen. Weihnachten ist vorbei, Silvester ist vorbei. Meine Mutter verbringt Weihnachten und Silvester bis Dreikönig mit drei Freundinnen in der Wildschönau beim Langlauf. Gut so. Mir fiel es von Jahr zu Jahr schwerer, die unverwüstliche Tochter zu geben. Jetzt hocke ich hier mit acht Kerzen und einer Flasche Roederer, im Hintergrund läuft der Tango *Vida querida* von Osvaldo Fresedo, und ich versuche zu begreifen, wie ich immer wieder an den Punkt gelange, an dem ich meine Existenz nur noch als falsch erlebe. Da ist es wieder, was ich mit «in der Subjektivität gefangen» meine. Und ob mir der Roederer zu mehr verhilft, als während der vergangenen vier Wochen möglich war, ist ungewiss. Aber vielleicht ist ihm geschuldet, dass ich spüre, mich nur dir mitteilen zu können, sei es auch in einem unabschickbaren Brief. Das wird sich zeigen.

Eigentlich gibt es vom Tangofest in Rom nichts zu berichten, weil kein Schwein mit mir tanzen wollte. Bis auf an einer Hand abzählbare Ausnahmen, die in dreißig Stunden Milonga das Trauerspiel umso sichtbarer werden ließen. Mourad aus Dubai tanzte mehrmals mit mir. Er hat gesehen, wie es mir erging. Von wegen also: «Roma, ti amo!» Wohl eher: «Roma, scappare da te!!!» Ich musste mich beherrschen, um meiner Enttäuschung nicht den Raum zu gewähren, den sie beanspruchen zu können glaubte, und um ihr die Annexion meiner Fassade zu verwehren. Ich gegen die Enttäuschung, die ich bin – ich gegen mich. Nichts Neues. Mourad hatte zudem meine maghrebinischen Wurzeln erahnt, die Araber erkennen einander. Ich erkenne sie meistens auch, obwohl ich keine bin, und suche keinen Kontakt. Weil er so freundlich war, habe ich ihm ein paar biographische Eckdaten verraten. Meine Not nicht, aber dass ich meinen Vater nicht kennte und dessen Heimat Algerien nie gesehen hätte. Mourad erzählte, dass es in Algier keine offene Tangoszene gebe, aber eine im Untergrund, und dass er im vergangenen Jahr während einer Geschäftsreise dort an einer Milonga teilgenommen habe. Ich solle mal hinfahren, er wolle mir einen Kontakt herstellen. Ich verriet ihm dann noch, dass mein Vater bereits in den sechziger Jahren in Paris Tango getanzt habe. Das energetisierte ihn regelrecht. Am nächsten Morgen hatte ich die Daten als SMS auf dem Handy. Und das Bestechendste: Mourad verschaffte mir durch ein paar Telefonate mit Freunden von Freunden von Freunden einen Termin und ein Ad-hoc-Visum beim algerischen Konsulat in Rom. Ich hatte nichts zu verlieren, buchte den Flug. Den Namen des Dorfes wusste ich und dass die Berber dort Chaoui heißen.

Am Dienstag nach dem Festival bin ich mit Alitalia nach Algier geflogen. Manchmal ist es besser, wenn man nicht nachdenkt. Sonst hätte ich das nicht machen können. Die Terrorwarnungen und alleine mit einem Mietauto durchs Gebirge, und das im Winter. Und dazu vollkommen ignorant: sprachlich, geographisch, kulturell. Was hatte ich zu erwarten? In jeder Hinsicht Unvorstellbares. Und dass ich leise auf Rettung hoffte, habe ich mir ohnehin nicht eingestehen können. Ich suchte meinen Frieden am vielleicht unmöglichsten Ort, um ihn niemals finden zu können. Nachdem der Flieger das Mittelmeer überquert hatte, zog er vor der Landung eine Schleife über dem teilweise schneebedeckten Gebirgszug, der sich steil von der Küste bis auf über 2000 Meter erhebt. Da wurde mir mulmig. Denn irgendwo da unter mir und noch ein Stück weiter musste das Dorf Menaa, von dem ich nicht mehr als den Namen wusste, liegen. Mein erstes Ziel war die Autovermietung und ein Geländewagen mit Navigationssystem. Ich bekam einen Range Rover in Schwarz, buchte ein Hotel in Algiers Innenstadt, so nah wie möglich an der Altstadt, weil dort die Milonga sein sollte. Dann machte ich mich auf den Weg. Ich will mich jetzt nicht in den ganzen Details verlieren, mit denen Seiten zu füllen wären, weil mir alles, aber auch wirklich alles dort fremd war und mich die Fremdheit als Teil von mir selbst erleben ließ. Ich will nicht erzählen von dem Hotel Suisse, das etwas in die Jahre gekommen, aber immer noch am besten geeignet war, sich heimlich in eine vertraute Agatha-Christie-Szenerie zu denken; ich will nicht erzählen von meinem abendlichen Marsch durch die Gassen der Kasbah, bis ich die Adresse fand, die mir Mourad notiert hatte, das Haus einer zauberhaften Frau Mitte vierzig namens Amel, einer Sängerin, die mich sofort wie eine Freundin hereinbat, Tee und Kuchen servierte und die ich gerade noch davon abhalten konnte, sich mit ihrer Tochter in die Küche zu begeben und mit Kochen anzufangen. Die Milonga finde jeden zweiten Samstag ein paar Straßen weiter statt, im Hinterzimmer eines Buchladens, wo es sonst Lesungen und Kulturveranstaltungen gebe, also kommenden Samstag. Das wollte ich versuchen. Die Unterhaltung gelang mit Händen, Füßen, Englisch, Französisch, Deutsch und so weiter.

Zurück im Hotel, orientierte ich mich per Handy geographisch und beschloss, in der Nähe von Menaa schon von Algier aus ein Hotel zu buchen. Die nächstgrößere Stadt hieß Biskra und war ca. 50 Kilometer von Menaa entfernt. Der Rezeptionist übernahm am nächsten Morgen die Reservierung, und ich fuhr nach dem Frühstück los. Zur Adresse Hai El Messala in Biskra sollte mich das Navi bringen. Es widersprach nicht, Gott sei Dank. Biskra war gut 400 Kilometer entfernt, und dafür benötigte ich fast sechs Stunden. Ich fuhr gemächlich und konzentriert, achtete auf jeden Karren, jedes Maultier, jeden Fußgänger – die ich im Rückspiegel häufig stehenbleiben und mir neugierig nachblicken sah – und auf die Landschaft, grüne Täler, karge Steppe, Schluchten, Wasserläufe, mehrere betriebsame Ortschaften mit dicht von Dattelpalmen gesäumten Straßen und rundherum Berge.

Dann in Biskra. Auch dort jede Menge Palmen, oasenartig, das Hotel gleich an einem immensen, von vergangenen Regentagen zum Bersten gefüllten Wadi gelegen. Ich parke, trete in die Halle, werde sogar auf Englisch begrüßt und in ein geräumiges, ansprechendes Zimmer geführt. Viele Gäste scheinen nicht da zu sein. Mir egal. Ich falle aufs Bett, starre zur Decke, mein Kopf ist leer. Ich habe den Bezug zu mir und meiner Kurzschlusshandlung verloren. Rom unendlich weit weg, München sowieso und Algier ebenfalls. Ich bin im Nirgendwo. Und mehr brauche ich nicht.

Als ich aufwache, ist es dunkel geworden. Vor dem Fenster ein erleuchteter, von Palmen gesäumter Innenhof mit einem Swimmingpool. Ich öffne meinen Koffer, hole meine Toilettensachen heraus und gehe ins Bad unter die Dusche. Danach hinunter ins Restaurant. An ein paar Tischen sitzen größere Gruppen von Arabern mit Kind und Kegel und tafeln, an drei, vier anderen Tischen Paare. Insgesamt alles überschaubar. Ich setze mich an einen Tisch in der Ecke am Fenster. Der Kellner kommt mit einer Karaffe Wasser und gibt mir die Speisekarte. Viel sagen mir die Gerichte nicht. Der Kellner ist zwar freundlich, aber er kann mir nicht weiterhelfen. Dann ein Herr ungefähr meines Alters. Er stellt sich mir in gebrochenem Englisch und dann noch mal in perfektestem Französisch als Taoufik vor, er sei der Manager und hoffe, dass ich mich wohlfühlte. Wenn ich etwas wissen wolle über das Hotel, die Region oder ein Problem hätte, solle ich mich an ihn wenden. Da mein Problem gerade die Speisekarte ist, frage ich ihn nach einer Empfehlung. Chakhchoukha sei eine Spezialität von Biskra. Ich vertraue ihm. Wenig später bekomme ich einen mit kleinen dünnen Teigfladen ausgelegten Tontopf, darin eine pikante Soße mit Kichererbsen, Zwiebeln, Kartoffeln und Hühnerfleisch. Es schmeckt wirklich gut. Taoufik ist neugierig, kaum zu verhehlen. Also gehe ich einen stillen Deal ein: befriedige seine Neugier, soweit dies radebrechend möglich ist, und erhalte im Gegenzug Tipps für meinen Ausflug nach Menaa am nächsten Tag. Er kennt sich hervorragend aus. Er ist auch Chaoui, wie mein Vater. Als ich von meinen Plänen erzähle, werde ich anscheinend eine von ihnen. Welcome home, sagte er, und bienvenue chez toi. Und ob ich Arabisch spräche oder gar Chaoui. Und dass Gott mich beschützen solle. Und überhaupt will er viel wissen und erzählt voller Stolz. Ich wusste nicht, wie mir geschah. Ich sollte und könnte mich freuen, ein wenig erleichtert bin ich auch, aber es ist, als stülpte er mir eine neue Identität über. Auf einmal bin ich Chaoui. Das ist nämlich ganz einfach: Dein Vater ist Chaoui, du bist es auch! Punkt. Er bestellt Brot und Tee und Kuchen beim Kellner. Redet und redet. Umarmt mich von Zeit zu Zeit. Nimmt, als ich aufstehe, um zu gehen, mein Gesicht fest in seine Hände und drückt mir einen harten Kuss auf jede Wange. Ich sähe aus wie eine Chaoui, die Nase, die Haare, die Augen.

Die zweite Unterhaltung ohne gemeinsame Sprache bestritten!

Theo, ich weiß nicht, ob ich dir verständlich sein kann, wenn ich gestehe, dass ich, ohne Licht zu machen, die Tür hinter mir schloss, mich wie ein lebloser Sack aufs Bett fallen ließ und heulte. Jetzt wusste ich noch weniger, was eigentlich das Ziel meiner Reise werden sollte.

Ich bin früh wach am nächsten Morgen. Lebhaftes Vogelgezwitscher hat mich aus dem Schlaf geholt. Aber aufstehen mag ich nicht, bleibe liegen, stundenlang. Starre zur Decke und auf die kräftigen Palmenblätter vor dem Fenster. Gegen halb elf raffe ich meine müden Knochen zusammen, dusche, ziehe mich an und gehe hinunter. Mit einem Frühstück rechne ich nicht mehr und fürchte ein wenig Taoufiks herzliche Gastfreundschaft. Als ich in die Halle komme und Richtung Parkplatz eile, ruft jemand: Madame! Madame! Ich drehe mich um. Der Rezeptionist winkt mit einem Zettel. Der Chef habe *business* und bedauerlicherweise nicht auf mich warten können. Auf dem Zettel stehe eine Adresse in Menaa. Und ich solle mich dort hinsetzen. Er zeigt auf einen Glaserker mit orientalischen Teetischchen und Sesseln. Er bringt mir Frühstück. Dass ich ablehne, ist zwecklos, der Chef hat es befohlen. Also bekomme ich Kaffee, Milch, Fladenbrot, Butter, Marmelade und Datteln.

Beim Hinausgehen nicke ich dem Rezeptionisten freundlich zu, um mich zu bedanken und zu verabschieden. Sofort springt er auf, kommt mit Tippelschritten zu mir gelaufen, huscht vor mir durch die Tür und greift neben dem Eingang rechts nach einem Kanister. Dann weist er Richtung Parkplatz und tut, als ob er den Kanister leeren wolle. Ich verstehe, dass er mir das Auto betanken soll. Als ich den Wagen in Bewegung setze, sehe ich ihn mit dem leeren Kanister noch hinterherwinken, bis ich abbiege. Eine kurze Strecke fahre ich durch den Ort, dann den Bergen entgegen und stetig hinauf, etwa eine Stunde lang Richtung Norden, so sagt zumindest das Navi. Ich komme mir vor wie verpuppt in einem Faraday-Käfig. Ich könnte irgendwo sein. Alles zieht unwirklich an mir vorüber: Saharaocker, Steppenbraun, Tälergrün, Schluchtengrau, Gipfelweiß. Die endlose Straße windet sich um Berge, an deren Hängen Terrassendörfer kleben wie Adlerhorste. Die Wolken bieten sich an, gepflückt zu werden, und drücken auf eine poröse Erde. In den offenen Bäuchen der Gletscherspalten flattern Vögel über dem Grün. Oben die Wildheit, karg, rau; der Wind wütet durch widerspenstige Grashalme, im Lehmboden verankerte Jahrtausendbäume schlagen ihr Geäst weit in alle Himmelsrichtungen. Hier und da Schafe, Ziegen, Maultiere, Menschen. In der Ferne sehe ich einen schneebedeckten Gipfel, in zunehmender Nähe einen größeren Terrassen-Ort in Weiß und Ocker. Wohl mein Ziel. Da lässt die Wirkung meiner Faraday'schen Abschirmung auf einmal nach. Ich bremse, fahre immer langsamer, bis ich rolle. Mir fällt auf, wie sehr ich mit dem dicken Auto in dieser Umgebung auffalle. Und mir fällt auf, wie viele kleine Lokale in die Felsen am Straßenrand geschlagen sind, wie viele Herden blutender Schafe vor den mit einem Tuch kenntlich gemachten Eingängen abhängen. Ich nehme die nächste Felsnische, parke das Auto, betrete gewissermaßen todesmutig eine Kaschemme (tut mir leid, das beschreibt es), bewirke Zaudern und ernte unsichere Blicke, frage gestikulierend nach einem Platz und finde einen, der durch leichte Vorhänge von den beiden benachbarten Tischen abgeschirmt ist. Ich beschließe, zu Fuß nach Menaa zu gehen.

Nach einem schwarzen Tee, einem Lammspieß und einem kleinen Salat mit Weizenbrot zu einem Schamesröte hervorrufenden Preis atme ich tief durch und setze einen Fuß vor den anderen. Vor mir Menaa auf einem kleinen ovalen Berg, auf dessen Gipfel eine weiße Moschee. Als ich mich dem ersten ins Dorf hinein führenden Lehmweg nähere, starren mich fünf kleine Mädchen an, die unter einem monströsen Olivenbaum beschäftigt sind. Zwei rennen auf einmal fort. Ich gelange zum Baum, sie stehen vor mir mit einem Maultier an der Leine, machen freundliche Gesichter und rufen: Bonjour! Ich grüße zurück, bleibe stehen. Eine sagt etwas, dann die andere. Ich spüre nur, dass sie fragen, weiß aber nicht, was. Ich soll das Maultier streicheln, es dann am Halfter greifen, dann setzen sie sich in Bewegung, das Tier führt mich. Ich habe den Zettel von Taoufik dabei, zeige ihn den Kindern; er interessiert sie nicht.

Menaa ist ein Treppenlabyrinth, jedes Haus ein, zwei Meter höher als das andere. Ich will dich nicht langweilen, Theo. Ich merke selbst, wie ich mich um alles, was mir dort begegnet ist, herumwinde. Ich war einfach fremd, ein Fremdling, und das umso mehr, weil sie nicht wollten, dass ich fremd sei. Die Unselbstverständlichkeit plagt mich hier wie dort, ich bin die Beobachterin meines Lebens, meiner selbst und aller um mich herum und sehe, dass sie das oder das tun, ohne sich zu hinterfragen. Schöne Momente des Lebens sind für mich jene, in denen ich mich verhalten kann, ohne vorher oder nachher oder währenddessen damit zu hadern, was ich tue, als schaute ich der Figur eines Schattenspiels zu.

Eins der Mädchen beginnt auf einmal lauthals zu rufen und etwas mitzuteilen, daraufhin tritt ein anderes Mädchen, das zuvor vom Olivenbaum fortgerannt war, aus einem Hauseingang, verschwindet wieder und zieht eine alte Frau am Ärmel ihres grünen Gewandes heraus. Sie heult verzweifelt auf, schlägt sich die Hände vors Gesicht, dann zerrt sie mich am Handgelenk über die Schwelle ins Innere des Hauses. Alles, was sich nun an Wirbel vor einem lodernden Ofen abspielt, ist hinter einem Schleier in meiner Erinnerung. Die alte Frau ist eine ältere Schwester meines Vaters, also meine Tante. Es sind hauptsächlich Frauen und

Kinder zugegen, darunter auch zwei jüngere Schwestern. Sie reden aufgeregt, die ältere Tante schreit manchmal, jammert laut und weint, reckt Hände und Gesicht gen Himmel. Ich verstehe den Namen meines Vaters, Sabri. Die jüngeren halten sie dann stumm. Es fällt der Name Taoufik. Offenbar kennen sie ihn, und ich vermute, sie waren über mich und meine Ankunft informiert. Obwohl ich nichts verstehe, begreife ich, mein Vater ist tot, ermordet, in Frankreich und nicht in die Heimat überführt. Ich soll mich setzen auf einen dunklen, rot gemusterten Teppich, Frauen, die die Tante streicheln, mich auch; es wird gekocht und Brot gebacken, Gewusel, Geschnatter, Gejammer. Ich schaue mich um, hoch zur Holzdecke, die Treppe hinauf auf den Dachboden, dort dicke Knoblauchzöpfe zum Trocknen aufgehängt. Ich werde bewirtet wie eine Königin mit Lammkoteletts, Spießen, köstlichem warmem Fladenbrot, dann Kuchen und Tee. Was können die dafür, dass ich sie nicht verstehe? Das kommt ihnen auch gar nicht in den Sinn.

Dann treten zwei Männer ein, einer bleibt gleich im Eingang stehen. Die ältere und eine jüngere Schwester nehmen mich zwischen sich, drücken mich zur Tür hinaus, eine weitere jüngere Frau, zwei der Mädchen und die beiden Männer laufen zügigen Schrittes eine Gasse hinab zu einem klapprigen Pick-up. Die Männer, die alte Frau und ich zwängen uns auf die Vordersitze, die anderen klettern auf die Ladefläche. Der Wagen setzt sich holpernd und knarzend in Bewegung. Bald rechts unten eine Schlucht, Kalk, das Grün der Bäume auf rotem Lehm, ein Wasserlauf in der Tiefe, kurz abwärts, dann ein paar hundert Meter hinauf. Nach einer Viertelstunde hält der Wagen vor einem Schlachtfeld aus Lehm. So alt und hutzelig die Tante, so sehr vom Schmerz gebeutelt – Kraft hat sie. Sie zieht mich am Ärmel mit festem Griff hinter sich her. Ich stolpere mit. Vorbei an Haufen aus Stein und Marmorstücken, die offenbar einmal Grabsteine waren. Mal biegt sie links ab, mal rechts, die anderen folgen, bis sie schließlich stehenbleibt. Was soll das bedeuten? Mein Vater kann dort wohl nicht begraben sein. Sie gestikuliert energisch in meine Richtung und weint abermals laut. Dann tritt einer der jüngeren Männer an meine Seite und macht mir verständlich, dass dort ihr Vater, also mein Großvater, liege, gefallen im Krieg. Und mit einer Bewegung zeigt er, dass mein Vater vor dem letzten Krieg nach Frankreich geflüchtet sei. Ich begreife nach einer Weile, dass sie und mein Vater Zeugen geworden sind, wie mein Großvater von französischen Panzerdivisionen umgebracht wurde, und später ist auch der Friedhof, seine Gedenkstätte, in diesen Zustand bombardiert worden. Die Augen der Tante, sie sind hellblau, erzählen die Geschichte. Als ich mich, wieder zurück im Dorf, verabschiede, drücken sie mir einen kleinen Teppich, einen Armreif und ein paar Stücke des süßen Gebäcks in die Hand, umarmen, küssen, beschwören mich. Wirklich verstehen tue ich nur: Bienvenue chez toi! Gott sei Dank schaffe ich es dann doch, alleine zu meinem Auto gehen zu dürfen. Die tiefstehende Sonne bescheint mit letzter Kraft den schneebedeckten Gipfel.

Es dämmert, als ich auf den Parkplatz des Hotels fahre. An der Rezeption vorbei, bonsoir, Madame, ich erwidere, ohne stehenzubleiben, bonsoir und gehe ins Zimmer. Erst duschen, sehr heiß, dann aufs Bett und eingeschlafen. Als ich erwache, ist es draußen stockfinster, vor dem Fenster die von einem Scheinwerfer beleuchteten Blätter der Dattelpalme. Es ist, als kehrte ich aus einem anderen Universum zurück. Ich ziehe mich an, gehe hinunter. Hunger habe ich nicht, aber ich hoffe auf Rotwein. Ich gehe ins Restaurant, an denselben Platz wie am Tag zuvor, der Kellner stellt mir Brot, Oliven und eine Karaffe Wasser auf den Tisch, ich sage: Vin rouge, er zeigt keine Regung. Kurz darauf erscheint Taoufik, begrüßt mich freudig, setzt sich wie am Tag zuvor mir gegenüber, gibt dem Kellner Anweisungen und beginnt, sich wie am Tag zuvor ohne eine gemeinsame Sprache nach meinem Ausflug zu erkundigen. Es wird aufgetischt, einen wunderbaren Rotwein gibt es – tragischerweise haben wir den regionalen Wein letztlich den Franzosen von damals zu verdanken – und die eine und andere Köstlichkeit. Ich versuche, mich mit Englisch, Deutsch, Gesten, Brocken von Spanisch, Französisch, Italienisch verständlich zu machen. Anscheinend hatte ich mehr offenbart, als mir bewusst war. Anders war mir nicht erklärlich, was Taoufik, als er irgendwann einen schwarzen Kuli und eine Papierserviette nimmt, zu zeichnen beginnt. Dann noch eine Serviette. Als er sie mir beide herüberschiebt, sehe ich auf der einen das Gesicht einer Frau, der von einer gewaltigen Hand die Augen zugehalten werden. Vor ihr ein Glas Wein. Unter der Hand rinnen Tränen herab. Im Hintergrund sich auftürmende Häuser, an deren stufenartiger Anordnung mit dem Turm auf dem Gipfel ich Menaa wiedererkenne. Daneben Gesichter, dämonisch, ihnen scheint die gewaltige Hand zu gehören. Auf der zweiten Serviette ein trauriges Gesicht im Profil – ja, es könnte meins sein, die gebogene Nase, das gerade Kinn –, ganz nah am Kopf ein Paar, das Tango tanzt. Pour Zina, sois toujours la bienvenue chez toi, dans le bled de ton père. Avec des pensées affectueuses et amicales, Taoufik. 15.12.2014, Biskra, Aurès. (Er schreibt meinen Namen mit z, die französische Schreibweise.)

Wie das alles genau zusammenhängt, erfahre ich erst in Algier beim Tango – von Momo, der eigentlich Mohammed heißt, einem Informatiker bei der ESA in Paris mit Stationen in Madrid, Französisch-Guayana, Argentinien, einem Weltenbummler, einem Tangotänzer, sogar Tangolehrer, einem Chaoui aus Menaa, einem Bekannten von Taoufik und so weiter. Und der Erste, mit dem ich Englisch sprechen kann. Taoufik hat ihn über mein Kommen und deutlich mehr unterrichtet.

Ich bleibe im Hotel Suisse, nachdem ich abends in Algier eingetroffen bin. Ich esse noch eine Kleinigkeit im Hotelrestaurant und rufe Momo an, um mich für den nächsten Tag, den Milonga-Samstag, mit ihm zu verabreden. Er holt mich vor der Milonga zum Essen ab und führt mich in ein feines, libanesisches Restaurant. Kaum am Tisch, redet er lange angeregt mit dem Kellner, dann kommen Unmengen kleiner Töpfchen und Tellerchen mit den tollsten Sachen, deren Zutaten und Zubereitung er mir ausführlich erklärt. Nur der Wein ist französisch, sonst alles arabisch. Ein paar höfliche Fragen stellt er mir, auch über Tango. Dann erzählt er von seinen Reisen nach Buenos Aires und Montevideo während seiner Zeit in der Andenregion Argentiniens und in Französisch-Guayana, die Arbeit langweile ihn mehr und mehr, gebe ihm aber Freiheit für seine Tangoleidenschaft. Inzwischen assistiere er seinem argentinischen Lehrer in Buenos Aires schon hier und da. Als ich sage, dann könne er ja auch mich unterrichten, stimmt er sofort mit leuchtenden dunkelbraunen Augen zu und schlägt den nächsten Vormittag vor, dann Mittagessen, dann werde er mich zum Flughafen bringen, denn mein Flug geht am Abend. Kurz bevor zum Abschluss der Tee aus einem schnörkeligen Silbersamowar serviert wird, sagt er noch, dass unsere Väter und der von Taoufik damals in Paris zusammen gewesen seien. Er und Taoufik seien in Paris geboren, hätten die Kindheit dennoch überwiegend mit den Müttern in Menaa verbracht. Erst für die weiterführende Schule seien sie nach Paris zurückgekehrt. Er sei geblieben, Taoufik habe nach einem Kunststudium das

Hotel in Biskra und inzwischen noch einige andere Geschäfte in Algerien eröffnet. Alte Freunde also. Morgen mehr. Jetzt müssten wir los.

Als wir die Tür öffnen und den in warmes Licht getauchten Tanzsaal betreten, erklingt das süße Geigenpizzicato aus Osvaldo Fresedos *Tigre viejo*. Sofort wird diese magische Stimmung durch und durch – in Kopf, Herz und Beinen – spürbar, eine Stimmung, in die der Tango einen offenbar weltweit hüllen kann. Amels Tochter sitzt an der Kasse. Wir wechseln in der Garderobe die Schuhe. Ich schaue mich um. Es ist ruhig, für arabische Verhältnisse sehr ruhig, die Leute tanzen jetzt zu Fresedos *En la huella del dolor*. Dann kommt Amel zu mir herüber, begrüßt, umarmt und küsst mich. Was sie sagt, kann ich sehr gut erahnen. Momo bringt mir eine Kalebasse mit Matetee und bietet mir einen Platz an einem kleinen Tisch an. Er setzt sich auf die andere Seite. Ich schaue herum, fühle mich wohl, für mich allein in der Musik. Als die Tanda zu Ende ist (du weißt ja wahrscheinlich, dass mit einer Tanda ein Set von drei oder vier Liedern gemeint ist, anders als in München oder Rom ist es hier nicht), erklingt arabische Musik. Die Tänzer verlassen diszipliniert die Tanzfläche. Dann der Walzer *Yo no sé que me han hecho tus ojos* von Francisco Canaro. Ich schaue zu Momo, er zieht die Augenbrauen freundlich hoch und nickt mir zu. Am Rand der Tanzfläche stellt er sich mir gegenüber, legt seine rechte Hand um meinen Rücken, reicht mir seine linke Hand – er duftet. An seinem Atmen merke ich, wie er die Energie durch den gesamten Körper schickt und mich damit umschließt. Dann spüre ich an seinem Oberkörper, dass er unseren ersten Schritt vorbereitet. Wir beginnen ruhig zu fließen, erst gehend, uns manchmal leicht drehend. Keine Bewegung, in die er mich nicht hineinnimmt. Ich habe nicht mehr das Gefühl, dass mir ein einziger Schritt misslingen könnte, deshalb nehme ich Erdung auf und lasse jeden meiner Schritte von dieser Kraft durchdringen. Alles geht und dreht sich wie von selbst, ein Pingpong-Spiel der Impulse, der Tempi, der Spielereien, ein Spiel zu dritt – die Musik, er, ich –, das immer wieder in einen gemeinsamen Schwung mündet und Mut für rasante Drehungen im Inneren der Achse macht. Je konzentrierter auf die Mitte, desto mehr zum Fliegen geeignet. Was ist da los? Ich kann es dir nicht sagen, kann es mir nicht sagen, brauche nichts zu sagen.

Theo, das ist ein unvergesslicher Abend für mich. Noch nie hat sich ein Tänzer so in mich hineingefühlt, mich mit seinen Bewegungen und seinem Atmen so getragen und mir solch immensen Tanzmut gespendet. Und Amel, diese herzliche Frau, sang von zwei Musikern begleitet einige arabische Tangos. Ja, richtig, arabisch! Besonders berührt haben mich Lieder des algerischen Sängers Lili Boniche. Bei *Ana el owerka* kämpfte ich mit den Tränen, so wunderschön war es.

Ja, Theo, jetzt kommt so etwas wie mein Epilog. Du musstest lange genug darauf warten. Da passt es, dass mir Momo in der Unterrichtsstunde am nächsten Vormittag eine vollkommen neue Lauftechnik erklärte, die mich erst einmal gehunfähig gemacht hat. Bei jedem Schritt soll ich die Hüfte auf der Seite des freien Beins senken, während ich mich mit dem Fuß des Standbeins – das wusste ich aber schon – fest vom Boden abstoße. Das Senken der Hüfte ist eine koordinatorische Herausforderung, hilft der Stabilität der Achse aber tatsächlich enorm, wenn es denn mal klappt, und macht den Gang weich und fließend. Das übe und übe ich, damit ich endlich, ohne zu straucheln, wieder sicher gehen kann. Und ich probiere und probiere und probiere, eine Haltung zu entwickeln, damit ich leben kann – mit dem, was ich dann von Momo und von Taoufik durch Momo über meinen Vater erfahren habe. Ich mache es kurz. Denn so habe ich, was mich schon fünfzig Jahre nicht loslässt, ohne es zu wissen, erlebt: kurz, hart, unerbittlich.

Für die Tangostunde war Momo mit mir in sein am Meer gelegenes Elternhaus am östlichen Rand von Algier gefahren. Danach in ein Restaurant über der Küste in den Ausläufern des Atlasgebirges, glaube ich. Wieder bestellt er für mich mit, dieses Mal eine dünne, pikante Suppe mit reisförmigen Nudeln, dann Fisch, gegrillte Rotbarbe, und Salat, dazu einen leichten Rosé aus dem angrenzenden Tunesien. Er kommt mir ernst vor, viel ernster als zuvor, wahrscheinlich muss er sich Mut antrinken, deshalb schon mittags der Wein. Er fängt an, man könne ja fast denken, es handle sich um einen unbeschreiblichen Zufall, dass ich Taoufik und dadurch dann ihm begegnet sei, einen Zufall von einer Qualität, die einen wieder gläubig werden lassen könne. Denn laut Koran gebe es keine Zufälle, alles sei von Allah bestimmt. Dann wollte er mir – zwischen Suppe und Fisch – die E-Mail vorlesen beziehungsweise aus dem Stegreif, so gut es gehe, übersetzen, mit der Taoufik mich bei ihm angekündigt hat.

Mein lieber Mohammed,
es ist etwas Merkwürdiges geschehen. Ich habe Besuch bekommen. Zunächst habe ich die Zusammenhänge mit uns gar nicht gesehen, war einfach gastfreundlich und hilfsbereit, wie es meine Pflicht ist. Inzwischen habe ich verstanden, dass wir beide die Einzigen sind, die Licht in ein ganzes Schicksal bringen können und deshalb wohl auch müssen, so meine ich. Wir sind nun Teil des Schicksals dieser Frau, die in mein Hotel gekommen ist. (Hier unterbrach Momo und fragte, ob ich jemals das Wort *maktub* gehört hätte, ein Schlüsselwort des Islam, das Wort für Schicksal, das wörtlich *es steht geschrieben* bedeute, das Gegenteil von Zufall. Ich musste verneinen.)

Natürlich sagte mir der Name ihres Chaoui-Vaters etwas. Ich gab ihr die Adresse der Familie, der Schwester, in Menaa und kündigte sie dort an. Erst die Reaktion der Schwester am Telefon, die mir zu verstehen gab, dass niemand etwas von der Existenz einer Tochter wusste, brachte mich, wenn auch langsam, zum Nachdenken. Sie heißt Zina, kommt aus Deutschland und – jetzt setz dich hin! – sie ist die Tochter von Sabri Guerfi! Wenn er überhaupt selbst etwas von einer Tochter gewusst hat, so hat er es offenbar sogar seinen engsten Freunden verschwiegen. Wir können nicht mehr fragen. Warum nur kommt sie erst jetzt, zwei Monate nachdem auch du deinen Vater beerdigen musstest? Unsere Väter sind tot, alle drei. Und wir sind auch nicht mehr ganz jung – alle drei! Und deshalb wird es Zeit und ist es unsere Pflicht, dass wir Zina ihre Herkunft und ihre Wurzeln nicht verschweigen. Ich konnte mich ihr nicht in der Form verständlich machen, die ihrer Geschichte gebührt. Deshalb bitte ich dich darum, mein Freund. Ihr habt ja noch mehr Gemeinsamkeiten als die Freundschaft unserer Väter, nämlich Tango. Das und anderes habe ich ihr schon angedeutet in einer Zeichnung. Außerdem hat sie den Schmerz ihrer Tante erlebt und die verwüstete Grabstätte ihres Großvaters gesehen. Also klär sie auf, dann wird sie ihren Besuch in Menaa begreifen …

Von Momo erfuhr ich dann, sie hätten Schlimmes mit angesehen, die Tante und mein Vater, sie hätten gesehen, was ihrem Vater 1945 widerfahren sei. Da war mein Vater gerade acht oder neun, seine Schwester fünfzehn, sechzehn. Dass dann abermals Krieg ausbrach, ertrug Sabri nicht. Mit knapp zwanzig flüchtete er nach Frankreich. Und dabei scherte es ihn offenbar nicht, dass er ins Land des Feindes floh. Hauptsache fort. Die Achtung vor den Franzosen hatte er verloren, obgleich sie ihm Zuflucht gewährten, einen Schulabschluss und sogar ein Medizinstudium ermöglichten. Er war ihr Feind, umgeben von Feinden. Kurze Zeit später kamen auch Taoufiks und Momos Vater nach Paris. Sie waren gewissermaßen eine Schicksalsgemeinschaft und verbrachten viel Zeit miteinander. Dennoch, so Momo, sei mein Vater vom Krieg am deutlichsten gezeichnet gewesen. Die Väter der anderen begannen ein ziemlich normales Leben mit Studium, Beruf, algerischen Ehefrauen und mehreren Kindern. Mein Vater war dazu offenbar nicht imstande. Er war gescheit, auch erfolgreich als Chirurg. Aber außer im Kreise seiner beiden Chaoui-Freunde, könne man sagen, eiskalt. Er hatte eine Affäre nach oder neben der anderen und ein paar Männerfreundschaften, in denen man sich auch noch im fortgeschritteneren Alter mit Trophäen brüstete.

Darüber wurde in unserer Familie hin und wieder gesprochen, sagte Momo, voller Sorge und Hilflosigkeit. Dass er schon fünfzehn Jahre tot ist, weißt du?

Ich nickte.

Umgebracht.

Ja.

Wir wissen nichts Genaues. Der Mörder wurde nicht gefasst. Es ging nur das Gerücht, er sei ein Opfer von Selbstjustiz geworden. Vielleicht ein Behandlungsfehler oder etwas Privates. Wir haben es nicht erfahren.

Soll einen da noch etwas wundern, Theo?

Momo sagte noch, dass sein Vater und der von Taoufik sich um eine Überführung bemüht hätten in der Hoffnung, Sabri könne wenigstens nach dem Tod Frieden in der Heimat finden. Doch mein Vater hatte so etwas offenbar schon vorher zu verhindern gewusst und testamentarisch verfügt, sein Leichnam solle der Pathologie als Körperspende übergeben werden. Die für die Einäscherung der unbrauchbaren oder übriggebliebenen Körperteile anfallenden Krematoriumskosten hatte er hinterlegt. Da sei nichts zu machen gewesen.

Was für ein Mensch!?!

Theo, ich kann nicht mehr.

Bis hierhin für heute und nachträglich noch Prosit Neujahr!

Sina

Dienstag, 6. Januar 2015, 11:17 Uhr

Liebe Sina,

ich müsste mich gar nicht so sehr verstellen, dann könnte ich schwärmen von deiner Algerien-Erzählung. Ich könnte sagen, dass du mir fast unheimlich geworden bist, weil du so weit hineingefunden hast in die Herkunft deines Vaters, also in deine Herkunft. Eine längst wartende Liebe kommt endlich hin, wo sie herkommt. Geradezu heimisch bist du geworden. Aber wenn ich mich nicht verstelle, kann ich nur auf deine Tango-Erlebnisse reagieren. Und ich bin eifersüchtig wie noch nie. Deine Beziehung mit Carlos Kroll, geschenkt. Aber wie dieser Mohammed, genannt Momo, die Energie durch seinen ganzen Körper schickt und dich damit umschließt! Dir kann kein einziger Schritt mehr misslingen, du nimmst Erdung auf und lässt jeden deiner Schritte von dieser Kraft durchdringen! Dann geht und dreht sich alles von selbst! Rasende Drehungen im Inneren der Achse! Wo das wohl ist, dieses Innere der Achse! Noch nie hat sich ein Tänzer so in dich hineingefühlt! Dich mit seiner Bewegung und seinem Atmen getragen und dir so Tanzmut gemacht! Das sind ja alles deine Wörter! Liebe Sina, du weißt, dass ich weiß, dass ich keinen Anspruch habe, weder Recht noch sonst was. Wir haben weder Zeit noch einen Ort für irgendwas. Warum also dieses dümmste aller menschenmöglichen Gefühle, diese Eifersucht?! Es hat keinen Sinn zu verbergen, wie mir diese Tangodurchdrungenheit wehtun möchte. Ich habe schon immer empfunden, dass ich dir gegenüber andauernd eine Vernunftmaske tragen muss, die mir wehtut. Jetzt, als ich diese Tango-Intimität zu erleben hatte, ist es mir zu viel geworden. Du hättest, wenn du die Nacht mit Momo (schon dieser Name!) verbracht hättest, das wahrscheinlich gestanden. Wahrscheinlich! Du willst mich schützen. Auch vor mir selbst. Ich darf sagen, dass ich auf die Sonne, solltest du dich ihr nackt bieten, eifersüchtig sein könnte. Ich beherrsche mich. Aber wie du dich dort hast umschließen, wiegen und durchdringen lassen, das darf mir, bitte, etwas ausmachen.

Das meldet der in den Käfig des Möglichen gesperrte

Theo

Dienstag, 6. Januar 2015, 14:01 Uhr

Tut mir leid, Theo,
alles missverstanden. Aber egal.
    Adieu!

Donnerstag, 8. Januar 2015, 23:33 Uhr

Liebe Sina,
irgendwann habe ich irgendwo gelesen, Kafka habe geschrieben: *Einmal dem Fehlläuten der Nachtglocke gefolgt – es ist niemals gutzumachen.*

Sich zu entschuldigen ist sinnlos. Mir kann nicht vergeben werden, dass ich den Sprachzärtlichkeiten deiner Tango-Erzählung verfallen bin! Ich kann das nicht zurücknehmen. Aber dass ich dein dort erlebtes Schicksal als Fremde nicht, überhaupt nicht bemerkt habe, kommt mir jetzt, nachdem ich dein Algier dreimal gelesen habe, grotesk vor. Ganz unverständlich! Heimisch, habe ich geglaubt, seist du dort geworden, weil du so stimmungsreich, farbenreich und wortreich die Menschen und alles um sie herum geschildert hast. Dabei hast du es erlebt, als werde dir eine neue Identität übergestülpt! Ich habe dich bewundert, weil du doch herzliche Teilnahme erlebt und beschrieben hast. Jetzt lese ich, du seist dort einfach fremd gewesen, ein Fremdling. Den Satz, die Unselbstverständlichkeit plagt mich hier wie dort, habe ich, von der Tango-Intimität betäubt, nicht wahrgenommen. Und deine Haltung: Was können die dafür, dass ich sie nicht verstehe?

Du hast alles Mögliche über deinen Vater erfahren, es hat dich in keine Nähe gebracht. Dein Schluss: Theo, ich kann nicht mehr. Also, dass ich mich schäme, wie ich mich noch nie geschämt habe, hilft nichts. Hilft dir nichts. Ich möchte dich aufnehmen! Einfach deine Fremdlingshaftigkeit mindern. Sei ein winziges bisschen weniger fremd, wenn du an uns denkst, die einander gesehen haben, als sie nichts von einander wussten, und die einander jetzt, da sie eine Ahnung haben von einander, nicht mehr sehen werden! Weil ... Weil alles so verdammt ist, wie es ist. Lass dir meine Wörter gefallen. Das ist komisch: Wenn ich an dich denke, wäre ich immer gern ein Dichter. Obwohl ich keiner bin, kann ich, wenn ich an dich denke, nicht anders: Ich muss dichten. Verzeih! In meinem unabgeschickten Brief vom August letzten Jahres habe ich dir ein Geständnis gemacht, das ich jetzt einfach wiederhole. Ich schrieb: Sie sei ein Schönheitszwang. Er wolle ihr, nur ihr, andauernd etwas Schönes sagen. Kurz, er wäre ihr gegenüber am liebsten ein Dichter. Das sind doch die, die alles so schön sagen, wie es nicht ist. So einer zu sein beziehungsweise so einen zu imitieren zwinge sie ihn. Unwillkürlich.

Nämlich:

Welt reimt sich auf Sinn,
wie sich Blüte auf Liebe reimt.
Ich fühle, dass in mir
immer etwas keimt.

Soviel damals. Du kannst auch sagen, ich fliehe wieder ins bloße Wörtliche. Heute in:

Die Elegie

Silberne Mähnen wehen von den Hälsen
eingebildeter Pferde. Wie Musik entsteht,
wird vorstellbar. Der Himmel
erklärt sich für einen Augenblick.
Der Sinn der Schöpfung sind wir,
du und ich, zum Sterben geboren.
Ich muss lachen. Muss ich nicht?
Ich muss. Mit dir.

Stottern im Windkanal des Schicksals.
Die Fetzen donnern durch die Welt.
Erwürgte Zärtlichkeiten faulen am Weg.
Die Vernunft tanzt auf dem Trampolin Tango.
Der Folterer grinst und klatscht Beifall.

Wir irren aufwärts in die Welt
der Täuschungen, zugeklebt unsere Augen
mit Schmetterlingsflügeln. Unsere
Leichen blühen und lassen erglühen
das Eis der Unsterblichkeit.

Ich würde gern schweifen. Wiesen kämmen,
Tiere streifen, Stämme stemmen.
Nur dass du mich sähst, dass ich spürte, du gehst
mit mir ins Weglose, ich der Dorn und du die Rose.
Dann soll das Schicksal uns pflücken, dass wir zusammen den Traum
von der Liebe schmücken. Und enden in der Phan-
   tasie
something evermore about to be.

                                Dein so genannter Theo

21

Freitag, 9. Januar 2015, 21:49 Uhr
Lieber Theo,
es läuft noch mehr zusammen als wir, du und ich, für möglich halten. Mir ist allmählich eine Identität bekannt geworden, die ich von woanders her zu kennen glaube. Du schreibst wie ein gewisser Franz von M., und dir antwortet eine gewisse Aster. Ihr wurde der Verrat als Todeswunsch-Grund genannt. Und Irreversibilität als ersehnter Zustand.

Sind wir es jetzt, du und ich!?!? Ich finde, das sei, obwohl es in der Todeszelle stattfindet, ein Grund zum Jubeln. Der Grund, warum das Genie dich so exemplarisch verpfiffen hat, ist dagegen doch nur halbwichtig. Finde ich! Über alles andere ein anderes Mal! Heute feiere ich mit dir Reunion. Überhaupt Union-Union-Union.

Deine Aster-Sina

Freitag, 9. Januar 2015, 23:17 Uhr
Liebe Sina,
darauf hätte ich kommen müssen, kommen können! Wie immer schaffst du mehr als ich, bist du findiger als ich, bist du die Gescheite, Kluge, Schlaue, Supertolle! Und ich der tapsige Nachplapperer. Obwohl mir doch wirklich auffällt, dass du wie Aster Kleider

Klamotten nennst, und obwohl mir von jener Mittelmeerischen berichtet wurde, dass sie zum Herrn alles Hiesigen Halt die Klappe! gesagt hat, und obwohl sie ihrem Brieffreund Theo am Schluss eines Briefes hoch und hell schreibt, dass ihr Über-Ich jetzt sage: Halt die Klappe, Kleine! – obwohl ich also Indizien noch und noch hatte, mir fällt so etwas auf, aber ich fange damit nichts an. Ich bin eben von Anfang an angewiesen darauf, dass man mir die Welt erklärt. Ich bin arglos. Mein Vater hat mir immer alles erklärt. Dass du nicht auf Ideen kommst, hat er immer gesagt. Jetzt bist du dafür da. Das gesteht dir

                       der Abhängige

PS: Ich bin stolz darauf, dass mich meine Liebe tatsächlich blind macht. Dass Franz von M. von Aster genauso abgekanzelt wurde wie ich von Sina (Tut mir leid, Theo, alles missverstanden. Aber egal. Adieu!), das hätte mir sonst die Augen öffnen können.

PS 2: Ach Sina, du und Aster eins, das ist mehr, als wenn Franz von M. und Theo Schadt eins sind. Du und Aster eins! Ich habe dich ja – es ist lächerlich genug – mit Aster ein bisschen betrogen. Obwohl sie mir ununterbrochen strengstens die Leviten gelesen hat – ich sei ein Leichtgewicht, ein Romantiker und so weiter –, habe ich sie für ihre Sätze geliebt. Wollte wissen, was sie anhat, wenn sie so schreibt. Und jetzt bist das alles du!!! Du hast diesen Aster-Hintergrund! Die

Irreversibilität! Du hast die Gruft-Predigt verfasst! Sina, Sina, Sina, was denn noch! Je unmöglicher es wird, dich zu erreichen, desto heftiger ziehst du mich an. Und willst das natürlich überhaupt nicht. Und das wirkt dann noch viel mehr. Sina, wenn ich dich je sähe – was niemals stattfinden soll –, würde ich dich sofort totküssen und daran sterben. Es muss ja sein. Aber im Konjunktiv darf ich dich lieben! Dafür gibt es doch den Konjunktiv! Ich würde würde würde mit dir abhauen ins Nirgendwo! Schwimmen würde ich mit dir ins Märchenmeer. Wir würden Jorinde und Joringel und Schneeweißchen und Rosenrot grüßen, wir, Aster und Sina und Franz von M. und Theo, wir, Sina, das absolute Quartett, Sina, ich muss aufpassen, ich hebe ab, stürze dir voraus, liebste Sina, du bist die Unmöglichkeit in Person: Ich werde deine Unmöglichkeit bekämpfen. Mit dem Konjunktiv! Und, wenn's nicht anders geht, mit dem Indikativ!

                                        Dein indikativischer Theo

22

Theo, übernimm du. Das Unausdrückbare erzählen. Fühl dich überfordert, aber versuch's.

Sina rief an.

Zum ersten Mal telefonierten sie. Kroll ist tot. Sie hat alles schon hinter sich. Er ist bei ihr gestorben. Am Freitag.

Sie hätte ihn wie immer um halb zehn weggeschickt, wäre dann zu ihrer Milonga gefahren, ins La Tierrita in Giesing. Zu Johanna und Jürgen. Weil die immer noch so tun, als schätzten sie, dass sie kommt.

Carlos Kroll war gegen fünf bei ihr, wie immer am Freitag. Er habe seinen mitgebrachten Matcha-Tee getrunken. Den mache sie immer genau so an, wie er es ihr beigebracht habe, das Pulver in der Schale erst mit ein paar Tropfen kaltem Wasser anrühren, dann das vom Kochen schon wieder abkühlende Wasser drauf und dann schlagen mit dem Bambusbesen, bis es schäumt. Er sieht beobachtend und schon genießend zu. Weil ihr dieser Tee auf die Nerven geht, trinkt sie ihren Champagner. Pralinen gegessen haben beide. Den Tee trinkt er immer feierlich. Fast zeremoniell. Heute sagte er, nachdem er den Tee getrunken hatte, er möchte auch ein Glas Champagner. Dann trank er auf ihre Taufe. Endlich habe er einen Namen gefunden, der ihr gerecht werde: Schöne mit Schuss! Sie hatte gegen diese Benennung nichts einzuwenden, ja, sie war sogar ein bisschen stolz darauf, dem Genie Anlass zu einer schön-frechen Wortfindung gewesen zu sein. Auf jeden Fall sei sie besser weggekommen als die brave Osteopathin, das Märchen für alles, und die gierige Scheidungsanwältin als das Gelbe vom Hai. Also trank sie fröhlich mit.

Als er der Madonna mit der Dornenkrone den neuen Namen serviert habe, sei sie ihm um den Hals gefallen. Da sei ihm erst klar geworden, dass seine Benennungen meist erst stattfanden, wenn er die so Genannten halbwegs hinter sich hatte. Nur die Madonna mit der Dornenkrone hat ihre Benennung bei ihm überlebt. Er musste der Madonna sagen, dass die Schöne mit Schuss noch nicht vorbei sei. Er sei ja noch gar nicht eingezogen bei ihr. Und das sei doch immer die Bedingung für ein bisschen Auszeit. Er warte von Freitag zu Freitag darauf, dass sie sage, jetzt könne er kommen. Und dann kommst du nicht, habe die Madonna gesagt, die Malserin ist unter deinem Niveau. Statt mit ihrem Namen nenne sie Sina immer mit dem Straßennamen. Jetzt musste er daran erinnern, dass er Zwang nicht ertrage. Er warte auf den Freitag der Erfüllung. Deinen Karfreitag, habe sie gesagt. Er habe sie ausgelacht.

Dann er zu Sina: Kann ich kommen? Sie erinnerte an ihren Brieffreund. Den nahm er wieder nicht ernst. Zehn Brieffreunde, bitte! Solange keiner bei ihr wohne! Sie habe sich wieder beherrschen müssen, ihm nicht zu sagen, wer das sei, ihr Brieffreund. Er war auch schon dabei zu schildern, wie Oliver Schumm auf den neuen Namen reagiert habe. Genial, rief der. Drei Wörter, und das ist sie ganz und gar. Carlissimo, ich gratuliere!

Irgendwann habe er dann gesagt, er fühle sich heute so wohl. Bäume ausreißen sei nicht seine Spezialität, aber heute sei ihm danach. Emre, sein Türke in der Goethestraße, mit dem er zum Haarefärben verabredet gewesen sei, gestattete es sich, nicht da zu sein. Der ihn vertreten sollte, hat Carlos noch nie bedient. Auf Carlos' Karteikarte war die Mischung vermerkt. Der Vertreter mischt und mischt, und jetzt sieht er, Carlos, aus wie ein südamerikanischer Operettentenor. Das ist doch nicht das dunkelste Dunkelrot, das er zusammen mit Emre in jahrelanger Arbeit entwickelt hat. Und dass sie überhaupt nicht bemerkt habe, wie furchtbar er mit diesem Monoton-Schwarz aussehe, das zeige nur, wie wenig sie ihn wirklich wahrnehme. Dann sei er aufgestanden, habe gesagt, er wolle sie jetzt ins Bett tragen. Bitte, habe sie gesagt. Habe sich im Sessel ausgestreckt, er habe sie so umfasst, dass sie in seinen Armen lag. Und trug sie tatsächlich hinüber. Ließ sie von seinen Armen in ihr Bett gleiten. Das war ihm bis jetzt nur ein einziges Mal gelungen. Dann sagte er: Gibst du zu, dass du mich jetzt aufnehmen kannst. Aufnehmen darfst. Aufnehmen musst. Sag schnell dreimal hinter einander Ja-Ja-Ja.

Da wusste sie, dass er wieder bei seinem Thema war. Einziehen bei ihr. Weg von der allmächtigen Doktorin. Sie sprang auf und führte ihn zurück zu den Sesseln. Sobald sie drüben waren, stieß er sie sanft an, sie sollte sich setzen. Er ging in ganz kleinen Schritten zur Wand, an der er sich, wenn ihm danach war, kreuzigte. Er redete dann immer so, dass zu verstehen war, als Gekreuzigter sage er die Wahrheit. Ihr ging, was er dann sagte, jedes Mal zu Herzen. Andererseits begriff sie: als Gekreuzigter, das war seine Wahrheits-Pose. Diesmal sagte er, sobald er sich an die Wand gepresst, die Arme ausgebreitet und auf die Zehenspitzen gestemmt hatte: Mein Karfreitag. Wenn du mich jetzt nicht aufnimmst, kann es zu spät sein. Die Madonna mit der Dornenkrone ist momentan von einer Entschlossenheit ergriffen, die mich zerbröselt. Dann rief er noch: Des Lebens angejahrte Fülle ... Dann nur noch Zischlaute. Die Haltung zerfiel. Er griff hoch in die Luft, suchte einen Halt, den es nicht gab, und sank zusammen. Sie schon bei ihm. Sein Kopf in ihrem Schoß. Seine Augen entgleisten. Von den Zischlauten am Schluss noch ein Wort hörbar: Am Arsch. Ein Wort, das bei ihm sonst nicht vorkam.

Da begriff sie, was passiert war: ein Todeskampf.

Der Notarzt stellte den Tod fest. Er musste den Toten sozusagen beschlagnahmen. Nicht die gewöhnliche Unterbringung, sondern in eine geschlossene Abteilung. Die Todesursache: Vergiftung. Jetzt sah sie es auch, wie verfärbt Carlos' Gesicht war. Die Lippen fast grellblau.

Auf ein Stück Papier habe sie Dr. Anke Müllers Adresse geschrieben. Die Milonga fiel aus.

Inzwischen sei sie schon zweimal vernommen worden.

Hallo, rief sie. Bist du noch da?

Theo schluckte und schluckte. Er fand die Stelle nicht,

an der er seine Stimme ansetzen konnte. Er wollte ihren Namen sagen. Er brachte nichts heraus.

Er war in einem Riesenraum. Lichtlos. Die Stille rauschte grell. Er war furchtbar klein. In diesem Raum.

Er legte auf. Er wollte nicht noch einmal ihr Theo! Theo! hören.

Später konnte er sagen, sich sagen, dass die Zeit bis zu seiner ersten Vernehmung so kurz war wie ein Augenblick.

Der Beamte fragte: Wann haben Sie Carlos Kroll zum letzten Mal gesehen?

Theo sagte: Schauen Sie in meinen Steuerpapieren nach. Da gibt es eine Quittung, Mittagessen im Restaurant Neuner mit Carlos Kroll. Grund: Beratung. Wir redeten wie immer. Das heißt, er redete, ich hörte zu. Er sagte, die Madonna mit der Dornenkrone, also Frau Dr. Anke Müller, sei zurzeit sauer auf ihn, weil er wieder einmal eine kleine Auszeit brauche. Ich kannte diese Stimmung bei ihm. Sein Bedürfnis, die Wahrheit zu sagen. Wenn ihn jemand nötigte oder gar zwang, etwas anderes zu sagen, als er dachte, dann wurde er böse, hart, rücksichtslos. Wieder einmal eine kleine Auszeit. Das war genau in der Zeit, in der er mich beziehungsweise mein Projekt verriet. Erfahren habe ich das ein paar Tage später. Schauen Sie nach, es ist alles aufgezeichnet. Im Neuner auf jeden Fall waren wir noch ein Herz und eine Seele. Er war mir beim Aufstehen wie immer voraus, wartete schon im Vorraum mit meinem Mantel, meinem Hut, ich wollte ihn, wie immer, daran hindern, mir in den Mantel zu helfen, er schaffte es aber jedes Mal mit einer eher zärtlichen Formulierung. Diesmal, im Neuner, sagte er: Ich weiß doch, du willst nicht für einen alten Mann gehalten werden. Das tat weh. Das war gefühllos. Kalt. Das war neu. Schon recht, sagte ich, und ließ es geschehen. Willenlos. Kraftlos. Draußen zwei Taxis, und auseinander waren wir. Ich spürte, dass ich ihn verloren hatte. Warum und wie und an wen, wusste ich noch nicht. Erfuhr es dann aber schnell und deutlich genug.

Der Kriminalhauptkommissar, der Steinfeld hieß, sagte, die Kriminalpolizei müsse sich, wenn jemand an Vergiftung sterbe, einmischen, und er müsse sich fragen lassen, weil er in einer Fernsehsendung davon gesprochen habe, dass er Carlos Kroll erwürgen wolle. Er müsse verstehen, dass er als Beschuldigter in Frage komme.

Dieser Kriminalhauptkommissar war ihm sympathisch. Der schien darunter zu leiden, dass er ihn vernehmen musste. Es sei kein Verhör. Die Kriminalpolizei sei nichts anderes als die Polizei, die nach einem Verkehrsunfall die Scherben und Spuren sichte, um festzustellen, wie es zu diesem Unfall gekommen sei. Kein Mensch will einen anderen Menschen umbringen, sagte der Kriminalhauptkommissar, und trotzdem werden immer wieder Menschen umgebracht. Je genauer dann die Motive aller irgendwie Beteiligten erfassbar gemacht werden können, umso mehr werde aus einer Tat ein Geschehen. Und dieses Geschehen verständlich zu machen sei seine Aufgabe. Ohne seine Erkundungen könne der Staatsanwalt sich überhaupt nicht rühren. Da aber ein Mensch zu Tode gekommen sei, müsse sich der Staatsanwalt rühren. Und er, der KHK Steinfeld vom Kommissariat 3 in der Bayerstraße, wolle und solle alles tun, dass das, was passiert sei, verständlich wird. Einverstanden, Herr Schadt?

Theo sagte: Ja, natürlich.

Also, sagte der Kriminalhauptkommissar, Sie haben das Wort.

Theo fing an:

Er habe bis zu diesem Augenblick noch nicht sagen können, welcher Art ihre Beziehung gewesen sei. Jetzt, nach seinem Tod, könne er zum ersten Mal versuchen, die Abhängigkeit von Carlos Kroll auszudrücken. Der konnte mit ihm machen, was er wollte. Selbst Iris, seiner Frau, sei er nicht so ausgeliefert gewesen wie Carlos Kroll. Der bestimmte, wie er sich fühlte.

Wie das so wurde, wie es dann war, weiß er nicht. Wie hat es dieser Carlos Kroll geschafft, dass man das Gefühl hatte, man müsse ihm gefallen, es ihm recht machen? Ihn anzuerkennen genügte nicht. Von Anfang an. Zum Beispiel sein Richtig!, wenn man etwas gesagt hatte, dem er zustimmen konnte. Ohne sein Richtig! konnte man überhaupt nicht recht haben. Sein Richtig! versah einen mit einem Rechthabensgewicht, auf das man stolz sein sollte. Und leider auch war. Wenn man bedenkt, wie wenig man ohne sein Richtig! im Recht war, könnte es einem immer noch schwindlig werden. Wahrscheinlich war alles schon am ersten Abend entschieden, als er im Schein der Abendsonne Cello spielte und dann im Rittersaal seine unverständlichen Gedichte las. Dass die unverständlich waren, das war's überhaupt. Da es keine Möglichkeit gab, etwas sinnvoll Vernünftiges zu sagen, blieb doch gar nichts anderes übrig, als die Gedichte zu loben. Und damit war man gefangen. Ein für alle Mal. Alles, was man nicht verstand, musste man loben. Ihn loben. Egal, was er tat oder sagte. Ja, es gab die hitzigen politischen Diskussionen. Aber auch die fanden statt unter dem Dach seiner Herrschaft. Egal, was er sagte, es war auf jeden Fall toll. Auch wenn man es gar nicht toll fand. Selbst wenn man nicht zustimmen konnte, musste man ausdrücken, dass kein Mensch auf so unwidersprechbare Weise Unrecht haben konnte wie Carlos Kroll. Das klingt jetzt zu ... zu intellektuell. Macht machte ihm Spaß. Das sagte er oft genug. Sinnlos, das in Begriffen ausdrücken zu wollen. Du musstest ihm gefallen. Und das hieß: Du musstest ausdrücken, wie er dir gefiel! Wie sehr! Wenn du eine helle Freude hattest an ihm und ihn das spüren lassen konntest, dann segnete er dich, das heißt, er ließ dich spüren, wie sehr du ihm gefielst. Aber immer musstest du liefern, wie sehr er dir gefiel, erst dann spendete er, dass du ihm gefielst. In einer Liebe ausgedrückt: Ich liebe dich – aber nur, wenn du mich liebst.

Zuerst glaubte man, man könne alles, was Carlos Kroll tat und sagte, bejahen und durch Bejahen vermehren. An dem Kerl konnte man doch alles mögen.

Der war liebenswürdig und gescheit und toll, ja, auch verrückt! Warum denn nicht! Zum Beispiel das Mädchen in Schopfheim! Einmal fuhr er hin, sie ließ ihn nicht ein, weil sie jetzt mit einem anderen Mann lebte. Er zertrümmerte ein Fenster, er rief, er werde den, der bei ihr sei, umbringen. Sie rief die Polizei, verzichtete aber darauf, ihn anzuzeigen. Ihr Freund übernahm die Kosten. Und wenn man dann einwandte, die Frau habe doch ein Recht, mit einem anderen zu leben, da er ja nicht zu ihr ziehen wolle, er erwähne sie ja nur noch als das arme Ding, dann sagte er: Das könne er nicht hinnehmen, dass eine Frau, die von ihm ein Kind habe, mit einem anderen zusammenlebe. Davor müsse er sein Kind schützen! Dann in einem ganz anderen Ton: Lieber Theo, lass uns doch nicht wegen einer solchen Bagatelle auseinandergeraten. Dann musste man die einem hingestreckte Hand nehmen und sie tröstlich streicheln.

So wird es gekommen sein, dass aus einer harmlosen Zustimmungsfreude eine Notwendigkeit wurde. Eine Abhängigkeit. Ein Zwang. Und erst allmählich merkte er, dass Carlos Kroll nichts anderes erwartete als die totale Ergebenheit. Ganz von selbst sozusagen war aus der schönsten Freundschaft ein reines Herrschaftsverhältnis geworden.

In dir ist allmählich gewachsen eine Art Klarheit: Der achtet dich kein bisschen. Der verachtet dich! Diese Abhängigkeit von einem, der dich verachtet. Dass der dich dann so krass verriet, war fast ein Kompliment. Wahrscheinlich war das das einzige Mal, dass er dich ernst genommen hat.

In ihm ist auch gewachsen eine Art Kraft. Der Befreiungsschlag war unaufschiebbar. Der Rest war kein Problem. Das Pulver hatte er schon lange. Für alle Fälle. Für ihn selbst. Aber auch, wie er dann Carlos Kroll damit bediente, hatte er schon hundertmal durchgedacht. Also hin zu Sina. An einem Freitag. Immer noch Kroll-Tag bei ihr. Die Zeremonie war schon vorbereitet, Theo musste nur noch sein Pulver dazutun. Und sich verabschieden. Offenbar ging dann alles so, wie es sollte. Er atmet, seit er das hinter sich hat, wieder anders.

Walten Sie Ihres Amtes.

Der KHK gratulierte Theo zu seiner Aussage. Die werde auf jeden Fall zu überprüfen sein.

Theo wurde vorerst in der Ettstraße einquartiert. Untersuchungshaft. Er plauderte mit seinesgleichen. Drei Tage und drei Nächte lang konnte er über alles nachdenken. Allmählich wurde es empfindbar, was Carlos Krolls Tod für ihn bedeutete. Nichts strömte eine solche Friedenskraft aus wie dieser Tod. Jetzt war, vielleicht zum ersten Mal, die Welt in Ordnung. Der einzige Schmerz: dass es vielleicht doch nicht er war, der diese weltordnende Tat vollbracht hatte. Aber er würde, falls die Ermittlungen nichts anderes zeitigten, weiterhin darauf bestehen, der zu sein, der das geschafft hatte.

Dann aber die Nachricht, überbracht vom Kriminalhauptkommissar Steinfeld persönlich: Frau Dr. Anke Müller hat sich gemeldet, sie erträgt es nicht, dass Carlos Kroll, das Genie, von irgendeinem geltungssüchtigen Spinner getötet worden sei. Sie, sie ganz allein, war es! Der Kriminalhauptkommissar sagte, Frau Dr. Anke Müller habe die Justiz einigermaßen durcheinandergebracht. Nicht wir müssen versuchen, ihr nachzuweisen, dass sie es war, sondern sie behauptet, sie könne uns beweisen, dass sie es war, sie, ganz allein, von Carlos Kroll gefeiert als die Madonna mit der Dornenkrone. Sie lasse sich diese Tat nicht von einem Koofmich rauben. Und dass die Malsenerin auch davon getrunken hätte, wäre ihr recht gewesen.

Theo Schadt gab auf. Und war wieder frei.

23

     Sonntag, 11. Januar 2015, 16:28 Uhr
Du Mensch meines Lebens,
ich kann wahrscheinlich nicht ausdrücken, wie glücklich es mich macht, dir begegnet zu sein und dich immer näher bei mir zu wissen. Wenn ich könnte, würde ich es ausdrücken, indem ich fünfzig Jahre lang an deiner Seite bliebe und fünfzig Jahre lang dafür dankbar wäre. Auch wenn ich das nicht kann, will ich, dass du es genauso empfindest.
Du bist der Mensch meines Lebens. Du bist vielleicht auch der Retter meines Lebens. Du bist derjenige, der mich das Wort Leben überhaupt erst formulieren und erahnen lässt, dass es vielleicht doch irgendwie möglich sei, weil es auf der Welt wider Erwarten Schwingungen gibt, die mit mir übereinstimmen. Davon ging ich nicht aus, bis du mir begegnet und mit mir in Kontakt getreten bist. Zweifel, du könntest etwas, was mich betrifft, nicht begreifen, wurden augenblicklich fortgespült. Da war ich ganz schön schnell ganz schön nackt, auch wenn ich es nicht zugeben will.
 Trotzdem treibst du es weiter auf eine unvorstellbare Spitze, indem du dich immer wieder verhältst, wie ich es nicht kenne und wie es mir so sehr fehlt, schon immer. Das macht unsere Begegnung so unwirklich, denn so etwas gibt es doch gar nicht. Es be-

rührt mich in meinen Untiefen, dass du so akribisch auf mich achtest, auf die kleinsten Kleinigkeiten, die nicht einmal ich selbst bemerke. Du bist wie ein Klavierspieler, der mit einer Taste gleich mehrere Saiten, die unter dem schweren Deckel im finsteren, vermoderten Kasten des Instruments unsichtbar dämmern, zum Klingen und Erwachen bringt. Das Schönste ist deine Einsicht, dass es dich als Spieler braucht, um all die Weisen zu erwecken, die von rostigen Schrauben in Schach gehalten sind. Nur zusammen entlocken wir die Töne. Da wirst du einfach nicht müde, für all das Schöne Sorge zu tragen. Und ich glaube es dir. Das ist das Allerbeste! Denn ich wäre nur gerne gläubig. Dass du unermüdlich sein möchtest und ich es dir glauben kann, heilt mich, ganz tief innen. Es ist, als dürfte ich in einem weichen Bett aus duftender Watte versinken, die Augen schließen, und es passiert mir nichts. Nur manchmal komme ich in Zweifel, weil ich doch ich bin und nie Grund hatte, so etwas zu glauben. Mein utopisches Ideal einer Liebe ist seit langem die Idee, dass jeder auf den anderen achte und man nicht selbst auf sich achten müsse. Sicherer als meine Utopie kann nichts sein. Und jetzt willst du mir auch noch weismachen, dass das keine sein soll???

Ich passe auch auf dich auf. Dich glücklich zu sehen kribbelt mir durch den ganzen Körper. Ich nehme alles von dir in mir auf wie Manna, jedes Wort, jeden Gedanken, jede Bewegung, jede Miene, jede Geste, dich. Und lade dich ein, am 26. Februar mit mir das Tango-Konzert im Prinzregenten-Theater zu besuchen.

> Auf deine Zustimmung hoffend,
> diese Sina

Sonntag, 11. Januar 2015, 18:55 Uhr
Liebste Sina,
zum Glück hast du einen Brief geschrieben, der Wort für Wort schönste Erfindung ist. Aber das ist ja auch etwas: solche Wunderbarkeiten zu erfinden und mit wirklichem Atem zu versehen. Und weil ich diesen deinen wirklichen Atem spüre, fange ich gleich an zu handeln.

Wir haben uns praktisch noch nie gesehen. Du mich noch weniger als ich dich. Mir bist du einmal als etwas Überwältigendes erschienen. Du hast mich hinterm Ladentisch in meiner kleinstmöglichen Form wohl kaum wahrgenommen. Dann habe ich meine Sina-Entzündung nicht gestanden, aber angedeutet und so weiter. Und jetzt dein Brief!

Den möchte ich verdient haben.

Wie ich mich auf den 26. Februar freue, musst du dir denken. Sagen kann ich es nicht!

> Dein seiner Wiedergeburt entgegensehender
> Theo

Lieber Herr Schriftsteller,
weil Sie mich mit dem Schönsein so zusammengebracht haben, dass es mir etwas ausgemacht hat, mehr oder weniger schön zu sein, und das zu einer Zeit, in der ich eindeutig zu wenig schön war, muss ich Ihnen, und nur Ihnen, mitteilen, dass ich mir jetzt nicht mehr zu wenig schön vorkomme.

Und weil ich inzwischen alles als Theo Schadt erlebe, berichte ich, was ihm, mit ihm geschehen ist. Bei ihm sind Sätze einer Frau eingetroffen, die nichts mit seiner Erscheinung zu tun hatten, sondern mit seiner Wirkung. Eine sehr, sehr schätzenswerte Frau lässt ihn wissen, dass sie durch ihn eine Lebensfreude erlebt wie noch durch niemanden sonst. Und das nicht gezielt und gezählt, sondern als unwillkürliche Wirkung. Das wiederum lässt ihn seine Wirkung erleben als eine Kraft, als ein Vermögen, als einen Reichtum. Buchstabieren kann er das nicht, aber melden kann er, muss er, dass er sich seitdem jeden Tag schöner (oder soll er realistisch sagen: weniger unschön) fühlt. Fühlt! Und ist!

Es ist diese Frau, die ihn durch hundert Empfindungen spüren lässt, wie er wirkt, also doch ist! Sie fühlt sich durch ihn schöner, lebendiger als je zuvor, nämlich glücklich. Ihr Glücklichsein macht ihn auch glücklich. Und glücklich zu sein macht aus ihm einen Mann, einen Menschen, der sich seiner selbst sicher sein darf. Das geht, gesteht er, bis zum Selbstgenuss! Begegnung im Spiegel inbegriffen. Also ist er endlich fähig, Ihr Signal zu erwidern: Mehr als schön ist nichts! Er jubelt jetzt manchmal. Unwillkürlich. Ohne besonderen Grund. Jeder so erlebte Augenblick stattet ihn aus für eine willkommene Zukunft.

Herzlich wie noch nie,
Ihr Theo Schadt

Plötzlich zurückgeworfen ins Interesse am Leben, rief er Kirki an. Einen Termin bitte. Möglichst sofort. Blutübertragung. Chemo. Und zu allererst in die Röhre. Wie sieht es aus in ihm! Er muss das wissen. Er will nämlich leben, leben, leben.

Kirki Kyriazis staunte. Er wusste, sobald er ihr wieder leibhaftig gegenüber sein wird, wird er zuerst fragen: In welchem Olympia-Jahr sind Sie für Griechenland geschwommen? Sie war glücklich, dass er das immer noch wissen wollte, sagte ihm die Daten, eine Stunde später hatte er die vergessen. Das vergaß er nicht mehr, dass er das so schnell vergessen hatte.

Der Professor gratulierte zu diesem, wie er es nannte, manifesten Lebenswillen. Der tut nämlich das meiste.

Und tatsächlich: Der Tumor hatte sich zurückgebildet. Jetzt konnte operiert werden.

Aber noch ging ihm nach, was er Sina auf ihren Mensch-meines-Lebens-Brief geantwortet hatte. Das war nichts als eine Ausflucht gewesen. Er hätte schreiben sollen: Liebe Sina, ich habe Angst! Einerseits lässt mich jeder Satz von dir Liebe so direkt erleben, wie ich Liebe noch nie erlebt habe, andererseits spüre ich, wie wenig ich dir zu entsprechen vermag. Verglichen mit deiner Liebe bin ich ein Gefühlszwerg. Du entdeckst bei mir, an mir, in mir Fähigkeiten, von denen ich keine Ahnung habe. Er hätte schreiben sollen, dass alles, was sie als seine Wirkung feiere, nur existiere, weil sie es so erlebe.

Jetzt musste er sich fragen: Lässt er sie in ihrem wunderbaren Irrtum, dass sie durch ihn in einem weichen Bett aus duftender Watte versinken und die Augen schließen könne, oder sagt er ihr, dass alles, was sie ihm nachsagt, nur so lange existiere, als sie es erlebe, fühle, sage. Es war, als hätte sie ihm mit diesem Brief eine Art Verantwortung übertragen. Er hatte für das und das und das so und so und so zu sorgen. Aber sie glaubte ja, dass er solche Wunderbarkeiten mühelos bewirken könne. Er sehnte sich auch nach dem Bett aus duftender Watte! Ach Sina, Sina, Sina!

Der Zauber, den sie mit diesem Brief gesponnen hatte, umgab ihn ganz. Am liebsten wäre es ihm gewesen, die Wirklichkeit wäre nichts als eine Fortsetzung dieses Briefs. Das war sie nicht.

Und – daran erinnerte nichts mehr: Diese Sina war auch jene Aster, die die Grabrede hinterlassen hatte.

Aus wie vielen Personen besteht jeder von uns? Auch du, Theo!

Er musste sich bremsen. Er schämte sich vor sich selbst. Statt rumzumosern an den Wunderbarkeiten Sinas, schreib doch selber so was! Einen Frau-meines-Lebens-Brief. Bitte. Los.

Liebe Frau meines Lebens,
noch habe ich dir kein einziges Mal die Hand gegeben, weiß nicht, wie sich dein dich reich rahmendes Haar anfühlt, und von deinem Mund weiß ich nur, dass ich ihn aus nächster Nähe anschauen will, wenn er mir sagt, was ich hören will.

Er hörte auf. Keine Zeile Zauber. Alles nur der Versuch, eine Gefühlsbewegung auszudrücken, die es nur als stumme Hilflosigkeit gab. Dass sie ihm diesen Brief mit lauter gelingenden Zärtlichkeitsgesten geschrieben hatte, zeigt nichts anderes, als dass sie das konnte. Das hatte sie drauf, einen so innig jubilierenden Brief zu schreiben.

Theo rief Iris an und bat, sie in der Echterstraße besuchen zu dürfen.

Den Hausschlüssel hatte er noch. Aber er läutete. Er wollte, dass sie ihm die Tür öffne. Als er angerufen und zweimal gesagt hatte, dass er sie besuchen wolle, hatte sie nichts gesagt. Sie hatte aufgehängt. Aber dann drückte sie auf den Türöffner. Er konnte hinein. Sie saßen einander gegenüber. Stumm.

Irgendwann sagte Theo, dass er sich jetzt operieren lassen werde. Er hatte das Gefühl, dass sie das aufatmend zur Kenntnis nahm.

Irgendwann sagte er, er sehe ihr an, was sie denke.

Dann saßen sie wieder. Wortlos.

Irgendwann sagte er, er könne nicht leben ohne ihre Zustimmung.

Und irgendwann: Das wisse er ganz sicher.

Wieder saßen sie wortlos. Theo empfand, dass sie diese Wortlosigkeit gemeinsam hatten.

Irgendwann konnte er sagen, sie könne, was er noch zu tun und zu denken vermöge, dadurch verhindern, dass sie ihm nicht zustimme.

Und wieder, viel später: Sie kenne ihn lang genug, um zu wissen, dass er so seine Abhängigkeit von ihr auszudrücken versuche.

Aber als er dann irgendwann sagte: Iris …, da sprang sie auf und verließ das Zimmer.

Er blieb sitzen. Es war Nacht geworden. Er schlief kurz ein. Es wurde wieder hell. Irgendwann erschien sie und sagte: Komm.

Im Esszimmer hatte sie das Frühstück aufgetragen. Alles, was er immer als Frühstück gewohnt gewesen war. Auch die aufgeschnittene und gebratene Birne fehlte nicht. Und die drei Crêpes, einer, den sie vor Jahrzehnten, als sie ihn zum ersten Mal auftrug, den herzhaften nannte, die anderen nannte sie damals die süßen. Und das waren sie immer noch: der Herzhafte mit Salami und Parmesan und die Süßen mit Apfel, Zimt, Zitrone und Honig beziehungsweise mit Birne und Vanille.

Sie sprachen nicht. Er erlebte das nicht als einen Mangel. Als sie gefrühstückt hatten, räumte sie ab. Wischte den Tisch sauber. Ging hinaus. Kam nicht mehr zurück.

Iris, rief er, Iris!

Irgendwann musste er gehen.

Wie sie ausgesehen hat, blieb ihm. Das war nicht ein

Gesichtsausdruck für eine bestimmte Stimmung, für etwas Veränderliches: Die Gesichtszüge reglos. Ausgedrückt wurde Schwere. Die Stirne ein Gewicht. Die Augen eine Last. Die Wangen eine Unbeweglichkeit. Der Mund starr. Das Kinn eine Wucht.

Und deutlich genug: Sie hat nichts ausdrücken wollen. Das war jetzt so.

Die Operation sollte am 11. Februar stattfinden. Einem Mittwoch. Am Montag begannen die Vorbereitungen. Am Abend las er von Sina:

Lieber Freund,
zuerst die Sache. Die Karten für den 26. Februar im Prinzregenten-Theater habe ich zurückgegeben. Nicht nur durch deine, aber nicht ganz ohne deine Mitwirkung. Du hast mir feinfühlig genug klargemacht, dass meinem Zärtlichkeitsausbruch Hand UND Fuß fehlen. Ich fühle mich zurückgepfiffen. Und das zu Recht. Ich habe einfach hemmungslos drauflos gewünscht, dass wir einander jetzt – sozusagen after all – schleunigst sehen müssen.

Also jetzt: Bitte, mach Schluss mit mir. Zieh das jetzt durch! Wenn dir auch nur ein bisschen an meinem Wohl liegt! Ich will nicht mehr leben. Und ohne Alkohol geht schon lange nichts mehr. Gestern zwei Flaschen Wein getrunken. Billigen, schlechten Wein. Drei Euro die Flasche.

Jetzt: Bleierne Schwere zieht die Gedanken aus

dem Kopf in den Bauch und breitet sich aus. Und ist doch nichts als Leere. Arme und Beine stemmen sich wie verzweifelt gegen den Sog der alles überschwemmenden Erschöpfung. Und höre mich schreien: Halt die Schnauze, sonst bist du erledigt! Aber tiefer und tiefer sinkt der Kopf zwischen die sich aufbäumenden Schultern. Verbogene und zum Bersten angespannte Arme und zitternde Knie leisten Übermenschliches. Ich bin nicht für diese Welt gedacht. Wieder einmal da, einem Mann seine triste Ehe erträglich zu machen. Ich kann nicht nicht zweifeln. Das ist meine unheilbare Krankheit. Vertrauen habe ich nicht gelernt. Ich weiß, dass das ein Versäumnis ist.

Dass ich geglaubt habe, nicht mehr ohne dich sein zu können, tut mir leid. Ich brauche mich so wenig, wie du mich brauchst. Klartext, Liebster, darf wehtun.

Statt Wirklichkeit Tango! Ein Wiegen, das mich höherträgt, dorthin, wo mich kein Schmerz erreicht. Ich weiß, dass du mir gern zugeschaut hättest, gelächelt hättest. Natürlich nicht so, dass ich ohne Zweifel gewesen wäre. Ich will das Reihenhaus, bloß dass ich um mich schlagen könnte! Die Welt hat natürlich andere Probleme. Aber wenn man die eigenen Probleme nicht haben zu dürfen glaubt, betrügt man sich und die Welt. Das kann geboten sein. Mir nicht.

Gute Nacht. Für immer beziehungsweise nie.

Die andere Sina

Theo packte sein Zeug, rief Kirki an, bat sie auf dem Anrufbeantworter um Verständnis dafür, dass er jetzt nicht operiert werden könne. Er bitte, das so unerklärt zur Kenntnis zu nehmen. Den Herrn Professor lasse er grüßen.

Es war das erste Mal, dass Sina am Telefon gar nicht mehr reagierte. Er fuhr in die Malsenstraße. Ging in der Dunkelheit auf und ab. Kein Licht bei ihr. Um das Haus herumzugehen war in dieser Häuserzeile nicht möglich. Die hohe Gartentür war verschlossen.

Zurück am Schreibtisch, setzte er seine Versuche mit allen Mitteln fort. Nichts mehr. Er merkte, dass ihm das neu war, nicht mehr wahrgenommen zu werden. Sich nicht mehr berufen zu können auf ein kleinstes Gemeinsames.

Er saß. Oder ging hin und her. Tag um Tag und Nacht für Nacht. Er hatte alles probiert. Alle Tonarten der Verzweiflung, der Drohung, der Liebe. Die andere Sina. Es hatte schon jähe Umschwünge gegeben. Also. Warten. Beziehungsweise sitzen und liegen, ohne zu warten. Das hatte er gelernt: nicht mehr warten. Die Stunden nicht zählen. Die Tage und Nächte zählte er. Und wie er ihr das hinreiben würde!

Statt Sina meldete sich Axel. Dass Axel den Summton des Türöffners hörte, war sicher, aber er trat nicht sofort ein. Den Augenblick der Verzögerung füllte er mit einer Haltung aus, die hieß: Eigentlich müsste mir jetzt jemand die Gartentür öffnen. Da das nicht der Fall war, tat er es selbst und trat ein. Und ging von der Gartentür zur Haustür, als wüsste er, dass Theo jetzt zuerst einmal mit dem neuen Aussehen dieses Besuchers fertig werden musste. Das die Oberlippe schwungvoll begleitende Chinesenbärtchen war weg. Und was er anhatte, war eindeutig englisch. In seinen weiten chinesischen Hemden hatte man vergessen können, dass er beleibt, ja sogar dick war. Der englische Anzug – Jacke mit Stoffgürtel, Hose bis knapp unters Knie – lag eng an. Axel ging so aufrecht wie immer. Und wie immer trug er sein Laptop am Griff der dazugehörenden Tasche.

Als er ins Zimmer trat, war sofort klar, dass er Schlimmes zu melden hatte. Theo erschrak. Er wehrte sich gegen diese Art, das, was man zu sagen hatte, schon durch eine Haltung auszudrücken. Theo hätte es nicht aussprechen können, aber als Axel es sagte, wusste er, dass er, was der sagte, schon an seinem Auftritt gesehen hatte.

Die liebe Iris ist tot. So hieß der Satz.

Theo drehte sich sofort um, ließ Axel stehen, ging ins angrenzende Zimmer, das immer noch auf seine Möblierung wartete. Aber ein Stuhl stand da. Auf den setzte er sich. Er wollte einen Laut ausstoßen. Konnte aber nicht. Axel war ihm nicht gefolgt. Dafür war er dankbar.

Irgendwann ging er zurück ins Arbeitszimmer. Axel hatte sich in einen der wulstigen Sessel gesetzt, stand aber jetzt sofort auf. Er hatte ein Blatt Papier in der Hand. Das, sagte er, hat Iris hinterlassen. An Mafalda. Mafalda findet, du solltest das lesen. Theo nahm das Blatt. Axel sagte, er werde morgen noch einmal hereinschauen. Hereinschauen, sagte er, und Theo dachte: Typisch Axel. Er sah ihm dann nach, bis er die Gartentür hinter sich zuzog.

Als Axel «die liebe Iris» gesagt hatte, hatte Theo sofort Göttliche Iris gedacht. Jetzt spürte er, dass das immer eine leichtfertige Benennung gewesen war. Er ging hin und her und herum, bis er so erschöpft war, dass er auf dem Sofa liegen bleiben konnte. Zur Decke starren. In Reichweite, was Iris an Mafalda geschrieben hatte. Er machte das Licht an. Er las:

Liebe Mafalda-Herzenskind,
wenn ich nicht wüsste, dass du mich verstehst, würde ich, was ich jetzt tun muss, nicht tun. Ich habe immer verstanden, was du getan hast. Ich war mir immer sicher, dass du verstehen würdest, was ich tue. Im Kopf ist es getan, bevor es in Wirklichkeit getan werden kann. Ich bin so weit. Endlich. Liebes Kind. Endlich bin ich allein. Tue jetzt, was mir hilft. Verstanden werden zu wollen, das war einmal. Jetzt kann ich tun, was mir hilft. Was mich hinausschafft aus dem Scheinzeug. Seit das in mir passiert ist, die Loslösung, seit dem bin ich ruhiger, als ich war.

Du, Herzenskind, wirst keinem Menschen sagen, wie du mich gefunden hast. Das geht keinen etwas an. Dir sage ich: Ich bin schon draußen. Ich muss nicht mehr sein, hier und so weiter. Dir sage ich auch: Ich werde bei dir sein und bleiben, solange du noch lebst. Lass uns einander nie verlieren.

Deine Mama

Theo konnte nicht aufhören, dieses Blatt anzuschauen. Die Schrift. Die Handschrift von Iris. Jeden Buchstaben hat sie selber geschrieben. Da lebte sie noch. In jedem Buchstaben lebt sie noch.

Als Axel am nächsten Tag läutete, lag Theo auf dem Sofa und starrte zur Decke. Er musste aufstehen und den Türöffner drücken. Den Brief an Mafalda streckte er Axel sofort entgegen. Der nahm ihn und schob ihn, ohne ihn zusammenzufalten, in seine Mappe.

Dann berichtete Axel. Dabei machte er Pausen fast nach jedem Wort: Mafalda hat sich sofort von allem Beruflichen getrennt. Sie wird eine kleine Insel in der Ägäis kaufen. Sie wird dort ein Haus wie das in der Echterstraße bauen lassen. Sie wird alles, was mit ihrer Mutter zu tun hatte, in diesem Haus auf der Insel genau so aufstellen, wie es in der Echterstraße gewesen war. Natürlich will sie auch den Terpsichore-Laden in der Schellingstraße räumen und zum Transport auf die Insel verpacken lassen. Sie werde selber dorthin ziehen. Ob Axel sie dort besuchen könne, wisse sie jetzt noch nicht. Sicher sei, dass sie mit ihrem Vater nichts mehr zu tun haben möchte. Sie sagte, dass sie keinen Vater mehr habe. Sie wisse, dass es ihr genüge, in einem ihrer Mutter gewidmeten Haus zu leben. Sie wisse, dass sie keinen anderen Lebenssinn brauche. Ihre Mutter sei immer das Wichtigste gewesen in ihrem Leben. Und soll es bleiben. Unabgelenkt wolle sie von jetzt an leben. Sie hat sich bisher zu oft ablenken lassen von ihrer Mutter. Sie habe immer gewusst, dass sie auf ihre Mutter zulebe. Eines Tages werde sie wieder bei ihr sein. Jetzt bleibe ihr nur noch ein Leben im Andenken an ihre Mutter. Nichts als das wolle sie. Ein Leben im Andenken. Sie werde nach der Beerdigung auf diese Insel ziehen. Den Umzug mit allem, was in der Echterstraße und in der Schellingstraße mit ihrer Mutter zu tun gehabt habe, organisiere sie selbst. Zur Beerdigung dürfe niemand kommen. Da müsse sie allein sein. Axel solle dafür sorgen, dass der Vater nicht glaube, er könne dabei sein. Das keinesfalls.

Als Axel so weit gekommen war, machte er eine lange Pause. Theo sagte nichts.

Irgendwann stand Axel auf und sagte, er könne sich nicht verabschieden, ohne Theo noch eine Mitteilung zu machen. Dann wartete er darauf, dass Theo reagiere.

Der sagte: Ja?

Also, sagte Axel, wie alles gekommen sei, das bewege ihn. Er wolle, wenn er jetzt ohne Mafalda hierbleiben müsse, vielleicht für länger, vielleicht sogar für immer, er wolle sagen, dass auch er dem, was passiert sei, entsprechen werde. Deshalb wolle er, müsse er Theo mitteilen, dass seine China-Studien hinter ihm lägen. Er arbeite jetzt an einem Buch mit dem Arbeitstitel: Wer war Shakespeare wirklich. Er schätze, dass ihn das fünf Jahre beschäftigen werde. Der Erfolg seines WeltLicht-Buches mache das möglich. Es sei eben doch ziemlich viel Wissenschutt, der weggeräumt werden müsse, um den wirklichen Shakespeare endlich erlebbar zu machen. Alles Bisherige sei gutgemeint, aber trivial. Ob Shakespeare der Earl of Oxford oder sonst ein Earl gewesen sei, werde damit endgültig Makulatur. Mehr wolle er noch nicht sagen, obwohl er schon so weit sei, sagen zu können: Was er entdecke, sei nicht weniger als eine Sensation. Du wirst es, wenn du willst, selbst sehen. Und zum Schluss noch das: Ihm sei durch dieses furchtbare Geschehen plötzlich klar geworden, dass er etwas zu gestehen habe. Und Theo könne er es leichter gestehen, als er es hätte der lieben Iris gestehen können. Er sei kein Mörder. Nie sei er dergleichen gewesen. Er habe gespürt, dass Theo der Einzige sei, der das immer schon geahnt habe, deshalb sei Theo auch der Erste, dem er die Wahrheit zumute.

An diesem zweiten Tag ging Axel nicht, ohne Theo die Hand gedrückt zu haben. Theo erwiderte diesen Händedruck. Er nahm sogar Axels Rechte in seine Hände und schüttelte diese Rechte länger, als er wollte. Er konnte nicht aufhören, Axels Hand zu schütteln. Axel sollte begreifen, dass er ihm nichts als dankbar sei für dieses behutsame Berichten. Es war ein neues Verhältnis entstanden zwischen ihm und Axel. Axel war ihm jetzt so nah wie nie zuvor. Und als er endlich aufhören konnte, Axels Hand zu schütteln, sagte er: Ich danke dir, lieber Axel.

Dann ging der wie ein englischer Lord im 19. Jahrhundert Gekleidete. Theo sah ihm nach, bis er die Gartentür hinter sich zuzog.

24

München, 26. Februar 2015

Liebe Mafalda,

du hast dich losgesagt. Du wärst jetzt der einzige Mensch für mich. Ich muss das sagen dürfen. Umstimmen will ich dich nicht. Wirklich nicht. Denk du, wie du musst.

In der letzten Nacht habe ich geträumt, mir würden die Hände abgehackt. Nicht nur mir. Mehreren. Nicht hinschauen, auf die Füße schauen, sagt der Mann, der das Beil schwingt. Die Angst vor dem Schmerz war größer als der Schmerz selbst.

Es gab eine Zeit, in der ich mit Carlos Kroll Schach spielte. Ich spielte verlorene Partien immer noch tagelang im Kopf nach und versuchte zu gewinnen. Wenn ich den und den Zug gemacht hätte, hätte ich gewinnen müssen. Warum habe ich den nicht gemacht? Unbegreiflich.

Das Leben eine verlorene, nicht zu gewinnende Partie.

Am Anfang war, sobald du da warst, größer wurdest, meine schlimmste Vorstellung: Mafalda muss nach meiner Beerdigung aufs Arbeitsamt, Adressen holen, wo sie sich dann demütigen lassen muss. Zum Glück hast du mich von dieser Angst glorios erlöst!

Lass es mich so sagen: Ich bin mit deiner Mutter

in einem Auto, das nur langsam fahren konnte, in ein grünes Tal eingefahren. Links und rechts begleitet von vorsichtigen Höhen. Ein problemloses Tal. Keinerlei Dialektik. Am Taleingang hatten wir die Fremdwörter abliefern müssen. Aber dann ging es plötzlich nicht weiter. Und wenden war unmöglich. Also mussten wir rückwärts wieder hinausfahren. Ich tat das. Iris sagte die ganze Zeit, wie ich lenken sollte. Ich lenkte. Sie leitete. Und das hörte nicht auf. Nie.

Ach, Mafalda. Ich könnte dir die Briefe schicken, die ich an Iris geschrieben, aber nicht abgeschickt habe. Iris konnte nur zustimmen. Sie war die Zustimmung in Person. Ich hätte damit rechnen müssen, dass sie meinen schrecklichen Briefen mit Zustimmung geantwortet hätte. Das wäre eine Vernichtung gewesen. Die ich verdient hätte. Der ich mich andauernd entzogen habe.

Dies ist ein Abschiedsbrief, liebe Mafalda.

Da ich, wenn ich nicht arbeite, an mich denke, muss ich arbeiten. Ich werde das Bruttosozialprodukt dieses Landes vermehren, sonst nichts.

Es gibt keine Anwesenheitspflicht. Selbstmord ist verlangbar. Aber ich bin unabkömmlich. Das Bruttosozialprodukt.

Härter, als deine Mutter mich durch ihre Tat bestraft hat, kannst du mich durch deine Trennungstat nicht bestrafen.

Das Bruttosozialprodukt, lebenslänglich.

Auf schwarzen Wellen segelt der Glaube wie ein

Idiot. Und taub und blind. Ich lebe von dem, was ich Ärmeren raube. Mein Leben spinnt.

Da ich in Solln wohne, wohne ich am Wald und sehe: Gestürzte Bäume sehen aus wie erlöst.

Oder: Alexander von Humboldt verabscheute sich weniger, wenn er weiter weg war.

Das heißt: nicht nichts denken, sondern an nichts denken. Das muss gelernt werden.

Den Wörtern kündige ich. Sie haben nicht geholfen.

Dein früherer Vater

25

So muss es einem, dem sein Hinrichtungstermin mitgeteilt wurde, zumute sein. Sinnlose Beschäftigungen. Zwecklose Bewegungen. Tendenzlos. Verzeichnisse machen. Alle Telefonate des letzten Jahres zusammensuchen. Alle E-Mail-Adressen abschreiben. In Papieren wühlen, als suche man etwas. Aber was man sucht, hat man vergessen. Suchen, bis man etwas findet, das man gesucht haben könnte. Und ihm fiel tatsächlich etwas in die Hände, das er nicht gleich wieder wegwerfen konnte. Ein Brief von Sina von Ende November. Aus irgendeinem Grund hatte er diesen Brief damals nicht gelesen.

Ein noch nicht gelesener Brief von Sina! Er spürte, wie eine Hitzewelle ihn durchschoss. Der Brief kam ihm wie eine Versuchung vor. Wissend, dass er unversuchbar war, blätterte er durch die Papiere. Und konnte dann seine Neugier nicht unterdrücken. Was hätte er zu seiner Zeit aus diesem Angebot gemacht! Haarwuchsmittel! Der Chemiker, ein Dr. Freilich, bestand darauf, das Mittel griechisch zu benennen, das sei er seiner griechischen Großmutter schuldig. Jetzt konnte Theo nicht mehr aufhören. Kala Mallia sollte das Produkt heißen. Offenbar hieß das: gesundes Haar. Aus Hahnenkämmen hatte er Hyaluronsäure gewonnen. Diese Säure kannte Theo noch. Tausendsassa-Säure hatte er sie getauft, weil sie überall vorkam und überall brauchbar war. Sina selber, nicht ihre Firma, hatte geschrieben, sie finanziere seit langem diesen Chemiker, der mit Hilfe von Hyaluronsäure ein Haarwuchsmittel gewinnen will. Dr. Freilich wohnt in Emden. Eine Liste der Präparate, für die er Patente hat, füge sie dazu. Präparate im medizinisch-kosmetischen Bereich. Das müsste ihn interessieren, schrieb sie. Dass Dr. Freilich mit dieser Säure arbeitete, fand Theo nur interessant, weil der damit so ein Allerweltsproblem wie Haarausfall lösen wollte. Das war schon wieder originell. Und der Verzicht auf nicht-animalische Hyaluronsäure war ein Bekenntnis, weil er doch in Kauf nimmt, dass alle, die eine Eiweiß-Allergie haben, für das aus den Hahnenkämmen stammende Produkt nicht in Frage kommen. Das wiederum war bei einem Allerweltsprodukt, wie es Haarwuchsmittel nun einmal sind, eine seriöse Entscheidung. Umso vielversprechender sein Vertrauen auf die Hahnenkamm-Herkunft. Theo fand sich gefangen. Ein Gramm Hyaluronsäure vermöge sechs Liter Wasser zu binden, und Haarausfall sei auf die Austrocknung der Haarwurzeln zurückzuführen: das war seine Botschaft. Der Rest sei Fleiß und Fähigkeit. Sina schwärmte in ihrem Brief davon, dass mit Kala Mallia ein neuer Ton in der Werbung erklinge.

Theo musste bekennen, dass er sich noch nicht vorstellen konnte, je wieder zu handeln, aber ausschließen wollte er nichts. Sina zuliebe. Er merkte: Er reagierte, als ob sie noch erreichbar wäre. Er wird diesem Dr. Freilich schreiben. Er wird dieses Projekt verfolgen, als ob Sina noch erreichbar wäre. Er wird arbeiten, wie er früher gearbeitet hat. Arbeiten, arbeiten, arbeiten. Er konnte nichts anderes denken. Nein, er durfte nichts anderes denken. Er spürte: Wenn er sich nicht mit etwas beschäftigte, dachte er daran, dass er atmete, und er merkte, wie sein Atmen misslang, wenn er nichts dachte, als dass er atmete. Dann wusste er bald nicht mehr, ob er ein- oder ausatmete. Er spürte, dass sein Atmen nicht mehr reichte. Er spürte eine Luftnot. Er rannte hinunter und hinaus. Lief heftig in seinem Garten hin und her. Im Garten mehr rennend als gehend, gelang es ihm, wieder zu atmen. Er rannte ins Haus zurück und suchte in der für Medikamente bestimmten Schublade ein Schlafmittel. Dann lag er und wartete auf die Wirkung. Und warf es sich vor, dass er sich mit Tabletten wegstehlen wollte aus dieser unerträglich gewordenen Wirklichkeit. Iris. Sina. Diese zwei Namen psalmodierte er vor sich hin. Iris. Sina. Bis das Schlafmittel ihn erlöste.

26

Früh aufstehen. Etwas tun, was, wenn es nicht getan werden würde, nicht fehlte. Wichtig ist, dass du nichts giltst. Das gibt Würde, gibt Kraft, also Unermüdlichkeit.

In was müsstest du dich verwandeln, um für dich so interessant zu werden, dass du es bei dir aushieltest? Ohne dass noch jemand an dich denkt? Noch ist es ja so, dass du glaubst, nicht leben zu können, wenn nicht jemand liebend an dich denkt, jemand, den du auch lieben kannst.

Ich bin nicht allein. Ich leiste mir Gesellschaft. Ich könnte einen brauchen. Oder eine. Es gibt bessere Gesellschaft als mich.

Er warf den Computer an und loggte sich im Suizidforum ein. Er hatte es … geahnt, gefürchtet, gewusst. Im *Gruft*-Thread stand alles.

Zeitlos schreibt:

> Sie hat es geschafft. Aster ist hinüber. Ihr letzter Satz an mich:
> *Tonight, take my Spirit totally from my body, so that I may no longer have shape and name in the World!*
> Rumi
> Möge es dir jetzt leichter sein. Du fehlst mir schrecklich. Mein Trost: Wir sehen uns wieder, dort, auf Wolke sieben.

Misantroppo schreibt:

Wie hat sie es gemacht?

Zeitlos schreibt:

Holzkohle-Methode. Sie ist friedlich eingeschlafen. Gott sei Dank.

Misantroppo schreibt:

R.I.P.

Pluto schreibt:

Ich kannte sie nicht. Trotzdem erschütternd das alles. Denn ich habe gar nicht verstanden, warum sie so gelitten hat. Ich wünsche ihr, dass sie Frieden findet.
  Warum bin ich hier überhaupt noch? Das ist alles so traurig hier.

Kati schreibt:

Sie war ein ganz besonderer Mensch. Ich heule nur noch. Sie hat mir mehrere PN's geschrieben, um mir zu helfen, als ich ganz unten war. Sie hat mir Mut gemacht und viele gute Anregungen gegeben. Sie stand im Leben und doch im Abseits. Das war für mich schwer zu verstehen. Aber ich konnte es fühlen.

Liebe Aster, bei mir brennen alle Kerzen, die ich finden konnte, für dich.

Basilikum schreibt:

Ich zünde ihr auch eine Kerze an. R. I. P.

Sternenstaub schreibt:

Mach's gut, Aster. Ich wünschte, ich wäre auch schon dort. Adieu.

Inferno schreibt:

Rest in peace (R. I. P.)!

Trauerkloß schreibt:

When we are dead, seek not our tomb in the earth, but find it in the hearts of men. Rumi

Dann konnte er nicht anders. Franz von M. schrieb:

Habe mit Aster verloren, was ich noch hatte. Irreversibel war ihr Geschick. Habe versucht, einen Aufschub zu erreichen. Das ist misslungen. Die Sonne ist untergegangen mit ihr. Bin krumm vor Trauer. Werde mich nicht mehr aufrichten. Dass sie sterben konnte, macht mein Leben wertlos. Endgültig.

Sehr geehrter Herr Schriftsteller,
das muss Ihnen noch mitgeteilt werden: Ihr Satz *Mehr als schön ist nichts* darf verbessert werden: Eine, die selber aufgehört hat, war mehr als schön. Sie war alles. Und noch eine, die auch selber aufgehört hat, war auch mehr als schön. Sie war alles.

Nur, dass Sie das wissen.

In der Hoffnung, es rege Sie an,
                                              Ihr Theo Schadt

28

An Sina:

Von mir zu dir reicht keine Sprache. Von dir zu mir rast jeder Sturm.

An Iris:

Ich bin über den Bach gehüpft. In gelben Blumen gelandet. Das Leben ist eine ausgestreckte Hand. Jetzt zertritt mich der Tod. Die unsterblichen Läuse lachen.

An Sina:

Nicht mehr von dir wegdenken können. Nichts mehr fühlen, weil du mich nicht fühlst. Ich habe keinen Wert mehr, wenn du ihn nicht gibst.

An Iris:

Jetzt japst meine Seele, jetzt hüpft mein Herz auf der glühenden Platte der Sehnsucht. Ich bin ein Schrei.

An Sina:

Du sollst in der Sonne stehen und gut riechen. Ein Vogel soll auf deiner linken Schulter landen und singen. Und eine Kirsche zergehen in deinem Mund.

An Iris und Sina:

Trost, Fremdwort, komm her. Alles auflösen in Gesagtes. Eine Mauer aus Wörtern gegen jede Art Wirklichkeit. Ich bilde mir ein, was ist. In Ewigkeit amen.

Dann traf noch ein dieser Brief des Schriftstellers:

> Lieber Herr Schadt,
> leben wir in derselben Parallelwelt? Das hieße doch,
> dass die Hand leer läuft,
> dass Zeit Frist heißt,
> dass das Universum gähnt,
> dass du aufhörst zu sein,
> dass Geschichte ein Stück Papier ist,
> auf dem nichts steht.
> Ihr so genannter Herr Schriftsteller

Das für dieses Buch verwendete Papier ist FSC®-zertifiziert.